Magic Elements
DER ZAUBER ERWACHT

Patricia Schröder

Magic ELEMENTS

DER ZAUBER ERWACHT

EDEL KIDS BOOKS

Magic Elements
Der Zauber erwacht
Band 1
ISBN 978-3-96129-209-7

Edel Kids Books
Ein Verlag der Edel Verlagsgruppe

www.edel.com

1. Auflage 2021

Text: Patricia Schröder
Umschlag- und Innenillustrationen: Nadine Jessler
Umschlaggestaltung: Formlabor
Lektorat: Maren Jessen
Layout und Satz: Uhl + Massopust, Aalen
Herstellung: Frank Jansen
Druck und Bindung: GGP Media GmbH, Pößneck

Printed in Germany

Inhalt

Pausenstress

„O Mann, mir qualmt vielleicht der Schädel!"

Leonie klappte über ihren Mathesachen zusammen und fuhr sich stöhnend mit den Händen durch ihr verschwitztes Gesicht.

„Mhm, man sieht's", meinte Emma. Grinsend knuffte sie ihre Freundin in die Seite. „Dir stehen schon sämtliche Haare zu Berge."

„Na ja, eigentlich ist es nur der Pony", warf Kim nach einem kurzen Seitenblick auf Leonie ein.

Hastig notierte sie die Hausaufgaben in ihr Heft, die Herr Stäblein erst nach Ertönen des Pausengongs in aller Seelenruhe an die Tafel geschrieben hatte. Dann schoss sie von ihrem Stuhl hoch.

„Los, ihr schlappen Hühnchen!", trieb sie Emma und Leonie an. „Die Pause wartet nicht."

„Ich übrigens auch nicht … Jedenfalls nicht mehr lange!", rief Alina zu ihnen herüber.

Sie war die kleinste und flinkste im Bund der vier unschlagbar besten Freundinnen des Universums. Und wie immer hatte sie gleich nach dem Läuten alles stehen und liegen gelassen, um als Erste an der Klassentür zu sein. Dort wackelte sie ungeduldig mit den Ohren, was ihre Brille immer so lustig auf ihrer Nase tanzen ließ.

„Ich kann nicht mehr", jammerte Leonie. „Ich brauch sofort 'ne Stärkung. Wenn ich die nicht kriege, falle ich auf der Stelle tot um", prophezeite sie.

„Du liegst doch schon", brummte Kim.

Dabei funkelte es in ihrem linken grünen Auge etwas heller als in ihrem rechten braunen. Was verriet, dass auch ihr Geduldsfaden bereits gefährlich auf Spannung stand.

„Hast du denn gar nichts zu essen dabei?", fragte Emma besorgt.

Sie strich sich die schulterlangen braunen Locken hinter die Ohren, bevor sie sich über Leonies Rucksack beugte. Nachdem sie sich einmal durch den gesamten Inhalt gewühlt hatte, förderte sie schließlich eine sonnengelbe Brotdose zutage.

Leonie hob kurz den Kopf, verdrehte die Augen und sank dann wieder stöhnend auf den Tisch zurück.

„Da ist bloß 'n Vollkornbrot mit Frischkäse drin", jaulte sie. „Davon werde ich nicht satt."

Emma und Kim wechselten einen vielsagenden Blick.

„Klar, wirst du das", redete Emma Leonie gut zu, während sie ihr den Rücken tätschelte. „Es dauert nur eine Weile, bis so ein Vollkornbrot wirkt. Dafür hält es dann aber auch umso länger an."

„Außerdem ist Vollkorn gut für die Nerven", argumentierte Kim. „Und für 's Gehirn."

„Zu spät", murmelte Leonie in ihre Armbeuge. „Mathe ist vorbei."

Alina machte derweil ein paar Kniebeugen neben der Tür.

Sie, Emma, Leonie und Kim waren die Letzten im Klassenraum. Herr Stäblein, der Ohren so groß wie Untertassen hatte und von seiner Körperlänge her einer Bohnenstange in nichts nachstand, unterhielt sich draußen auf dem Flur mit einer Kollegin.

„Ich lauf schon mal vor zum Cafeteria-Kiosk und besorge Leo einen Müsliriegel!", rief Alina nach der zwanzigsten Kniebeuge.

Augenblicklich schnellte Leonies Kopf in die Höhe.

„Aber den mit Schoko!", brüllte sie Alina hinterher.

„Na, das nenne ich mal eine kräftige Stimme!", frotzelte Kim.

„Klar", sagte Emma und reckte den Daumen. „Manchmal wirkt Schokolade bei ihr sogar, ohne dass sie sie essen muss."

„Menno, ihr seid doof!", beschwerte sich Leonie.

„Wissen wir", erwiderte Kim. Sie quetschte sich an ihren Freundinnen vorbei, fuhr sich ein wenig unschlüssig durch die kurze rote Fransenfrisur und zeigte schließlich zur Tür. „Öhm … Ich geh dann auch schon mal vor …"

„Menno", wiederholte Leonie. Langsam stand sie von

ihrem Stuhl auf und zupfte ihr orange-rotes Ringel-T-Shirt zurecht. „Sehen meine Haare wirklich so schlimm aus?“, wollte sie wissen.

„Quark mit Kaulquappe.“ Emma schüttelte den Kopf. „Das war doch bloß ein Witz.“ Sanft zog sie an Leonies blondem Seitenzopf. „Es ist alles noch perfekt an Ort und Stelle.“

„O Mann! Ihr seid tolle Freundinnen! Echt!“, grummelte Leonie, zog einen Schmollmund und schnappte sich ihre Brotdose.

„Was willst du denn jetzt *damit*?“, fragte Emma verwundert.

„Tauschen“, entgegnete Leonie knapp. „Gegen den Müsliriegel. Mama hat mir nämlich mal wieder kein Geld mitgegeben.“

Als Emma und Leonie die Cafeteria betraten, herrschte vor der Kioskausgabe ein Riesen-Tohuwabohu.

Einige Schüler beschimpften sich lautstark und rempelten einander gegenseitig an, andere gingen dazwischen und versuchten zu schlichten.

„Du warst genau hinter ihm in der Schlange! Ich wette, du hast es ihm aus der Tasche gezogen!“, bezichtigte ein krausköpfiger Junge einen älteren Schüler, der einen dunkelgrünen Kapuzenpulli trug.

„Bist du dumm, oder was?“, wurde der Krauskopf postwendend von einem dritten Jungen mit kohlschwarzen

Haaren angemeckert. „Der Timo tut nicht mal einer verdammten Mücke was an."

„Mücken haben ja auch nix in der Hosentasche", feixte ein Mittelstufenschüler, der das Ganze aus sicherer Entfernung amüsiert beobachtete.

„Leute, wenn hier nicht gleich Ruhe herrscht, mache ich die Bude dicht und hole den Direx!", brüllte Tamara aus dem elften Jahrgang, die an diesem Dienstag Thekendienst hatte.

Emma runzelte die Stirn.

„Was ist denn hier los?", fragte sie Alina und Kim, die bereits einen Tisch in Türnähe in Beschlag genommen hatten.

„Keine Ahnung“, meinte Alina schulterzuckend. Sie deutete mit dem Kinn auf den schmächtigen Jungen, der mit rot geweinten Augen neben dem Krauskopf stand. „Angeblich ist Linus ein Fünfeuroschein gemopst worden.“

Emma sank auf einen freien Stuhl und schob die Augenbrauen über ihrer Nasenwurzel zusammen.

„Echt jetzt?“, knurrte sie. Wenn sie etwas auf den Tod nicht leiden konnte, war es, wenn Schüler sich gegenseitig beklauten oder Stärkere auf Schwächere losgingen. „Und du hast das nicht mitgekriegt?“

„Nee.“ Alina schüttelte bedauernd den Kopf. „Ich stand zu weit hinten in der Schlange.“

„Dann hast du meinen Schokoriegel also noch gar nicht gekauft?“, fragte Leonie, die sich mittlerweile zu Alina auf die Stuhlkante gequetscht hatte.

Ein Ausdruck von Verzweiflung breitete sich auf ihrem runden Gesicht aus.

„Doch.“ Alinas rechter Mundwinkel bog sich kaum merklich nach oben. „Kurz nachdem ich ihn bezahlt hatte, ist mir allerdings eingefallen, dass ich mir eigentlich auch einen Tee holen wollte. Aber da war schon der Nächste dran, und ich musste mich wieder hinten anstellen.“

„Och, Menno.“ Leonie warf ihren Arm um Alinas Nacken und drückte ihr einen Kuss auf die Wange. „Das tut mir leid.“

„Da kannst du mal sehen: Wir denken immer nur an dich und tun alles dafür, dass es dir gut geht“, merkte Kim an.

„Wir sind eben die besten Freundinnen der Welt!", pflichtete Emma ihr bei.

„Mhm." Kim nickte. „Besonders für Leonie."

„Jetzt hört schon auf mit dem Gezicke!", brummte Alina und deutete hinter sich. „Es reicht ja wohl, dass die Jungs sich in der Wolle haben."

Das Geschimpfe und Geschubse hatte sich inzwischen von der Kioskausgabe weg in den Sitzbereich verlagert, war aber noch immer in vollem Gange.

„Ich würde ja glatt Leos Müsliriegel darauf verwetten, dass der wahre Dieb längst über alle Berge ist", spekulierte Kim.

„Du bist echt fies heute!", beklagte sich Leonie.

„Das finde ich allerdings auch!", bekräftigte Alina. Sie versetzte Kim über den Tisch hinweg einen Stupser gegen den Oberarm. „Jetzt gönn Leo doch mal ihren Snack!"

„Das tu ich ja!", verteidigte sich Kim. „Und es war auch überhaupt nicht böse gemeint. Manchmal gehen eben die Pferde mit mir durch."

„Dabei bin ich die Einzige von uns, die einen Gaul besitzt", witzelte Alina.

„Einen *Gaul*?" Leonie schüttelte entrüstet den Kopf. „Krautzinsky ist ja wohl das süßeste Pony der Welt!"

„Hm", machte Emma.

Nichts gegen Krautzinsky, aber ihr waren Tiere nun mal nicht geheuer, die größer oder kleiner waren als ein Zwergkaninchen. Ihre Freundinnen wussten das, weshalb Emma sich auch jede weitere Bemerkung verkniff.

„Apropos süß …“, vermeldete Leonie. „Wo ist denn jetzt eigentlich mein Müsliriegel?“

„Ach so“, sagte Alina. Sie hob ihre linke Pobacke an, zog ein flaches buntes Päckchen aus der Hosentasche hervor und hielt es ihrer Freundin unter die Nase. „Hier.“

„Wie? Du hast die ganze Zeit drauf gesessen?“, platzte es aus Leonie heraus. Sie griff nach dem Riegel und betrachtete ihn von allen Seiten. „Mann ey, der ist ja total platt jetzt!“

„Keine Sorge, da ist garantiert immer noch genauso viel drin wie vorher“, entgegnete Kim und gab sich große Mühe, es wie einen Scherz klingen zu lassen.

Das wäre jedoch gar nicht nötig gewesen, denn in diesem Moment ertönte auf dem Flur eine energische Frauenstimme. Einen Atemzug später kam die stellvertretende Schulleiterin Sybille Röstitzer in die Cafeteria marschiert.

Alle Augen richteten sich sofort auf sie, auch die von Emma, Leonie und Alina. Kims Bemerkung verpuffte also quasi im Nichts.

„Dürfte ich wohl erfahren, was hier los ist?“, donnerte Frau Röstitzer, während sie zielstrebig auf die Schimpf-und-Schubs-Gruppe zusteuerte.

Erschrocken stoben die Jungen auseinander.

„Ja … ähm …“, haspelte der Krauskopf und pikte mit dem Zeigefinger auf seinen kräftig gebauten Mitschüler ein, „Timo hat Linus fünf Euro geklaut.“

„Ist doch überhaupt nicht wahr!“, setzte dieser sich empört zur Wehr.

„Und wenn ich's gesehen hab?", fauchte der Krauskopf.

„Kann ich das als Zeugenaussage zu Protokoll nehmen, oder sollte es eher eine Frage sein?", wollte Frau Röstitzer wissen.

„*Wie* zu Protokoll?"

Irritiert sah der Krauskopf die stellvertretende Direktorin an.

„Na, ob's die Wahrheit ist", erklärte ihm der Junge mit den kohlschwarzen Haaren. „So ähnlich wie vor Gericht."

„Exaktemente", bestätigte Frau Röstitzer, die gerne mal Wörter benutzte, die irgendwie italienisch klangen.

Sie stemmte ihre Hände in die Seiten, wodurch sie noch ein wenig imposanter wirkte. Wer jedoch wie Emma und ihre Freundinnen ein wenig genauer hinsah, dem entging das winzige Schmunzeln nicht, das sich um ihre Mundwinkel kräuselte. Die Rösterin, wie sie von den Schülern genannt wurde, war zwar streng, hatte aber durchaus Sinn für Humor. Und sie mochte Kinder, was man nicht unbedingt von allen Lehrern an der Dietrich-Bonhoeffer-Gesamtschule behaupten konnte.

„Wer von euch ist denn eigentlich Linus?", erkundigte sie sich nun.

„Ich", sagte Linus und hob zaghaft seine Hand.

„Bist du sicher, dass das Geld auch wirklich weggekommen ist?", fragte Frau Röstitzer. „Hast du alle deine Taschen gründlich durchsucht?"

„Klar hat er das!", antwortete der Krauskopf an Linus'

Stelle. „Außerdem ist die Kohle nicht einfach bloß weggekommen. Timo hat sie ihm geklaut!“, setzte er hinzu und stach erneut mit dem Finger auf seinen Mitschüler ein. „Wie oft soll ich das denn noch sagen?“

„Schluss jetzt!“, entgegnete Frau Röstitzer streng. Sie packte den Krauskopf bei den Schultern und zog ihn von Timo weg. „Es ist ja schön und gut, dass du deinem Freund beistehen willst. Aber ohne Gewaltanwendung, wenn ich bitten darf!“

„Dann müssen Sie Oskar aber auch wieder loslassen“, konterte der Junge mit den kohlschwarzen Haaren.

„Das mache ich, sobald er mir versprochen hat, dass er seine Finger bei sich behält“, gab Frau Röstitzer zurück. „Wie heißt du überhaupt?“

„Das ist mein Kumpel Cem“, kam Timo Cem zuvor.

Die stellvertretende Direktorin musterte die vier Jungen mit einem zusammengekniffenen Auge. Schließlich blieb ihr Blick an Linus hängen.

„Weißt du, mein Junge, es ist ja nicht so, dass ich dir und deinem Freund Oskar nicht glaube“, begann sie, „oder dass ich es akzeptieren würde, wenn Schüler sich gegenseitig bestehlen. Aber selbst wenn sich bei Timo ein Fünfeuroschein anfinden sollte,

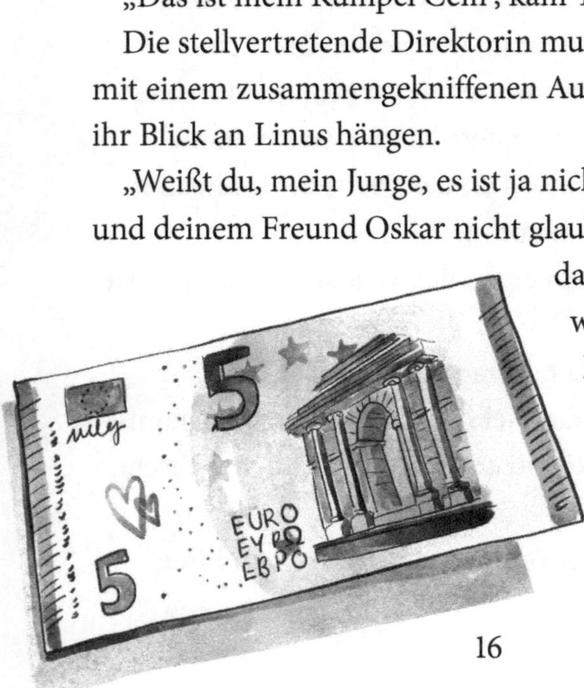

wäre damit noch lange nicht bewiesen, dass er dir gehört.“

„Doch!“, posaunte Oskar. „Linus’ Mutter malt immer ein kleines Herz auf jeden Geldschein, den sie ihm mit zur Schule gibt!“

„Schsch, Mensch!“ Linus senkte verschämt den Kopf. „Das muss doch nicht jeder wissen!“, krächzte er.

Mittlerweile hatte sich um die vier Jungen und die stellvertretende Direktorin eine ganze Traube an Schülern versammelt, die das Geschehen neugierig verfolgten.

Frau Röstitzer nahm einen nach dem anderen ins Visier und holte schließlich tief Luft.

„Also gut, Linus, Oskar, Timo und Cem“, sagte sie beim Wiederausatmen. „Ich schlage vor, wir klären die Sache unter zehn Augen bei mir im Büro. Hier steht mir nämlich eindeutig zu viel Publikum herum.“

„Klar“, raunte eine Schülerin, die schräg hinter Emma am Nebentisch mit zwei weiteren Mädchen zusammensaß, „ohne Publikum kann sie die armen Kleinen ja auch viel besser rösten.“

Leo-Mobbing

„Kommt ihr mit raus?“, fragte Kim, nachdem die stellvertretende Direktorin mit den vier Streithähnen im Schlepptau die Cafeteria verlassen hatte. „Mir ist es hier eindeutig zu wuselig.“

„Was ist denn mit dir los?“, wunderte Emma sich. Normalerweise konnte es ihrer Freundin nämlich gar nicht trubelig genug zugehen.

„Nix“, grummelte Kim.

„Und warum bist du dann heute so bissig?“, hakte Alina nach.

„Ach, es ist nur …“ Kim zog eine dunkelblaue Basecap unter ihrer Jeansweste hervor und pflanzte sie sich auf den Kopf. „Mein Vater will mir die Kappen verbieten. Er findet, sie passen nicht zu einem Mädchen.“

„Spinnt der, oder was?“, entfuhr es Alina. „Du siehst deine Eltern doch kaum. Und dein Vater *dich* logischerweise auch nicht öfter. Da kann es ihm doch wurscht sein, wie du rumläufst!“, setzte sie hinzu, und in ihren nachtschwarzen Augen blitzte es geradezu vor Zorn.

„Außerdem muss deine Kluft zu *dir* passen“, meinte Leonie, während sie an der Verpackung ihres Müsliriegels herumzupfte. „Und nicht zu irgendwelchen anderen Leuten.“

„Das tut sie …“, bestätigte Emma und schnipste gegen den Schirm von Kims Basecap, sodass dieser nun leicht nach oben wies. „… absolut perfekt!“

„Das hilft mir aber leider nichts“, knurrte Kim. „Mein Vater hat nämlich einen Antrag bei der Internatsleitung gestellt, dass doch bitte schön endlich Schüleruniformen eingeführt werden sollen.“

„Pfff!“, machte Alina und tippte sich an die Stirn.

„Damit kommt er nicht durch“, sagte Emma und schüttelte den Kopf, dass ihre brauen Locken nur so flogen. „Die Bonny ist eine freie Schule. Und ihr Internatler geht schließlich nicht alle hierher. Die meisten von euch sind drüben auf dem Gymnasium. Da wäre es ja bescheuert, wenn man euch überall sofort an euren Uniformen erkennen könnte.“

„Glaub mir, mein Vater fände so etwas klasse“, brummte Kim und zog sich den Schirm ihrer Kappe wieder etwas tiefer ins Gesicht.

„Kapier ich nicht“, sagte Alina.

Kim gab einen lang gezogenen Seufzer von sich.

„Ich auch nicht“, erwiderte sie. „Meine Eltern sind ein

einziges großes Rätsel für mich. Früher hat Mam mich ja meistens noch in Schutz genommen, wenn mein Vater mit irgendwelchen Hirngespinsten ankam. Aber jetzt … Manchmal habe ich echt das Gefühl, ich bin denen völlig egal geworden!", stieß sie zwischen zusammengebissenen Zähnen hervor.

„Unsinn", widersprach Emma aufs Heftigste. „Bestimmt machen sie das nur, weil sie dir zeigen wollen, dass sie sich um dich kümmern. Obwohl sie ständig in der Weltgeschichte herumgurken."

Sie sprang von ihrem Stuhl hoch und wollte Kim tröstend einen Arm um die Schultern legen, doch die schlüpfte so schnell auf den Gang hinaus, dass Emma kaum hinterherkam.

„Die Pause ist sowieso bald zu Ende", sagte Alina und stand ebenfalls auf. „Statt hier rumzuhängen, können wir auch schon mal zum Klassenraum tapern."

„Warte! Ich werfe eben schnell das Papier weg", rief Leonie, die mittlerweile beschlossen hatte, dass der platt gesessene Müsliriegel noch essbar war.

Leider besaß sie ja keine magischen Kräfte, die ihm seine ursprüngliche Form zurückgaben – oder sein Volumen womöglich sogar verdoppelten!

Anschließend schnappte sie sich ihre Brotdose mit dem Vollkornfrischkäsebrot vom Tisch und hastete Alina hinterher.

Emma und Kim warteten im Gang ein paar Schritte von der Cafeteria entfernt auf ihre Freundinnen.

„Alles okay?“, fragte Alina.

Kim rieb sich über die Nase und nickte.

„Wir haben sogar schon einen Plan fürs Wochenende“, verkündete Emma.

„Aha…?“

Neugierig wanderte Alinas Blick zwischen Emma und Kim hin und her.

„Na, was glaubst du wohl?“, platzte es aus Kim heraus, als die Spannung kaum noch auszuhalten war. „Zelten im Paradies! Und zwar von Freitagnachmittag bis Sonntagabend.“

Das Paradies war eine verwunschene Welt aus knorrigen Obstbäumen, kniehohem Gras und duftenden Wildblumen. Um dorthin zu gelangen, musste man die Terrasse hinter Emmas Haus, den daran anschließenden Blumengarten, eine Teichanlage und unzählige Gemüsebeete durchqueren.

Jenseits des quadratischen Kartoffelackers plätscherte ein kleiner Bach dahin, den man mühelos überspringen konnte – vorausgesetzt, man kannte die richtige Stelle.

„Aber natürlich nur, wenn eure Eltern und die Internatsleitung es erlauben“, fügte Kim mit perfekt gespielter Katastrophenmiene hinzu.

„Ach, das werden sie schon!“, riefen Emma und Alina wie aus einem Mund.

„Klar, wenn wir ihnen verschpreschen, dasch wir schuschammen die Hauschaufgaben machen", nuschelte Leonie, die gerade in ihren Müsliriegel gebissen hatte.

„Guten Appetit, *Fättchen*!", ertönte eine Stimme hinter ihnen. „Du kriegst wohl nie den Hals voll, was?"

Emma, Kim und Alina wirbelten herum. Nur Leonie stand da wie einbetoniert – mit halb offenem Mund, den Müsliriegel in der einen Hand und ihre Brotdose in der anderen.

An der Ecke zum nächsten Gang lehnte ein Junge mit kurzen blonden Haaren, dessen Gesicht man nicht erkennen konnte, weil er sich ein Handy davorhielt.

„Leute, das wird ein Fest", feixte er. „Für alle, die wissen wollen, warum Leonie Schumann es nicht mal in die Bewerbungsrunde zu Heidi Klums GNTM geschafft hat!"

„Den kenne ich!", keuchte Kim. „Das ist Kevin Römer aus der 7 b! Der ist auch bei mir im Internat! Eine ganz miese Ratte, sag ich euch. Immer auf die Kleinen und Schwachen."

Sie hatte es kaum ausgesprochen, da blitzte das Handy auf, und Kevin tauchte hinter der Wand ab.

„Verfluchter Mist!", stieß Alina aus. „Er hat Leo fotografiert!"

„So ein dummer A… Mistkerl", murmelte Emma. „Los! Hinterher!", rief sie. „Den schnappen wir uns!"

„Dasch bringt doch schowiescho nixsch", nuschelte Leonie, als ihre drei Freundinnen längst um die Ecke verschwunden waren.

Langsam klappte sie ihren Mund zu und setzte sich ebenfalls in Bewegung.

Emmas, Alinas und Kims stampfende Schritte hallten laut vom Fliesenboden wider. Wie ein vom Flitzebogen abgeschossener Pfeil rannte Alina vorneweg, aber der Blondschopf war schneller als sie.

„Bleib stehen, Mann!“, brüllte Kim.

Emma ballte die Fäuste.

„Wir wissen doch sowieso, wer du bist!“

Sie holte noch einmal alles aus sich heraus und schloss sogar fast zu Alina auf.

Ein paar entgegenkommende Schüler sprangen hastig zur Seite und schauten ihnen kopfschüttelnd hinterher.

„Das könnt ihr vergessen!“, rief ihnen ein großer schlaksiger Kerl nach. „Kevin hält den Schulrekord im Kurzsprint. Den holt ihr im Leben nicht ein.“

„Pfff!“, machte Emma.

Kurz geriet sie aus dem Tritt, doch sie fing sich sofort wieder und rannte unbeirrt weiter.

Unterdessen hatte Kevin das Ende des Gangs erreicht und hielt nun mit großen Schritten auf die Treppe zum ersten Stock zu. Als er die Hälfte der Stufen erklommen hatte, blieb er plötzlich stehen und drehte sich um. Er zückte sein Handy und richtete die Kameralinse erneut auf die heranstürmenden Mädchen.

„Was für eine Ehre!", höhnte Kevin. „Gleich drei Fünftklässlerinnen, die mir vergeblich nachlaufen!"

Breit grinsend drückte er auf den Auslöser. Dann drehte er sich um und hastete weiter die Treppe hinauf.

Treppe rückwärts

„Verdammt noch mal, was soll denn das, du Idiot?", blaffte Emma Kevin hinterher. Sie stoppte neben Alina, die inzwischen am Fuß der Treppe angekommen war und sich japsend auf ihre Oberschenkel stützte. „Willst du mit den Fotos vor deinen Kumpels prahlen, oder was?"

Kevin stoppte wenige Stufen vor der oberen Etage und drehte sich langsam wieder zu ihnen um.

„Mit dem von *Fättchen* ganz bestimmt nicht", erwiderte er abfällig. „Obwohl es natürlich ein prima Beweis dafür wäre, dass Querstreifen ganz sicher nicht schlank machen."

„Weißt du was, Kevin Römer?", schnaubte Kim. „Ich könnte mich glatt übergeben." Sie lief an Emma und Alina vorbei und stieg bis zur dritten Treppenstufe hinauf. „Und zwar genau hier rein!", erklärte sie, während sie sich ihre Basecap vom Kopf angelte.

„Viel Spaß dabei", erwiderte Kevin knapp.

Mit einer Geste, die wahrscheinlich besonders cool wirken sollte, schob er das Handy in seine Hosentasche und wandte sich erneut zum Weitergehen ab. Aber Kim war noch nicht fertig.

„Und weißt du *auch*, was ich danach am liebsten damit machen würde?“, fragte sie scharf.

Obwohl die Situation alles andere als lustig war, hätte Emma beinahe losgeprustet. Denn natürlich kannte sie Kim gut genug, um zu wissen, was ihr vorschwebte. Die Vorstellung, wie ihre Freundin Kevin die Kappe mit ihrem halb verdauten Frühstück darin auf die Rübe pflanzte, war jedenfalls zu komisch.

„Ich kann's mir ungefähr denken“, brummte Kevin. „Dumm nur, dass ich zwei Jahre älter bin als du und sehr viel schneller … und größer … und vor allem stärker …“

„Aber wir sind zu dritt“, entgegnete Emma. „Wir wissen, was du getan hast, und wir kennen deinen Namen. Also lösch gefälligst die Fotos! … Vor unseren Augen natürlich. … Und die Sache ist vergessen“, fügte sie sichtbar unwillig hinzu.

„Träum weiter“, knurrte Kevin. „Das ist *mein* Handy. Darauf sind *meine* Fotos. Und mit denen kann ich machen, was ich will.“

„Kannst du eben nicht!“, fauchte Alina. „Jedenfalls … wenn du die Fotos nicht löschst, dann müssen wir das dem Direx melden, und dann …“

„Ja klar!“, fuhr Kevin dazwischen. „Das ist mal wieder typisch Weiber. Fällt euch eigentlich nix Besseres ein als immer nur Petzen? Was soll das überhaupt bringen?“, fragte er weiter, als weder Emma noch Alina oder Kim sofort mit einer schlauen Antwort konterten. „Bis ich beim Direx im Büro hocke, haben die Fotos längst die Runde gemacht.

Nur auf meinem Smartphone wird dann leider keins mehr zu finden sein."

Er bedachte die Mädchen mit einem überheblichen Grinsen, dann wandte er sich endgültig ab und stieg betont langsam weiter die Treppe hinauf.

„Mist!", zischte Kim. „Er hat recht."

„Aber wir können ihn doch nicht so einfach davonkommen lassen", sagte Alina. „Mensch, überlegt doch mal. Spätestens ab morgen wird jede Pause für Leo zum Spießrutenlauf." Mit glühenden Augen sah sie Emma an. „Wahrscheinlich ist sie dann nicht mal mehr in unserer Klasse vor Getuschel und gemeinen Kommentaren sicher."

Ich weiß!, dachte Emma.

Vor Wut hatte sie ihre Hände so fest zu Fäusten geballt, dass die Fingernägel tiefe Rillen in ihr Fleisch gruben. Wie hypnotisiert hielt sie den Blick auf Kevin geheftet. Inzwischen hatte er das Ende der Treppe fast erreicht.

Aber er durfte auf keinen Fall ganz oben ankommen!

Dieser Gedanke ließ Emma nicht mehr los.

Für Kevin konnte es nur einen einzigen Weg geben: den zurück zu Alina, Kim und ihr.

Und deshalb würde die Treppe sich jetzt nach unten bewegen. Stufe für Stufe. Schneller und immer schneller.

Emma sah es genau vor sich: Während oben ständig neue Stufen hervorsprangen, verschwanden die unteren fortlaufend im Boden. – Wie bei einer Rolltreppe im Kaufhaus, nur dass es hier gerade in einem Wahnsinnstempo geschah.

Kim schrie entsetzt auf, und Emma sah, dass ihre Freundin zurückstolperte und kurz darauf mit schreckgeweiteten Augen wie angewurzelt vor der Treppe stehen blieb. Und sie bemerkte auch die Panik in Kevins Gesicht.

Verzweifelt versuchte er, gegen das Runterrollen der Stufen anzulaufen, doch diesmal gewann die Treppe den Schulsprint. Zielsicher beförderte sie Kevin nach unten und schubste ihn mit einem letzten energischen Ruck Emma vor die Füße.

„Was war das denn?“, hauchte Alina.

Sie war leichenblass um die Nase.

„Ich … ich weiß es nicht“, stammelte Emma.

Dabei wusste sie es eigentlich ziemlich genau. Alles, was sie gewollt hatte, war passiert. Ganz automatisch. Und plötzlich fühlte Emma sich stark. In ihrem Kopf gab es keinen einzigen störenden Gedanken mehr und auch keine Zweifel an dem, was sie tat.

Unter den staunenden Blicken ihrer Freundinnen krallte sie eine Hand in Kevins Pulli fest und fischte mit der anderen das Handy aus seiner Hosentasche. Dabei fiel ein zusammengefalteter Fünfeuroschein zu Boden.

Alina stutzte.

„Das gibt's doch nicht!", krächzte sie. „Da ist ein Herz draufgemalt, oder?" Sie bückte sich, um den Schein aufzuheben, und betrachtete ihn genauer. „Volltreffer! Der gehört ja wohl ganz klar Linus."

„Hab ich's nicht gesagt?", presste Kim hervor. Sie hieb sich ein paarmal mit dem Handballen gegen die Schläfe und versuchte so, das Bild der rollenden Treppe auszublenden. „Dass der Dieb längst über alle Berge ist?"

„Ich hab die Kohle nicht geklaut", kam es stockend von Kevin.

Emma musterte ihn aus zusammengekniffenen Augen. „Sondern?"

„Gefunden", behauptete Kevin.

„Etwa in der Cafeteria?", hakte Emma nach. „Vor der Kioskausgabe?"

„Genau", brummte Kevin.

„Ach so", meinte Kim. „Und da hast du dir gedacht, och, der Schein gehört bestimmt niemandem. Waren ja auch kaum Leute da. Wie immer in den Pausen. Und dann hast du ihn eingesteckt, damit er nicht mehr so ganz allein auf dem Boden rumliegen muss. Hab ich recht?"

„Anstatt einfach mal in die Runde zu fragen, ob ihn jemand verloren hat", setzte Emma hinzu und hielt ihm das Handy unter die Nase. „Und jetzt lösch gefälligst die Fotos! Und zwar so, dass ich sehen kann, was du tust."

„Äh …" Unschlüssig sah Kevin über seine Schulter zur Treppe.

„Vergiss es!", sagte Emma. „Denk lieber an das, was eben passiert ist."

Das war wirklich krass, durchzuckte es Kim von Neuem. Bei dem Gedanken an die rollenden Stufen bekam sie schon wieder weiche Knie.

„Okay, okay!"

Kevin hob abwehrend die Hände, bevor er nach seinem Smartphone griff und den Fotoordner öffnete. Zuerst holte er das Bild von Leonie hervor und ließ es verschwinden. Danach war das von Emma, Alina und Kim dran.

„Gut!"

Emma nickte zufrieden.

„Und was ist jetzt mit der … ähm … Kohle?", fragte Kevin und zeigte auf den Schein in Alinas Hand.

„Was soll schon damit sein?", entgegnete Kim. „Die bringst du jetzt natürlich zu Frau Röstitzer ins Büro."

Kevin reckte provozierend das Kinn.

„Und wenn nicht?"

„Können *wir* das auch gerne übernehmen", bot Emma an.

„Aber das wäre dann ja petzen", sagte Alina, die den Rolltreppenschreck zu ihrer eigenen Überraschung schon fast verdaut hatte.

„Und so etwas machen wir eigentlich nicht so gern", ergänzte Kim.

„Deshalb wäre es uns lieber, du würdest Frau Röstitzer selber erzählen, dass du das Geld während der Pause in der Cafeteria gefunden hast", erklärte Emma.

„Ach so.“ Ein Hoffnungsschimmer glomm in Kevins Augen auf. Erleichtert wanderte sein Blick zwischen den drei Mädchen hin und her. „Na ja, dann!“, freute er sich. „Das ist doch überhaupt kein Thema!“

„Fein“, meinte Alina und streckte ihre Hand mit dem Geldschein aus.

Nach einem kurzen Zögern griff Kevin danach und stopfte ihn grinsend in seine Hosentasche zurück.

„Frau Röstitzer wird natürlich wissen wollen, warum du dich nicht sofort bemerkbar gemacht hast“, sagte Emma. „Schließlich hat es deswegen ein ziemliches Chaos gegeben. Oskar hat Timo lautstark als Dieb bezichtigt und sich deswegen tierisch mit Cem in die Wolle gekriegt“, schmückte sie aus. „Erst als Frau Röstitzer dazugekommen ist, kehrte allmählich wieder Ruhe ein.“

„Was?“, hauchte Kevin. „Die Rösterin war auch in der Cafeteria?“

Sein Gesicht hatte mittlerweile die Farbe von frisch getünchtem Mauerputz angenommen.

„Ja, stell dir vor“, meinte Alina leichthin.

„Exaktemente“, pflichtete Emma ihr bei. „Uns würde dann nur noch interessieren, ob das Geld auch wirklich bei

Linus angekommen ist. Spätestens morgen werden wir uns bei ihm danach erkundigen."

„Pfff!", machte Kevin. „Ihr seid echt ..."

Er biss sich auf die Unterlippe und wandte sich kopfschüttelnd ab.

„*Was*?", fragte Emma.

„Ach nix", sagte Kevin.

Er setzte einen Fuß auf die untere Treppenstufe, überlegte es sich dann aber doch anders und stürmte an den Mädchen vorbei in die entgegengesetzte Richtung davon.

„Was. War. Das. Denn?", ertönte Leonies stockende Stimme hinter ihnen

Wie einstudiert wirbelten Emma, Alina und Kim herum.

Leonie stand ein paar Schritte von ihnen entfernt und starrte sie fassungslos und mit Augen so groß wie Lakritzschnecken an.

„Was habt ihr mit der Treppe gemacht?", brach es aus ihr hervor.

Im selben Moment kündigte der Gong das Ende der Pause an, und kurz darauf war das Gebäude vom Geplapper Hunderter Schüler erfüllt, die in ihre Klassenräume zurückströmten.

Rettung in letzter Sekunde

„Was zur Hölle habt ihr mit der Treppe gemacht?", stellte Leonie ihre Frage zwei Schulstunden später am Ende des Englischunterrichts bereits zum dritten Mal.

Dabei klebte der Blick aus ihren großen graubraunen Augen so fest auf Emma, als wollte sie ihr Löcher in die Stirn brennen.

„Das erkläre ich dir, sobald wir vom Schulgelände runter sind und uns sicher sein können, dass uns niemand belauscht", vertröstete Emma sie. – So, wie sie es auch schon in der Fünfminutenpause getan hatte.

Schweigend packten die vier Mädchen ihre Unterlagen zusammen, schulterten ihre Rucksäcke und verließen das Klassenzimmer.

„Ein Wunder, dass es außer euch niemand sonst gesehen hat", sagte Emma, als sie endlich auf dem Weg zur Bushaltestelle waren.

„*Euch*?" Leonie schüttelte den Kopf. „Du meinst wohl mich", stellte sie klar. „Ich bin als Einzige nicht dabei gewesen und …"

„Es war Emma", fiel Alina ihr ins Wort. „Sie ganz allein.

Kim hätte sich fast langgelegt, weil sie auf der Treppe stand, als es passierte. Sie wird also auch nichts damit zu tun haben. Zumindest nicht, wenn sie noch alle Radieschen im Beet hat."

„Habe ich", versicherte Kim mit einem schiefen Grinsen. „Dreiundzwanzig an der Zahl und alle exakt in einer Reihe."

„Na also", erwiderte Alina. Sie strich sich eine schwarze Strähne aus dem Gesicht und ließ die Brille auf ihrer Nase tanzen. „Und ich schwöre, ich habe auch nichts damit zu tun, sondern bin genauso gespannt auf Emmas Erklärung wie du, Leo."

„Ja, ja, ja!"

Emma machte eine abwehrende Geste. Dann drehte sie sich einmal um sich selbst, um die Umgebung abzuchecken. Eine Gruppe Schüler näherte sich auf Fahrrädern, doch sie fuhr auf der gegenüberliegenden Straßenseite. Und die zwei Mädchen, die ein Stück weiter hinten den Bürgersteig entlangtrotteten, waren ebenfalls noch weit genug entfernt.

„Ich wollte eben nicht, dass Kevin Leos Foto überall rumverteilt", begann Emma. „Deshalb habe ich mir einfach vorgestellt, dass er es nicht die Treppe hinaufschafft … weil die sich wie eine Rolltreppe in die entgegengesetzte Richtung bewegt."

„Sensationell!", entfuhr es Kim. Sie klatschte sich mit der Hand gegen die Stirn. „Ich meine, auf so eine Idee muss man erst mal kommen!"

„Joah.“ Alina nickte. „Und dann muss sie auch noch funktionieren.“

„Kapier ich nicht“, sagte Leonie, und wieder heftete sie ihren Blick auf Emma. „Konntest du das schon immer?“

„Ähm …“ Emma zog ihre Schultern bis zu den Ohren hoch. „Keine Ahnung! Ich habe es noch nie ausprobiert.“

„Eigentlich geht so etwas ja auch gar nicht“, gab Leonie mit hochwissenschaftlichem Gesichtsausdruck zurück.

„Sag ich doch“, erwiderte Alina, die nicht nur besonders flink auf ihren Beinen, sondern auch im Kopf war.

Mühelos löste sie kilometerlange Kettenaufgaben und besonders knifflige Rätsel. Doch für Emmas Rolltreppenaktion hatte auch sie keine Erklärung.

„Dann war es also Magie“, überlegte Kim. „Oder … Wie heißt das noch mal, wenn man Gegenstände bewegen kann?“

„Telepadingsbums“, kam es wie aus der Pistole geschossen von Leonie.

„Mhm.“ Alina knuffte sie in die Seite. „Telekinese.“

„Sag ich doch!“, konterte Leonie und versetzte Alina einen Stupser gegen die Schulter.

„Aber dann hätte Emma Kevin doch einfach mit irgendwelchen sperrigen Gegenständen aufhalten können“, meinte Kim. „Mit einer der vielen Klappleitern, die Hausmeister Strunzke überall rumstehen lässt zum Beispiel.“

„O wow!“, kicherte Alina. „Ich stelle mir gerade vor, wie Emma mit purer Gedankenkraft Barrieren aus Leitern errichtet. Hahaha! Was Direktor Frühinsland wohl dazu sagen würde, wenn auf einmal Gegenstände kreuz und quer durch die Schule flögen?“

„Das ist nicht witzig!“, knurrte Emma.

Sie machte einen schnellen Schritt nach vorn und wirbelte dann zu ihren Freundinnen herum. Alina, Kim und Leonie stoppten auf der Stelle.

„Könnt ihr euch eigentlich vorstellen, wie ich mich damit fühle?“, fragte Emma.

„Ehrlich gesagt, nein …“ Alina kratzte sich am Kopf. „Irgendwie mächtig vielleicht?“

„Also, ich finde es ziemlich gruselig“, meinte Leonie und schüttelte sich, als würde ihr gerade ein Gänsehautschauer über den Rücken laufen. „Ich würde so etwas lieber nicht können.“

„Aber es passt doch zu ihr!“, platzte es aus Kim heraus. „Außerdem ist eine solche Gabe sooo schlecht ja nun auch wieder nicht. Wenn ich mir auf diese Weise meinen Vater vom Hals halten könnte, dann würde …“

„Das willst du doch gar nicht“, unterbrach Alina sie. „Du möchtest, dass er dich so sein lässt, wie du bist.“

Leonie nickte eifrig.

„Und dass er sich öfter bei dir meldet. Was ja so ziemlich das Gegenteil von Sich-vom-Hals-Halten wäre.“

„Jetzt hört schon auf!“, brummte Emma, als sie den feuchten Glanz in Kims Augen bemerkte.

„Leo und ich haben nicht damit angefangen“, verteidigte sich Alina.

„Außerdem geht es gerade um etwas ganz anderes“, setzte Emma hinzu.

„Stimmt“, sagte Leonie. „Ich finde aber auch, dass es zu dir passt. Also, ich meine, wenn überhaupt zu einem, dann zu dir“, stammelte sie sich eine Erklärung zurecht. „Weil du dich immer gleich so aufregst, wenn jemand ungerecht behandelt wird. Und weil du dabei nie zuerst an dich denkst.“

„Trotzdem!“, widersprach Emma entschieden und hämmerte sich mit den Handballen gegen die Stirn. „Überlegt doch mal! So etwas kann kein Mensch!“

„Nee“, bestätigte Leonie. „Das können nur Magier. Leute wie Harry Potter oder Hermine Granger oder so.“

„Emma ist aber nicht Hermine Granger“, stellte Alina klar.

„Vielleicht ist das alles hier ja auch überhaupt nicht echt“, meinte Kim, die sich mittlerweile wieder gefangen hatte und jeden Gedanken an ihren Vater energisch beiseitedrängte.

Alina runzelte die Stirn. „Sondern?“

„Vielleicht träumt Emma es bloß.“

„Und das sagst *du* gerade in *ihrem* Traum?“ Alina tippte sich an die Schläfe. „Wie schräg ist das denn, bitte schön?!“

„Ziemlich“, stimmte Leonie ihr zu.

„Probier es doch einfach mal aus!“, schlug Kim vor und deutete auf die Bordsteinkante.

„Was?“, fragte Emma irritiert. „Ob es ein Traum ist?“

„Nein.“ Kim schüttelte den Kopf. „Ob du es wirklich kannst.“

Emma öffnete den Mund zum Protest, klappte ihn dann aber gleich wieder zu und starrte stattdessen die Bordsteinkante an.

„Es ist nur eine Stufe“, ermunterte Kim sie. „Was soll da schon groß passieren?“

„Sie hat recht“, pflichtete Leonie ihr bei. „Wenn es klappt, weißt du Bescheid. Vielleicht fühlt es sich beim zweiten Mal ja auch schon gar nicht mehr unheimlich an. Und wenn es nicht klappt …“ Leonie brach ab und kaute unschlüssig auf ihrer Unterlippe herum.

„Dann haben wir uns das mit Kevin und der Treppe in der Schule trotzdem nicht eingebildet“, beendete Alina die Überlegungen ihrer Freundin. „Schließlich haben wir es alle gesehen.“

Emma nickte.

„Also gut“, murmelte sie und machte einen Schritt zur Seite, um die beiden Mädchen, die sich inzwischen genähert hatten, vorbeizulassen. Emma wartete, bis sie die nächste Straßeneinmündung überquert hatten, und vergewisserte sich, dass sich auch sonst niemand mehr auf dem Bürgersteig befand.

„Okay“, sprach sie sich selber Mut zu und richtete ihren Blick dann, so fest sie konnte, auf die Bordsteinkante.

Emma stellte sich vor, wie diese sich absenkte, bis sie sich auf einer Höhe mit dem Rinnstein befand. Doch sosehr sie sich auch anstrengte, es klappte einfach nicht. Die Bordsteinkante bewegte sich nicht einen Millimeter.

„Funktioniert nicht", stellte Emma nüchtern fest.

Sie bemerkte die enttäuschten Blicke ihrer Freundinnen und wusste gerade selber nicht so genau, ob sie ebenfalls frustriert oder lieber erleichtert sein sollte.

„Hast du's auch richtig versucht?", fragte Leonie.

„Klar, hat sie das", antwortete Alina an Emmas Stelle. „Man konnte ihre Gehirnzellen ja geradezu glühen sehen."

„Dann hat sie es vielleicht zu sehr versucht", meinte Leonie. „Wenn ich zum Beispiel etwas unbedingt haben will, geht fast immer irgendwas schief."

„Wo du es gerade erwähnst", entgegnete Alina und streckte ihr eine Hand entgegen. „Ich krieg noch fünfzig Cent von dir."

„Sorry, aber ich hab nur ein Frischkäsebrot", sagte Leonie mit einem bedauernden Achselzucken.

„Das seit heute Morgen in deiner Brotdose vor sich hin schwitzt?", gab Alina zurück. „Ebenfalls sorry, aber das mag ich jetzt auch nicht mehr."

„Kannst du es nicht an Krautzinsky verfüttern?", bettelte Leonie. „Mama wird immer gleich sauer, wenn ich nicht alles aufgegessen habe."

„Pferde fressen Hafer, Heu, Gras, Wiesenblumen, Möhren und Leckerlis", zählte Alina auf. „Alles andere bekommt ihnen nicht. Pferde sind nämlich Vegetarier."

„Und was ist mit nur Brot?", fragte Leonie hoffnungsvoll.

„Von dem du den Frischkäse abgekratzt hast?" Alina schüttelte den Kopf. „Das ist ebenfalls ziemlich weit davon entfernt, Heu oder Hafer zu sein."

„Wie wär's, wenn du in Zukunft immer erst deine Pausendose leer futterst, bevor du dir was Süßes gönnst?", schlug Kim vor.

Leonie schnitt eine Grimasse, widersprach aber nicht.

„Und wie wäre es, wenn wir endlich mal weiter darüber nachdenken, wieso ich …?", begann Emma ungeduldig.

Doch weiter kam sie nicht, denn in dieser Sekunde schoss ein Grundschulknirps auf seinem BMX-Rad aus

einer Toreinfahrt hervor. Er legte eine Vollbremsung hin, wobei sein Hinterreifen zur Seite glitt und das Vorderrad gefährlich nahe an die Bordsteinkante geriet. Es fehlten nur wenige Zentimeter, und er würde abrutschen – und womöglich umkippen und auf der Straße landen.

„O nein!", rief Kim.

Sie stand wie schockgefroren da, während Leonie sich die Hände vors Gesicht schlug und vor Schreck einen Schluckauf bekam.

Nur Alina war drauf und dran loszusprinten. Doch trotz ihrer Schnelligkeit würde auch sie den Jungen wahrscheinlich nicht mehr erreichen können.

Emma hörte den Straßenlärm, und sie sah, wie dieser kleine Knirps an der Bordsteinkante entlangeierte, als säße er auf einem Gummifahrrad.

Und plötzlich war es ganz leicht.

Der Bürgersteig senkte sich ab, bis er und die Straße eine Ebene bildeten. Der Junge schlenkerte mit beiden Rädern über den Rinnstein. Er kam aber zum Glück nicht ins Trudeln, sondern fing sein BMX mühelos ab und lenkte es auf die Pflastersteine zurück.

Nur einen Lidschlag später befand sich der Bürgersteig wieder auf seiner ursprünglichen Höhe – so als wäre überhaupt nichts gewesen.

„Genial!" Alina boxte Emma gegen die Schulter. „Du hast ihn gerettet!"

„Ja, Mann!", hauchte Kim. „Krass, Mann! Und jetzt

behaupte bloß nicht, es würde nicht funktionieren! Oder dass du es nicht könntest!“

„Wie jetzt? Hicks!“, stammelte Leonie.

Sie ließ die Hände sinken, hob zaghaft ihren Blick und starrte dem Jungen auf seinem Fahrrad hinterher.

„Mannomann! Hicks!“, jubelte sie los. „Es ist gut gegangen!“

„Aber nur, weil Emma nachgeholfen hat“, stellte Alina klar. „Sie kann es nämlich!“, bekräftigte sie. „Sie besitzt dieses unglaubliche Talent, Treppen und Stufen aller Art in Bewegung zu versetzen.“

„Ich verstehe bloß nicht, wieso“, sagte Emma. Sie hatte sich schon mehrmals selbst in den Oberarm gekniffen, um sich davon zu überzeugen, dass sie sich das alles auch ganz bestimmt nicht einbildete. „Irgendjemand muss mir dieses Talent doch gegeben haben. Wird so etwas vererbt? In meiner Familie gibt es allerdings niemanden, der magische Fähigkeiten hat.“

„Vielleicht ja doch“, erwiderte Kim. „Und du weißt es nur nicht. So etwas steht einem schließlich nicht auf die Stirn geschrieben.“

„Du solltest es herausfinden“, empfahl Alina.

„Finde ich auch“, sagte Kim.

Nur Leonie konnte sich nicht so recht zwischen Nicken und Kopfschütteln entscheiden. Aber zumindest hatte inzwischen ihr Schluckauf aufgehört.

„Okay“, sagte Emma.

Sie würde es versuchen. Auch wenn sie im Moment noch keine Idee hatte, wie sie das anstellen sollte. Ihre Eltern einfach zu fragen, schied jedenfalls definitiv aus!

Scharky

„Spätzchen, bist du das?“, erschallte Nina Klirrbachs Stimme aus dem ersten Stock.

„Ja, Mama!“, antwortete Emma.

Sie schloss die Haustür hinter sich, stellte ihren Rucksack ab und wandte sich der Garderobe zu, um ihre Jeansjacke aufzuhängen.

„Hallo, Süße, schön, dass du da bist, wie war's in der Schule und, ach so, erschreck dich bitte nicht?!“, tönte es von oben zurück.

O Mann! Das war mal wieder typisch Mama! Begrüßung, Frage und Warnung in einen Satz zu packen!

„Wovor soll ich mich denn nicht erschrecken?“, rief Emma.

„Weißt du, es ist leider noch nicht ganz ausgereift, aber ich wollte unten einfach alles schnell durchgesaugt haben, bevor du und Noah nach Hause kommt“, erwiderte Nina Klirrbach.

Okay, das war jetzt nicht unbedingt die Antwort, die Emma erwartet hatte. Aber das kannte sie ja schon. Ihre Mutter war nämlich nicht nur Meisterin im Bilden von

Monstersätzen, sondern auch im Sich-etwas-kompliziert-Ausdrücken. Vor allem aber im Viel-Wirbel-um-nichts-Machen hätte man ihr eigentlich schon längst eine Goldmedaille verleihen müssen. Höchstwahrscheinlich gehörte ihre Warnung mal wieder haargenau in diese letzte Kategorie.

Emma grinste kopfschüttelnd in sich hinein, als plötzlich etwas Hartes gegen ihre Fersen stieß. Nur einen Sekundenbruchteil später war der Flur von ohrenbetäubendem Klingeln erfüllt.

„Huch!"

Vor Schreck fiel Emma der Haustürschlüssel aus der Hand.

Sie wirbelte herum und starrte ungläubig auf ein flaches graues Ding mit schwarzen Wackelaugen und aufgemaltem Haifischmaul, das sich vor ihren Füßen im Kreis drehte.

„Mama! Was ist das?", quiekte sie.

„O Gott, Spätzchen, du hast ihn doch hoffentlich nicht kaputt gemacht!"

Im ersten Stock erklangen schnelle dumpfe Schritte, und kurz darauf erschien Nina Klirrbach auf der Treppe.

Sie trug ein lilafarbenes Kostüm und darunter eine feine,

am Hals geraffte Bluse. Ihre kurzen braunen Haare waren perfekt frisiert, und der dunkle Rotton auf ihren Lippen wiederholte sich im Nagellack auf ihren Fingernägeln. Nur die etwas zu großen knallgrünen Filzpuschen und der orangefarbene Putzhandschuh an ihrer rechten Hand wollten nicht so recht ins Bild passen.

Unterdessen wirbelte das Haifischmaul-Ding noch einmal jaulend im Kreis herum, bevor es sich unter lautem Geknatter und Getöse über Emmas Haustürschlüssel hermachte. Nachdem es einige Male vor- und wieder zurückgesetzt hatte, war der Schlüssel verschwunden.

Nina Klirrbachs Miene hellte sich auf.

„Ein Glück, er funktioniert noch!", stieß sie erleichtert aus.

„Aber Mama!", empörte Emma sich. „Es hat meinen Schlüssel gefressen!"

„Das macht überhaupt nichts", erwiderte ihre Mutter lächelnd, während sie die letzten Stufen bis in den Flur hinunterstieg. „Du bekommst ihn bald zurück."

„Aber …?"

Verwirrt sah Emma dem seltsamen Ding hinterher, das nun zielstrebig und absolut geräuschlos das Wohnzimmer ansteuerte.

„Dieses Modell heißt übrigens Scharky", erklärte Nina Klirrbach. „Ich finde, das ist ein sehr hübscher Name, der bei der späteren Kundschaft sicher gut ankommt, einer, den man auch seinem Haustier geben würde, oder einem guten Freund."

„Leonie, Kim und Alina würden mir niemals meinen Hausschlüssel wegfuttern", bemerkte Emma. „Und jetzt sag mir doch bitte endlich, was das für ein Ding ist! Wo hast du es überhaupt her?"

Dass ihr der Name Scharky überhaupt nicht gefiel und sie ihr Haustier ganz bestimmt nicht so nennen würde, behielt sie lieber für sich. Ihre Mutter war manchmal ein wenig empfindlich.

„Das Ding, wie du es nennst, ist unsere neueste Entwicklung", erwiderte Nina Klirrbach nicht ohne Stolz. „Ich habe es aus der Firma mitgebracht."

„Okay, und was genau ist es?", hakte Emma noch einmal nach.

„Ein computergesteuerter Staubsauger natürlich!", trumpfte ihre Mutter auf.

Aha. Emma rollte insgeheim mit den Augen. Als ob es völlig normal wäre, so etwas zu wissen! Sie zumindest kannte niemanden, der einen automatischen Staubsauger besaß. Und besonders sinnvoll fand sie diese *neueste Entwicklung* auch nicht. Zumindest nicht, wenn es Dinge aufsaugte, die man dringend brauchte!

„Ich muss nur das Programm noch ein wenig umschreiben", sagte Nina Klirrbach.

Ach so! Das hatte Mama eben vermutlich mit *noch nicht ausgereift* gemeint!

Emma nickte zustimmend.

„Ich fände es auch besser, wenn er nur Staub und Krümel

wegsaugen würde und keine Schlüssel", pflichtete sie ihrer Mutter bei. „Wenn du das hinbekommst, könnte dieser Haifisch vielleicht sogar wirklich eine Hilfe sein."

„Was heißt denn hier *könnte*?" Nina Klirrbach schüttelte unwillig den Kopf.

Oje, jetzt war sie tatsächlich eingeschnappt!

„Diese simplen, selbstarbeitenden Staubsauger gibt es doch schon längst", erklärte sie. „Das Problem ist, dass die meisten Leute sich nur die billigen Dinger aus China leisten können, und deshalb arbeiten wir an einem sowohl robusten als auch formschönen Gerät zu einem erschwinglichen Preis."

„Der einem dann aber leider die halbe Wohnung unter den Füßen wegsaugt, oder wie?", gab Emma ebenfalls kopfschüttelnd zurück.

„Spätzchen, was ist denn heute nur los mit dir?", fragte Nina Klirrbach. Sie legte ihrer Tochter die Putzhandschuh-Hand auf die Schulter und musterte sie forschend. „Hast du Streit mit Leonie, einen unangekündigten Test verhauen, eine Fünf in der Deutscharbeit zurückbekommen oder sonst irgendeinen Stress gehabt?"

Wäre dies eine Liste zum Ankreuzen gewesen, hätte Emma den letzten Punkt ausgewählt. Aber darüber konnte sie ja leider nicht reden. Schon gar nicht mit ihrer Mutter. Und deshalb sagte sie bloß:

„Ich habe in Deutsch noch nie eine Fünf geschrieben. Und ich habe auch in Zukunft nicht vor, es zu tun."

„Na gut." Nina Klirrbach zog ihre eigenen Schlüsse. „Du willst also nicht darüber reden." Sie schenkte Emma ein Lächeln. „Aber später vielleicht … ja?", äußerte sie hoffnungsvoll.

Zum Glück musste Emma darauf nicht mehr antworten, denn plötzlich kam ihr Vater in den Flur gestürmt: ein Bündel Möhren in der einen und mehrere Stangen Porree in der anderen Hand.

„Entschuldigt bitte, aber es dauert noch eine gute Dreiviertelstunde, bis das Mittagessen fertig ist", verkündete er. „Ich habe mich wohl ein wenig in den Gemüsebeeten verloren. Und darüber dann leider die Zeit vergessen."

Emma schmunzelte.

„Kein Problem, Paps", sagte sie. „Dann erledige ich bis dahin eben schon mal ein paar Hausaufgaben."

Ihr Magen knurrte zwar schon wie ein hungriger Wolf, aber eine Weile würde er sich bestimmt noch besänftigen lassen. Wenn Paps so herrlich zerstreut war, konnte Emma ihm einfach nicht böse sein.

„Soso, du hast also die Zeit im Beet vergessen, da wäre es ja richtig nett von ihr, sie würde sich dort selber aussäen", scherzte ihre Mutter. „Spätestens im Herbst könnten wir dann frische Stunden ernten und hätten schon bald im Überfluss davon!"

„Ja, das wäre wirklich fantastisch, meine Lilie", erwiderte Ingo Klirrbach, und seine blauen Augen strahlten wie frisch polierte Saphire. Sanft küsste er seine Frau auf die Wange. „Geradezu magisch! Bestimmt würde die Zeit sich besonders gut zwischen den Tomaten und den Bohnen machen. Und all die Stunden, Tage und Wochen, für die wir selber keine Verwendung finden, könnten wir dann in hübsche Schachteln packen und verschenken."

Irritiert wanderte Emmas Blick zwischen ihrem Vater und ihrer Mutter hin und her. War sie womöglich doch nicht die Einzige in der Familie, die ein magisches Talent besaß? Doch wie sollte sie ihre Eltern am geschicktesten darauf ansprechen?

Während Emma darüber nachgrübelte, richtete Ingo Klirrbach die Porreestangen auf seine mit Erdklumpen garnierten Gartenclogs.

„Sieh mal, was ich deinem Scharky Feines mitgebracht habe!"

„Wunderbar!", freute sich seine Frau. „Du hast mal wieder an alles gedacht!", lobte sie ihn und versetzte ihm einen liebevollen Klaps auf den Hintern. „Und jetzt ab mit dir in die Küche, damit wir alsbald etwas zwischen die Zähne bekommen. Und dabei bitte immer schön aufstampfen, der Herr!"

„Ist mir ein Vergnügen, meine Zucchiniblüte!", sagte Ingo Klirrbach.

Er wedelte den Porree und die Möhren schwungvoll auf und ab und marschierte wie ein Soldat mit zackig erhobenen Knien in die Küche. Dabei hinterließ er eine Spur kleiner Erdklümpchen auf dem Fliesenboden.

Himmel, Pups und Donnerknall!, dachte Emma ernüchtert. Waren ihre Eltern auf einmal völlig durchgeknallt? Mit Magie hatte ihr seltsames Benehmen jedenfalls sicher nichts zu tun.

„Ist heute irgendetwas Komisches passiert?", fragte sie lauernd.

„Nein", antwortete Nina Klirrbach. „Wie kommst du darauf?"

„Vielleicht, weil ihr euch gerade ziemlich peinlich aufführt", erwiderte Emma.

Ihre Mutter stieß einen langen Seufzer aus.

„Spätzchen, dein Vater und ich haben einfach nur gute Laune. Das wird doch wohl noch erlaubt sein!"

Mit diesen Worten steckte sie sich zwei Finger in den Mund und stieß einen kurzen schrillen Pfiff aus.

Wie auf Kommando tauchte Scharky in der Wohnzimmertür auf und machte sich über die Erdklümpchen her.

„Hey, da ist ein Regenwurm!", rief Emma, als sie das kleine, sich ringelnde Etwas in einem besonders dicken Klumpen bemerkte, an dem sich sogar noch ein paar Grashalme befanden.

Sie wollte schon loshechten, um das Tierchen irgendwie (nämlich ohne es anzufassen!) vor der *unausgereiften Entwicklung* zu retten, doch ihre Mutter hielt sie am Arm zurück.

„Keine Sorge, es passiert ihm nichts."

Nur einen Atemzug später waren die Erdklümpchen

samt Grashalmen und Regenwurm in Scharkys gefräßigem Maul verschwunden.

„Und jetzt hör mir mal zu, mein Spatz“, fuhr Nina Klirrbach mit ernster Miene fort. „Dieser computergesteuerte Sauger funktioniert wie ein vollautomatisches Aschenputtel und sortiert Unbrauchbares in Auffangbeutel Nummer eins und Nützliches in Auffangbeutel zwei. All das funktioniert bereits absolut zuverlässig. Das Einzige, was ich neu programmieren muss, ist die Klangfolge. Eigentlich soll Scharky brummen, während er in der Wohnung unterwegs ist, jaulen, sobald er sich irgendwo festgefahren hat, und klingeln, wenn in Auffangbeutel Nummer zwei etwas Lebendiges gelandet ist.“

„Du meinst, so wie gerade eben?“, vergewisserte sich Emma.

„Genau“, bestätigte ihre Mutter. „Damit man es sofort befreien kann.“

Diesmal rief sie Scharky nicht mit einem Pfiff herbei, sondern lief ihm – gefolgt von Emma – in die Küche hinterher. Dort hob sie ihn vom Boden hoch und drückte auf eines der beiden Wackelaugen, bevor sie ihn umdrehte und eine längliche Klappe öffnete.

Darunter kamen zwei verschiedenfarbige Stoffbeutel zum Vorschein. Auf dem grauen prangte eine große rote Eins und auf dem blauen ebenso unübersehbar eine grüne Zwei.

„Rot steht für Müll und Grün für brauchbar“, erklärte Nina Klirrbach weiter. „Die Beutel sind kochfest und kinderleicht entfernbar, und selbstverständlich liegen jedem Sauger zwei Ersatzbeutel bei, damit er jederzeit einsatzbereit ist, auch wenn sich ein Beutelpaar gerade in der Waschmaschine befindet."

„Mama?", sagte Emma.

Nina Klirrbach hatte den blauen Beutel mit der grünen Zwei bereits herausgenommen. Fragend sah sie ihre Tochter an.

„Ja?"

„Warum sprichst du manchmal in Monstersätzen und manchmal nicht?", fragte Emma und bemühte sich um ein freundliches Gesicht. Schließlich wollte sie ihre Mutter nicht schon wieder verärgern.

Nina Klirrbach kräuselte die Lippen.

„Ich versuche immer, mich verständlich auszudrücken", erwiderte sie, „das gehört nun mal zu meinem Beruf, sonst versteht doch keiner, worum es geht."

„Eben", sagte Emma.

Ihre Mutter betrachtete sie stirnrunzelnd.

„Ich hätte nicht gedacht, dass du dich in deinem Alter schon so sehr für Haushaltsgeräte interessierst", meinte sie. „Wenn du darauf bestehst, erläutere ich dir Scharkys verschiedene Funktionen aber gerne noch einmal etwas ausführlicher."

Emma winkte ab.

„Ist nicht nötig", sagte sie. „Hauptsache, du lässt den Regenwurm frei."

„Bin bereits dabei“, flötete ihre Mutter.

Sie öffnete den Beutel und schüttelte einen Ohrring, eine schwarze Herrensocke und Emmas Schlüssel daraus hervor. Anschließend drehte sie ihn auf links und förderte so den Regenwurm und außerdem einen Papierschnipsel zutage.

Nina Klirrbach pflückte den Wurm vom rauen Beutelstoff und hielt ihn Emma vor die Nase.

„Möchtest du ihn in den Garten hinausbringen?“

„Nein danke“, sagte Emma, nachdem sie *Igitt!* gedacht und sich einmal kurz geschüttelt hatte. „Ich setze mich lieber über meine Hausaufgaben.“

Dabei hätte sie eigentlich noch ganz gerne gewusst, wieso Scharky den Papierschnipsel nicht in den Müllbeutel einsortiert hatte. Aber das konnte sie ihre Mutter ja auch irgendwann später noch fragen.

Eine geheimnisvolle Nachricht

In ihrem Zimmer angekommen, ließ Emma sich der Länge nach aufs Bett fallen. Sie warf die Arme über ihren Kopf und zischte einen ordentlichen Schwall Atemluft aus. Heute war sie viel erschöpfter als normalerweise am Ende eines Schultags. Und gleichzeitig kribbelte so ziemlich alles an ihr: der Bauch, das Herz, die Nase, sogar ihr Gehirn fühlte sich an, als ob es in Sprudelwasser schwamm.

Viel gelernt hatte Emma heute allerdings nicht. Außer in Mathe vielleicht. Denn das war ja noch vor der großen Pause und der Sache mit Kevin und der Treppe gewesen. Aber danach hatte sie sich auf nichts mehr konzentrieren können.

Dafür hatte sie an diesem Vormittag Dinge vollbracht, von denen sie im Traum nicht gedacht hätte, dass diese überhaupt möglich wären.

Das war unheimlich.

Und gleichzeitig total aufregend.

Emma schnappte sich eins der bunten Kissen, die auf ihrem Bett verstreut lagen, presste es sich mit beiden Händen fest aufs Gesicht und stieß einen dumpfen Schrei hinein.

„Aaarrrgh!“

Und noch einmal:

„Aaarrrgh!“

Dann sprang sie auf, warf einen unschlüssigen Blick auf ihren Rucksack und öffnete schließlich die schmale Glastür, die auf den Balkon hinausführte.

Emmas Zimmer befand sich im oberen Stockwerk direkt neben dem Schlafzimmer ihrer Eltern. Den winzigen Balkon teilten sie sich, wobei Ingo und Nina Klirrbach ihn im Grunde nur nutzten, um dort hin und wieder über Nacht ihre Puschen auszulüften.

Emma trat in die Sonne hinaus und legte ihre Hände auf das raue Holz der Balustrade. Von hier oben konnte man den größten Teil des riesigen Gartens überblicken. Nur das Paradies, der Ort, an dem sie und ihre Freundinnen am liebsten zusammenhockten, lag hinter den alten Obstbäumen vor neugierigen Blicken verborgen.

Auch jetzt wäre Emma gerne dort gewesen. Auf dem Matratzenlager hoch oben im Apfelbaumhaus, das ihr Vater und Onkel Heiner vor einigen Jahren für ihren Bruder Noah gezimmert hatten. Oder gemütlich in einer der beiden Hängematten baumelnd.

Aber das war ja großer Quatsch!

Erstens würde das Mittagessen bald fertig sein. Der Duft nach gebackenem Gemüse zog bereits durchs Haus. Und zweitens passte das, was heute passiert war, sowieso nicht so recht mit der ersehnten Gemütlichkeit zusammen.

Noch einmal überlegte Emma, ob sie ihren Eltern nicht doch von Kevin und der Treppe und dem Jungen mit dem Fahrrad erzählen sollte, verwarf diesen Gedanken aber erneut.

Mama war viel zu vernünftig, um an so etwas zu glauben. Bestimmt würde sie denken, dass irgendwas in Emmas Kopf kaputtgegangen war und neu programmiert werden musste. So ähnlich wie bei Scharky, der zur falschen Zeit die falschen Töne von sich gab.

Paps dagegen würde wahrscheinlich voll darauf einsteigen, sich köstlich über ihre *blühende Fantasie* amüsieren und sich dann womöglich noch viel verrücktere Sachen ausdenken.

„Tschüs, Paradies", murmelte Emma. „Ich habe jetzt wichtigere Dinge zu erledigen."

Zum Beispiel Hausaufgaben.

„Keine Ahnung, wann wir uns wiedersehen. Aber spätestens am Wochenende kommen wir zum Zelten", versprach Emma.

Wenn das Wetter sich hielt!

Und um Erlaubnis fragen musste sie natürlich auch noch!

Am besten würde sie das gleich heute nach dem Abendessen tun, sobald Noah sich zum Daddeln in sein Zimmer verzogen hatte und nicht mehr dumm dazwischenquatschen konnte.

Außerdem galt es zu verhindern, dass ihr Bruder etwas

von ihren Camping-Plänen mitbekam. Dabei war es keinesfalls so, dass Noah sich sonderlich für Emma und ihre Freundinnen interessierte! Nee, nee! Das tat er nur, wenn es offensichtlich war, dass sie unter sich sein wollten, und Mama ihm eine PC-Pause verordnet hatte. – Was an Wochenenden quasi die Regel war.

„O du großer Spiele-Manitu", Emma tat so, als würde sie ein Gebet sprechen, „bitte mach, dass Noah sich von Freitag bis Sonntag mit Lukas verabredet."

Dann nämlich wäre ihre Zelten-im-Paradies-Aktion perfekt. Und dafür war Emma sogar bereit, ein kleines Opfer zu bringen. Zum Beispiel, indem sie das Erledigen ihrer Hausaufgaben nicht weiter auf die lange Bank schob.

„Großes Indianerehrenwort", murmelte Emma, stapfte in ihr Zimmer zurück und drückte die Balkontür zu.

Drinnen öffnete sie ihren Rucksack und kramte das Geschichtsbuch, den dazugehörigen Hefter und das Federmäppchen heraus. Den Abschnitt über die Neandertaler zu lesen, würde sie vor dem Mittagessen auf jeden Fall noch schaffen. Die dazugehörigen Fragen würde sie dann eben danach beantworten. Hauptsache, sie kam erst mal auf andere Gedanken!

Emma schlug das Buch auf.

Das Neandertaler-Kapitel begann auf Seite 69. Auch wenn sie im Unterricht sonst kaum etwas mitbekommen hatte, aber das hatte sie sich komischerweise gemerkt.

Emma blätterte einige Male hin und her, bis sie die richtige Stelle aufgeschlagen hatte – und erlitt fast einen Herzstillstand.

Denn auf Seite 69 pappte mitten auf dem Foto von einer Neandertaler-Höhle ein schneeweißer Post-it-Zettel.

Liebe Emma,
stand darauf,
wir gratulieren Dir zu Deinen mutigen Einsätzen und heißen Dich hiermit herzlich willkommen im ehrbaren Club der magischen Elemente.

Aufträge erreichen Dich in Kürze.

Es folgte eine komplett unleserliche Unterschrift, die ein bisschen so aussah, als ob jemand einen Popel zerquetscht hätte, und darunter ein dunkelgrüner Stempel:

DIE ELEMENTE

Wie betäubt starrte Emma auf den Zettel. Sie las ihn sich zweimal, dreimal und sogar noch ein viertes Mal durch. Dann sackte sie auf ihrem Schreibtischstuhl zusammen wie ein Luftballon, in den man eine Nadel gestochen hatte. – Nur dass sie dabei keinen Pfeifton ausstieß.

Emma schwirrte der Kopf.

Wie zum Teufel kam dieser Zettel in ihr Geschichtsbuch? Wer waren diese *Elemente*? Wieso kannten die ihren Namen, und woher wussten sie, was heute passiert war?

Mit zitternden Fingern zog Emma ihren Rucksack zu sich heran und holte ihr Handy aus dem Seitenfach hervor. Sie öffnete *Threema*, fotografierte den Zettel und schickte das Bild an *Paradies*. So hatte sie die Chat-Gruppe genannt, der Alina, Leo, Kim und sie angehörten.

Den habe ich gerade in meinem Geschichtsbuch gefunden, tippte sie darunter. Übrigens: Das ist nicht witzig!!!
(Nur für den Fall, dass sich eine von euch einen Scherz erlaubt haben sollte!)

Ungeduldig wartete Emma auf eine Antwort. Sie versuchte sogar, das Display zu hypnotisieren, in der Hoffnung, dass es dann schneller ging. Vielleicht besaß sie ja mehr als nur dieses eine Treppenstufen-Talent.

Doch es passierte nichts – außer, dass jemand an ihre Tür bollerte und unmittelbar darauf Noah in ihr Zimmer stolperte. Emma schaffte es gerade noch, ihr Geschichtsbuch zuzuklappen, da stand ihr Bruder auch schon hinter ihr.

„Na, Schwesterpester, schon wieder sooo fleißig?", frotzelte er.

„Was willst du?", knurrte Emma.

Das *Wieso klopfst du nicht an?* verkniff sie sich.

Ihr Bruder würde es sowieso nur mit einem hämischen Grinsen und einem weiteren dummen Kommentar beantworten. Abgesehen davon war sie ja selber schuld, weil sie blöderweise nicht daran gedacht hatte, die Tür abzuschließen. Aber das würde ihr garantiert nicht noch einmal passieren!

„Jetzt sag schon!", drängte Emma.

„Mal gucken", meinte Noah, während er in ihrem Zimmer umherspazierte und alles und jedes in Augenschein nahm.

„Wie? Mal gucken?"

„Na, was ich hier so wollen könnte", sagte ihr Bruder, breitete die Arme aus und zog seine Schultern bis zu den Ohren hoch.

Noah war drei Jahre älter als Emma. Er hatte dieselben großen blauen Augen wie sie und ihr Vater, das dahinterliegende Gehirn spuckte bei ihm allerdings nur gequirlte Kacke aus.

„Viel Spaß dabei“, brummte Emma.

Sie stopfte ihre Geschichtssachen und das Federmäppchen in ihren Rucksack zurück, schob das Handy in ihre Hosentasche und steuerte auf die Tür zu.

„Ich gehe jetzt jedenfalls mittagessen“, erklärte sie.

Dabei hatte sie nicht mehr den geringsten Hunger.

Zum Glück merkten Nina und Ingo Klirrbach nicht, dass Emma nur lustlos im Kartoffelpüree und dem gebackenen Gemüse herumstocherte. Zu sehr hatten sie sich in eine Unterhaltung über Haushaltsroboter im Allgemeinen und Besonderen verstrickt.

Emmas Vater war beispielsweise strikt dagegen, dass ein Automat seinen Rasen mähte oder die Tomaten erntete.

„Wart's nur ab, wenn Scharky erst mal serienreif ist, dann wirst du völlig anders darüber denken“, prophezeite ihm seine Frau.

„Schon möglich, meine Hyazinthe“, erwiderte Ingo Klirrbach. „Hauptsache, er saugt mir nicht die Salatsamen vom Beet.“

Emmas Mutter schob sich eine Bohne in den Mund, kaute eine Weile darauf herum und nickte.

„Mein lieber Schatz! Was du brauchst, ist ein vollautomatischer Unkrautjäter“, sagte sie gerade, als das Handy in Emmas Hosentasche dreimal kurz hintereinander vibrierte.

Vor Schreck wäre sie fast von ihrem Stuhl hochgeschossen.

„Ähm … Ich muss mal kurz aufs Klo", würgte sie hervor, während sie sich bemüht langsam erhob.

„Viel Spaß dabei!", rief Noah ihr nach, doch da war Emma schon auf den Flur hinausgehuscht.

Sie flitzte zur Gästetoilette, schloss die Tür hinter sich und drehte den Schlüssel rum.

Emma zog das Handy aus der Hosentasche und ließ sich auf den Klodeckel sinken.

Was ist DAS denn?, wollte Alina wissen.

Ich schwöre, ich war das nicht!!!, schrieb Leonie, und von Kim kam einfach nur KRASS!

Wir müssen uns treffen!, tippte Emma.

Ja, klar, antwortete Leonie. Wann?

„Ich kann heute nicht", schickte Alina als Sprachnachricht. „Mama und ich wollen uns einen neuen Pferdehof für Krautzinsky anschauen. Der hat erst vor Kurzem aufgemacht und befindet sich ganz bei uns in der Nähe."

„Davon hast du heute Morgen in der Schule ja gar nichts erzählt!", erwiderte Kim.

„Wollte ich ja", rechtfertigte sich Alina. „Aber nachdem das mit Kevin und der Treppe passiert ist, habe ich einfach nicht mehr dran gedacht."

Emma seufzte leise, denn mit Alinas Absage war das Nachmittagstreffen automatisch gegessen.

Die vier Mädchen hatten sich vor einem Dreivierteljahr

beim Wechsel auf die Gesamtschule kennengelernt. Das Schicksal hatte sie zusammen in die 5 b gesteckt und in die hinterste Reihe nebeneinandergesetzt.

Wie von Zauberhand hatte es Emma, Alina, Kim und Leonie aufeinander zubewegt. Vom ersten Tag an waren sie unzertrennlich gewesen, und bisher war es noch kein einziges Mal vorgekommen, dass sie zu dritt oder zu zweit zusammengehangen hatten.

Entweder im Viererbund oder gar nicht, das war die unausgesprochene Devise.

Eigentlich ist mit Kevin gar nichts passiert, schrieb Leonie. Und mit der Treppe auch nicht. Sondern mit Emma!!!

„Sie hat recht", antwortete Kim. „Wenn Emma nicht plötzlich Treppenstufen in den Boden versenken könnte, wäre heute ein Tag wie jeder andere gewesen."

„Na ja, nicht ganz", wandte Alina ein. „Linus wäre um fünf Euro ärmer gewesen und ein kleiner Junge womöglich böse gestürzt."

Emma schluckte. Bei dieser Vorstellung wurde ihr ganz anders zumute.

„Aber das mit dem Zettel im Geschichtsbuch, das ist echt schaurig", meinte Kim.

„Vielleicht war es ja Kevin", überlegte Alina.

Wann soll er das denn, bitte schön, gemacht haben?, tippte Emma sofort zurück.

Echt jetzt! Ausgerechnet Kevin? Das war doch total abwegig!

Zum Beispiel in der letzten kleinen Pause, schrieb Alina.

„Glaub ich nicht", widersprach Kim. „Sollen wir wetten? Der steht garantiert immer noch unter Schock."

„Und wenn nicht?", fragte Leonie. „Was, wenn er sich mit diesem blöden Zettel an Emma rächen will?"

„Also, ich finde ja, dass er zum Schluss schon wieder einigermaßen gefasst gewirkt hat", meinte Alina.

Emma seufzte erneut, bevor sie ihren Daumen auf den Mikrofon-Button legte und zum Reden ansetzte.

„Okay, nehmen wir also mal an, Kevin hat sich wirklich so schnell wieder eingekriegt", begann sie. „Er ist stinksauer auf mich und schmiedet einen Racheplan. Wobei man auf so was Abgedrehtes wie den *ehrbaren Club der magischen Elemente* auch erst mal kommen muss! Aber egal. Gleich nach der fünften Stunde sprintet er zu unserem Klassenraum. Er versteckt sich irgendwo, damit wir ihn nicht bemerken. Und dann pappt er den Zettel in mein Geschichtsbuch. Das Ganze hat nur einen Haken: Wie hat er das gemacht, ohne dass die Eule etwas davon mitgekriegt hat? Erstens hat sie ihre Augen überall, und zweitens schließt sie den Klassenraum immer pünktlich ab. Dass die mal auf dem Gang rumsteht und mit jemandem quatscht wie Herr Stäblein, kommt bei Frau Flügelschlag nicht vor."

Das stimmt, postete Leonie.

„Aber Kevin könnte ihr gegenüber doch behauptet haben, dass er letzte Woche in unserem Raum Ersatzunterricht gehabt und etwas in der Tischablage vergessen hätte", sponn Alina weiter.

„Und woher wusste er, was die Eule uns aufgegeben hat?", hielt Emma dagegen. „Immerhin hat er den Zettel genau an den Anfang des Neandertaler-Kapitels geklebt."

Zufall, schlug Kim vor.

Oder er hat sie einfach gefragt, spekulierte Alina.

Wen?, fragte Leonie.

Na, die Eule natürlich!, triumphierte Alina und setzte ein auf dem Kopf stehendes Smiley dahinter.

Na gut, dachte Emma. So könnte es tatsächlich gewesen sein. Und trotzdem!

„Auf dem Zettel steht etwas von mutig*en* Einsätz*en*", gab sie zu bedenken. „Versteht ihr? Mehrzahl!"

„Dann kann Kevin es nicht gewesen sein. Das mit dem Jungen und dem Fahrrad ist ja erst nach der Schule passiert", schlussfolgerte Alina.

Aber wer war es dann?, fragte Leonie. Und was ist mit diesen Aufträgen gemeint, die Emi noch erreichen sollen?

„Keine Ahnung", murmelte Emma ins Handymikrofon.

„Das werden wir ja sehen", sagte Kim. „Oder eben auch nicht. Nämlich dann, wenn diese Aufträge gar nicht kommen."

„Und das Ganze wirklich nur ein dummer Scherz gewesen ist!", betonte Alina. „Oder eben doch eine Racheaktion!"

Oder Magie, dachte Emma bei sich.

Sie traute sich allerdings nicht, es laut auszusprechen oder in ihr Handy zu tippen. Denn irgendwo tief in ihr drin war sie sich sicher, dass es genau so war.

Und dass es unter allen Umständen geheim gehalten werden musste!

Jede Menge Merkwürdigkeiten

In dieser Nacht träumte Emma, dass Leonie, Kim und Alina von einem magischen Bann auf Krautzinskys neuem Pferdehof gefangen gehalten wurden. Kevin thronte auf dem Rücken des Ponyhengstes und zischte:

„Gib mir sofort meine fünf Euro zurück! Oder ich verwandle dich mit meinem Zauberblitz in einen stinkenden Kuhfladen!"

„Mach doch!", brüllte Emma gegen das bedrohliche Trommelfeuer in der Ferne an.

Verzweifelt suchte sie nach einer Treppe, die ihren Freundinnen zur Flucht verhelfen konnte. Aber es gab nur Boxen voller Pferde, die immer dichter an Emma heranrückten und mit ihren breiten Mäulern nach ihren Locken schnappten.

„Uaaah!", schrie Emma. „Weg mit euch!"

Sie packte einen Heuballen und schleuderte ihn einem der Pferde an den Kopf.

„Stopp!", befahl Kevin. „Hör sofort auf mit dem Mist!"

„Dann lass gefälligst Leo, Kim und Alina frei!", konterte Emma und griff nach dem nächsten Heuballen.

„Die sind wahrscheinlich längst in der Schule“, erwiderte Kevin lachend, und auf einmal war er gar nicht mehr Kevin, sondern Noah.

„Werd endlich wach, Schwesterpester!“, johlte Emmas Bruder. „Und hör auf, mich mit Kissen zu beschmeißen. Ich kann schließlich nichts dafür, dass du verpennt hast.“

Verpennt? – O nein!

Mit einem Ruck saß Emma kerzengerade im Bett.

„Warum habt ihr mich denn nicht eher geweckt?“

„Das haben wir ja versucht“, erklärte Noah. „Aber du hast geschlafen wie eine Tote. Paps hätte fast die Tür eingetreten, weil er Angst hatte, dass dir was passiert ist. Zum Glück hat Mam ihn noch rechtzeitig zur Vernunft gebracht.“

„Die Tür eingetreten?“, fragte Emma erschrocken. „Aber wieso denn das?“

„Weil du sie abgeschlossen hattest vielleicht?“, blaffte Noah und stieß ein hämisches Lachen aus. „So bescheuert muss man erst mal sein! Als ob ich mitten in der Nacht dein Zimmer plündern würde!“ Er tippte sich an die Stirn. „Hier gibt es doch überhaupt nichts, was mich in irgendeiner Weise interessiert!“

„Ja, Mann!“ Emma schnitt eine Grimasse. „Ich hab’s kapiert“, brummte sie, schlug ihre Decke zurück und kletterte an ihrem Bruder vorbei aus dem Bett.

Was hatte sein verdammter Hintern überhaupt auf ihrer Matratze verloren?!

„Und jetzt verzieh dich! Oder willst du mir beim Anziehen zugucken?“

„Nee, danke“, wehrte Noah mit theatralischer Geste ab. Er erhob sich von der Bettkante und durchquerte extra langsam Emmas Zimmer.

„Mam und Paps sind schon los“, erklärte er. „Und das da …“, Noah deutete auf eine Doppelklinke, das Schloss und die dazugehörigen Beschläge, die neben der Tür auf dem Boden lagen … war ich.“

„Hä?“ Entsetzt starrte Emma auf das Loch in ihrer Tür. „Wieso …? Bist du bescheuert oder was?“

„Die Frage würde ich ganz klar mit Nein beantworten“, erwiderte Noah trocken. „Und was dich angeht: Du hast in Zukunft Abschließverbot.“

„Sagt wer?“, knurrte Emma, während sie wahllos ein paar Klamotten zusammenraffte.

„Paps“, gab ihr Bruder schulterzuckend zurück. „Er hat mir übrigens auch gezeigt, wie man so ein Schloss aufbricht. Hätte er nicht dringend in die Bank gemusst, hätte er es natürlich selbst erledigt.“

„Super, dass du handwerklich so geschickt bist“, entgegnete Emma ein wenig patzig. „Dann kannst du das ja jetzt alles schön wieder zusammenbauen.“

„Tut mir leid“, sagte Noah ohne das geringste Bedauern in der Stimme, „aber ich muss jetzt leider auch zur Schule. Hab zum Glück erst zur Zweiten.“

„Pfff!“, machte Emma.

Sie quetschte sich an ihm vorbei und steuerte hastig auf das Badezimmer zu. Nicht dass ihr Bruder sich jetzt womöglich auch noch vor ihr die Zähne putzen wollte!

„Paps hat sich wirklich Sorgen um dich gemacht!", rief Noah ihr nach.

Ach tatsächlich?

„Und trotzdem ist er in die Bank gefahren?", rief Emma über ihre Schulter zurück.

„Er und Mam haben durch die Balkontür in dein Zimmer geschaut und gesehen, dass du einfach nur geschlafen hast", erwiderte Noah. „Mam meinte, du wärst bestimmt krank. Aber jetzt kann ich ihr und Paps wohl schreiben, dass du völlig in Ordnung bist."

„Tu das", brummte Emma und warf die Badezimmertür mit einem ordentlichen Knall hinter sich zu.

Obwohl sie sich mächtig ins Zeug gelegt, die Morgentoilette im Turbogang erledigt und kein einziges Müslikorn zum Frühstück verdrückt hatte, kam Emma zu spät zur zweiten Schulstunde.

Reli hätte sie sowieso verpasst, aber wenigstens zum Geschichtsunterricht hatte sie pünktlich sein wollen.

Inzwischen war es Viertel nach neun, und Emma stand mit pochendem Herzen vor ihrer Klassenzimmertür. Sie konnte keine schriftliche Entschuldigung vorweisen, und das war etwas, das bei der Eule, die mit richtigem Namen Florentina Flügelschlag hieß, überhaupt nicht gut ankam.

Trotzdem wollte Emma die Wahrheit sagen. Dann lief sie auch nicht Gefahr, sich zu verzetteln. Sie schloss kurz die Augen und holte tief Luft, bevor sie ihre schwitzigen Finger auf die Klinke legte.

Zwei Atemzüge später stand sie im Klassenraum – und niemand außer Alina, Kim und Leonie nahm Notiz von ihr.

Frau Flügelschlag stand mit dem Rücken zur Tür und wühlte in ihrer Tasche herum, während Emmas Klassenkameraden mit ihren jeweiligen Nachbarn beschäftigt waren.

„KOMM HER!", formte Kim lautlos mit den Lippen.

Leonie und Alina machten entsprechende Handbewegungen dazu.

Okay. Emma nickte.

Sie nahm ihren Rucksack von der Schulter und huschte tief geduckt hinter den hufeisenförmig aufgestellten Tischen entlang. Dabei behielt sie ihre Geschichtslehrerin unablässig im Auge.

Auch heute trug Frau Flügelschlag ein schwarz-weiß gemustertes Kleid und darüber eine zottelige pinkfarbene Strickjacke, die ihr fast bis zu den Knöcheln reichte. Ihre Füße steckten in braunen Wanderstiefeln, und ihre langen kupferroten Haare waren zu einer kunstvollen Frisur verflochten, aus der hier und da bunte Zierfedern hervorsprossen.

„Was sucht sie denn?", wisperte Emma, als sie auf ihrem Platz zwischen Kim und Leonie angekommen war.

„Keine Ahnung", flüsterte Leonie zurück. „Sie kramt schon eine ganze Weile in ihrer Tasche herum."

„Okay."

Emma schob ihren Rucksack unter den Tisch und atmete erleichtert auf. Wer hätte gedacht, dass sie so leicht davonkommen würde!

Leise öffnete sie die Rucksackklappe und holte ihre

Unterlagen heraus. Dummerweise glitt ihr dabei das Geschichtsbuch aus der Hand und fiel klatschend zu Boden.

„Ach, da bist du ja!“, rief Frau Flügelschlag. Sie ließ von ihrer Tasche ab und richtete ihren Blick auf Emma. „Ich habe dich schon vermisst.“

„Aber …“, stammelte Emma.

„Haben Sie die etwa in ihrer Tasche gesucht?“, johlte Jakob, der neben seinem Kumpel Fredi an einem Zweiertisch direkt gegenüber dem Lehrerpult saß.

„Natürlich nicht“, entgegnete Frau Flügelschlag streng. „Und jetzt befasse dich bitte mit deiner Aufgabe!“

„Hä?“ Jakob bog sich wie ein Fragezeichen. „Was denn für eine Aufgabe?“, wollte er wissen. „Sie haben doch gar nichts angeschrieben.“

„Nö“, bestätigte Fredi. „Und gesagt auch nicht.“

„Papperlapapp“, erwiderte Frau Flügelschlag und kniff ihre dünnen Lippen zu einem schmalen Strich zusammen.

Langsam glitt ihr Blick von Jakob über Fredi zurück zu Emma.

„Liest du uns bitte deine Hausarbeit vor?“, fragte sie sanft.

„Ähm … ja …“, haspelte Emma. „Alles?“

„Aber selbstverständlich, Kindchen.“ Ein Lächeln kräuselte die Haut in Florentina Flügelschlags Augenwinkeln. „Nur zu!“, ermunterte sie Emma in einem für sie äußerst ungewöhnlich fröhlichen Tonfall. „Du kannst doch gar nichts falsch machen.“

„Äääh …“

Irritiert sah Emma ihre Lehrerin an.

Frau Flügelschlags Gesicht war so blass wie immer. Selbst während der heißen Sommermonate schien es kaum Farbe anzunehmen. Mit ihrer kleinen schmalen Hakennase und den eng zusammenliegenden dunklen Augen erinnerte sie tatsächlich stark an einen Nachtvogel. Ihre dichten Brauen, deren äußere Enden schräg nach oben abstanden, machten diesen Eindruck perfekt. Kein Wunder, dass sie von allen Schülern nur *die Eule* genannt wurde.

Emma riss sich vom Anblick ihrer Geschichtslehrerin los, klaubte das Buch vom Boden auf und blätterte hektisch in ihrem Heft hin und her.

Frau Flügelschlag wartete geduldig, bis sie ihre Hausarbeit über die Neandertaler gefunden hatte, und lauschte dann beinahe andächtig Emmas Stimme.

„Sehr gut!“, lobte sie, als Emma alle Antworten fertig vorgetragen hatte. „Damit hast du dein Zuspätkommen mehr als wettgemacht. Ich werde auch bei Herrn Zielinski ein gutes Wort für dich einlegen, damit er den Fehleintrag für die Religionsstunde heute Morgen aus dem Klassenbuch streicht.“

„Wie war die denn drauf?“, presste Kim am Ende der Stunde hervor. „Die kann dich doch nicht einfach für Reli entschuldigen!“

„Gönnst du es Emi etwa nicht?“, fragte Leonie kopfschüttelnd, während sie ihre Brotdose und eine Tüte Schokobonbons aus ihrem Rucksack hervorkramte.

„Klar, tu ich das", erwiderte Kim. „Darum geht's doch gar nicht."

„Wahrscheinlich hat die Eule aus Versehen ein paar Freundlichkeitspillen geschluckt!", rief Jakob den Freundinnen zu.

Normalerweise war Florentina Flügelschlag nämlich die Griesgrämigkeit in Person. Und wenn man es genau betrachtete, war sie auch in dieser Stunde eigentlich nur zu Emma besonders nett gewesen.

„Seid vorsichtig mit dem, was ihr sagt!", ertönte die Stimme der Geschichtslehrerin von der Tür herüber. „Noch bin ich nicht weg. Und jetzt ein bisschen Beeilung, die Herrschaften! Zeit gibt es schließlich nicht umsonst!"

„'tschuldigung", krächzte Jakob.

Er und Fredi zischten wie Raketen an Frau Flügelschlag vorbei aus dem Klassenraum, und auch Emma, Kim und Leonie sahen zu, dass sie auf den Gang hinauskamen.

Dort stand bereits Alina einige Schritte von der Tür entfernt und wippte ungeduldig mit den Fersen auf und ab.

„Vielleicht stammt dieser komische schneeweiße Zettel ja von der Eule", spekulierte Leonie.

„Welcher Zettel?", fragte Alina, um sich postwendend mit der Hand gegen die Stirn zu schlagen. „Ach so!", rief sie aus. „Der von gestern!"

„Das wäre allerdings ganz schön krass", meinte Kim, die an diesem Tag eine sonnengelbe Basecap trug.

„Kevin scheidet ja leider aus", murmelte Alina. „Ist euch auch aufgefallen: Als der uns heute Morgen gesehen hat, ist er sofort ganz bleich um die Nase geworden und sofort abgehauen."

„Hmmhm." Leonie betrachtete skeptisch ihr Salamibrot und biss schließlich mit angewiderter Miene hinein. „Dem schteckt garantiert der Schreck von geschtern noch in den Knochen", schmatzte sie.

„Der Direx hat die Treppe übrigens vom Hausmeister absperren lassen", berichtete Kim. „Alle, die oben Unterricht haben, müssen jetzt durch den NAWI-Turm."

Emma plumpste das Herz in die Hose.

„Dann hat Kevin also gequatscht", krächzte sie.

„Und wenn schon!", brummte Alina. „Die Geschichte, und damit meine ich die *wahre* Geschichte, glaubt ihm doch sowieso keiner. Bestimmt denkt Direktor Frühinsland, dass Kevin von der Treppe gestürzt ist und sich dabei die Gehirnzellen verknackst hat."

„Und deshalb jetzt total rumfantasiert", fasste Kim zusammen.

„Und warum wurde dann die Treppe abgesperrt?", wunderte sich Emma.

„Ach, das ist bestimmt nur vorsichtshalber", winkte Alina ab. „Sobald Herr Strunzke sie etwas genauer unter die Lupe genommen hat, wird er feststellen, dass sie völlig in Ordnung ist. Und schon bald ist die ganze Sache vergessen."

„Linus hat sein Geld jedenfalls zurückbekommen", erklärte Leonie.

Mit schreckgeweiteten Augen sah Emma zwischen Alina, Kim und Leonie hin und her.

„Habt ihr ihn etwa danach gefragt?", stieß sie hervor.

„Quatsch im Quallensud!" Kim tippte sich an die Schläfe. „Wir sind ja nicht blöd."

„Hmhmmmh", bestätigte Leonie, während sie sich den Rest des Salamibrots in den Mund schob und sofort danach die Tüte mit den Schokobonbons aufriss.

„Was hat denn das mit blöd zu tun?", erwiderte Alina. „Schließlich sind wir gestern live dabei gewesen, als ihm die fünf Euro abhandengekommen sind."

„Schtimmt auch wieder", nuschelte Leonie. „Da wäre esch eigentlisch nur nett von unsch geweschen, wenn wir Linusch gefragt hätten, ob er schein Geld wiedergekriegt hat."

„Tatsache ist, dass er es von sich aus rumerzählt hat", berichtete Kim. „Angeblich hat die Rösterin es ihm ausgehändigt. Allerdings hat sie wohl nicht verraten wollen, wo sie es herhat."

Emma grunzte zufrieden.

„Das finde ich in Ordnung", sagte sie. „Muss ja nicht gleich jeder wissen, dass Kevin klaut. Eine Strafe wird Frau Röstitzer ihm trotzdem aufgebrummt haben. Damit er sich gut überlegen kann, ob er so etwas noch mal macht."

„Beschtimmt musch er jetscht Müll schammeln auf dem Schulhof", erwiderte Leonie.

Sie steckte sich ein Schokobonbon zwischen die Lippen, obwohl sie den letzten Bissen ihres Salamibrots noch gar nicht hinuntergeschluckt hatte.

„Igitti!" Alina rümpfte die Nase. „Erzähl jetzt bloß nicht, dass das schmeckt!"

Leonie schüttelte den Kopf.

„Tutsch auch nischt", erwiderte sie. „Aber immer noch bescher alsch nur Schalamibrot. Hier, bitte schön, bedient eusch", sagte sie und reichte die Tüte herum.

„O Mann!" Lachend pflanzte Kim Leonie ihre Kappe auf den Kopf. „Du bist vielleicht 'ne Marke!"

„Jup", bekräftigte Emma. „Eine echte Sondermarke!"

„Na ja, irgendwie sind wir das doch alle vier, oder?", meinte Alina augenzwinkernd. „Und jetzt gebt mal Volldampf, Leute!", trieb sie ihre Freundinnen an. „Sonst ist die Pause vorbei, bevor wir draußen auf dem Schulhof sind."

„Alles klar, Kapitänin!", sagte Emma grinsend und setzte sich als Erste in Bewegung.

Leonie gab Kim ihre Basecap zurück und lief ebenfalls los. Nur Kim und Alina blieben wie angetackert stehen.

„Emi, du hast da was", presste Kim hervor.

„Was Weißes", präzisierte Alina.

Emma drehte sich zu den beiden um. „Meint ihr Leo oder mich?"

„Eindeutig dich", sagte Leonie, und Emma spürte,

wie die Freundin ihr etwas aus der Seitentasche ihrer Jeansjacke zupfte.

„Und es ist eindeutig für dich", setzte Leonie hinzu, während sie Emma einen kleinen schneeweißen Umschlag unter die Nase hielt.

Der grüne ❖ **DIE ELEMENTE** – Stempel prangte diesmal direkt vorne drauf.

„Ein Folgeauftrag!", stieß Alina aus. „Sollen wir wetten?"

Emma schluckte.

In ihrem Hals hatte sich ein dicker Kloß gebildet. Ihr Herz trommelte so fest dagegen, dass sie das Gefühl hatte, ihr würden jeden Moment die Ohren abfliegen.

„Jetzt mach ihn schon auf!", drängte Kim. „Oder soll ich?"

Emma schüttelte den Kopf. Wie benebelt griff sie nach dem Umschlag.

„Wer hat mir den in die Tasche gesteckt?", stammelte sie. „Und wann hat er es getan? Ich hatte die Jacke doch die ganze Zeit an."

„Kevin war es diesmal jedenfalls auch nicht", merkte Alina an. „Dann schon eher die Eule."

„Oder es war einfach Magie", spekulierte Leonie.

Prompt rutschte Emma der Kloß in ihrem Hals bis in den Magen hinunter.

„Die Eule kann es auch nicht gewesen sein", murmelte sie, während sie den Umschlag öffnete und einen Zettel herauszog. „Das hätten wir doch gemerkt." Unsicher musterte sie ihre Freundinnen. „Oder nicht?"

„Was steht denn überhaupt drauf?“, überging Kim ihre Frage.

Sie, Leonie und Alina stellten sich dicht um Emma herum und steckten die Köpfe zusammen, damit sie alle auf den Zettel schauen konnten.

Liebe Emma,
begebe Dich in der kommenden Vollmondnacht mit Alina, Kim und Leonie zur Linde am Ende der Straße.
Grabt dort direkt neben der Wurzel.
Achtet sorgsam darauf, dass Euch niemand dabei beobachtet!

❖ DIE ELEMENTE

„Das ist übermorgen!“, platzte es aus Kim heraus. „Freitag Nacht ist Vollmond!“

„Die Linde am Ende der Straße“, wiederholte Emma. „Ist damit der Brennnesselweg gemeint?“

Die Straße, in der sie wohnte?

„Na klar“, sagte Alina. „Welche denn sonst?“ Das aufgeregte Glitzern in ihren schwarzen Augen verriet, dass sie mächtig Feuer gefangen hatte. „Wie praktisch, dass wir am Freitag alle zusammen im *Paradies* übernachten!“

„Ja.“ Emma nickte.

Allmählich erwachte auch in ihr die Abenteuerlust. Denn offenbar ging es bei dieser Sache nicht nur um sie allein. Alina, Leonie und Kim, die besten Freundinnen des Universums, waren ausdrücklich eingeladen, dabei zu sein.

Die Einzigen, die ihnen jetzt noch einen Strich durch die Rechnung machen konnten, waren ihre Eltern. Hoffentlich kamen sie nicht auf die Idee, die eigentlich bereits erlaubte Zeltaktion wieder abzublasen – nur weil Emma heute Morgen so – zugegebenermaßen extrem ungewöhnlich fest und lange – verschlafen hatte!

Ein Elternpaar neben der Spur

„Ach, mein armes kleines Spätzchen, es tut mir ja so leid!“, wurde Emma von ihrem Vater empfangen, kaum dass sie einen Fuß über die Haustürschwelle gesetzt hatte.

Ingo Klirrbach nahm ihr den Rucksack ab, hängte ihn an den obersten Garderobenhaken und hob Emma auf seine Arme.

„Hey, Paps! Was soll denn das?“, rief sie empört. „Ich kann sehr gut alleine laufen.“

Ihr Vater schüttelte energisch den Kopf.

„Sicher ist sicher“, sagte er und trabte mit der heftig zappelnden Emma in ihr Zimmer hinauf, wo er sie behutsam auf ihr Bett legte.

„Aber Paps, ich …!“, wollte sie mit ihrem Protest fortfahren, da steckte bereits ein Fieberthermometer zwischen ihren Lippen.

„Ich werde ein ernstes Wort mit deinem Bruder reden müssen“, verkündete Ingo Klirrbach. „Es war nämlich keine Rede davon, dass du heute zur Schule gehen sollst.“

Emma riss sich das Fieberthermometer aus dem Mund.

„Dafür kann Noah doch nichts“, stellte sie klar, selber

total erstaunt darüber, dass sie ihren Bruder in Schutz nahm.

Denn DAS war bisher noch nie vorgekommen.

„Wie auch immer", sagte Ingo Klirrbach. „Jetzt ruhst du dich erst einmal richtig aus. Und in der Zwischenzeit koche ich dir eine kräftigende Gemüsesuppe."

„Nein", erwiderte Emma. „Also, die Suppe esse ich natürlich supergerne", setzte sie hastig hinzu, als sie in das enttäuschte Gesicht ihres Vaters sah, „aber ausruhen muss ich mich wirklich nicht. Ich fühle mich topfit!"

„Das scheint nur so", gab Ingo Klirrbach entschieden zurück. „Heute Morgen hast du geschlafen wie eine Tote."

„Ich habe geträumt", hielt Emma dagegen. „Von Ponys und von Heuballen. Es war nett", schwindelte sie. „Ein richtig schöner Traum. Ich wollte einfach nicht aufwachen."

„Hm", machte Ingo Klirrbach.

Er musterte Emma mit vorgeschobener Unterlippe. Schließlich nahm er ihr das Fieberthermometer aus der Hand und hielt es ihr unter die Nase.

„Es wird trotzdem gemessen. So hat es bei Franziska nämlich auch angefangen."

„Wie jetzt?", erwiderte Emma. „Was hat angefangen? Und wer ist Franziska?"

„Eine angeheiratete Großcousine mütterlicherseits", antwortete ihr Vater. „Dieses schreckliche Syndrom begann mit tiefem Schlaf und verrückten Träumen."

Emma verstand nur Bahnhof.

„Was für ein Syndrom?“, hakte sie nach. „Was ist das überhaupt? Und wieso habe ich noch nie was davon gehört?“

„Weil man in der Familie nicht gerne darüber spricht“, meinte Ingo Klirrbach. Er neigte sich zu Emma hinunter und tätschelte ihr beruhigend die Wange. „Aber mach dir keine Sorgen, es wird schon wieder werden. Am besten, du besprichst das alles heute Abend mit deiner Mutter. Und bis dahin bleibst du im Bett. Haben wir uns verstanden?“

Na toll!

Emma verdrehte genervt die Augen.

„Jetzt schau bitte nicht so“, sagte ihr Vater. „Es ist alles nur zu deinem Besten.“

Er nickte Emma noch einmal aufmunternd zu. Dann wandte er sich ab, hängte die Zimmertür aus und verschwand damit im Flur.

„Hallo?!“, rief Emma.

Das „Geht's noch?“ verkniff sie sich in letzter Sekunde. Vermutlich hätte sie damit alles nur noch schlimmer gemacht.

Die Klinke und der Beschlag lagen übrigens noch immer neben dem Türrahmen auf dem Boden. Entweder wusste Paps nicht, wie man das alles wieder zusammenbaute, oder er hatte keine Lust dazu. Vielleicht hatte er sich aber auch überlegt, dass sie sich auf diese Weise auf keinen Fall noch mal einschließen konnte.

Aber wieso hatte er dann gleich die ganze Tür mitgenommen?

„Also, wenn hier jemand ein Syndrom hat, dann ja wohl du“, murmelte Emma.

Mit einem tiefen Seufzen schob sie sich das Fieberthermometer unter die Zunge.

Es dauerte ewig, bis es piepte.

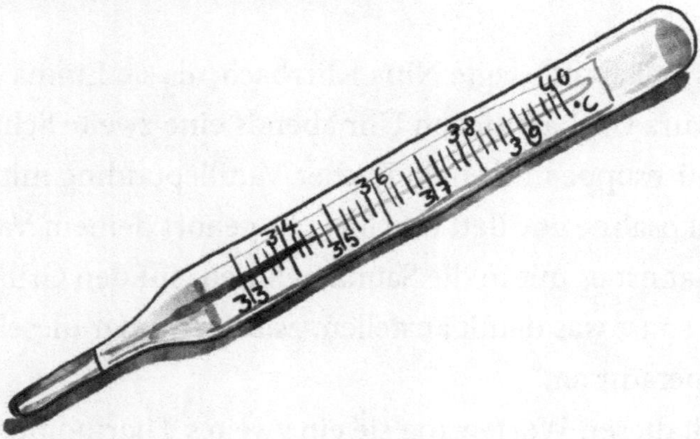

Und was es dann anzeigte, behielt Emma lieber für sich.

Der Nachmittag zog sich dahin wie eine Spur aus Schneckenschleim. Definitiv gab es nichts Langweiligeres, als stundenlang im Bett liegen zu müssen, wenn man weder krank noch müde war. Natürlich hätte Emma lesen können. Und sie hatte es auch versucht. Aber ihre Gedanken waren immer wieder zu dieser geheimnisvollen Franziska und ihrem noch geheimnisvolleren Syndrom hinübergeglitten.

Eine angeheiratete Cousine mütterlicherseits. Hm? Das bedeutete ja wohl, dass Emma gar nicht richtig mit ihr verwandt war – und somit auch kein Syndrom von ihr geerbt haben konnte.

Trotzdem: Das mit dem Fieberthermometer war schon ein bisschen beunruhigend.

Vierunddreißig Komma zwei Grad.

Das waren zwei Grad zu wenig. Mindestens. Und in Paps' Augen garantiert so gut wie tot.

„Das ist kaputt", sagte Nina Klirrbach, als sie Emma um kurz vor halb sieben Uhr abends eine zweite Schale Gemüsesuppe und einen Becher Vanillepudding mit Schokosahne ans Bett brachte. „Es gehört deinem Vater. Du kannst es mit in die Sauna nehmen, auf den Grill legen oder sonst was damit anstellen, es zeigt immer dieselbe Temperatur an."

Mit diesen Worten zog sie ein zweites Thermometer aus ihrer Kostümjackentasche und legte es auf Emmas Nachttisch.

„Nimm besser dieses hier."

Emma schüttelte verständnislos den Kopf.

„Warum hat Paps ein kaputtes Thermometer? Und wieso lässt er mich das benutzen, wenn er denkt, dass ich …"

„Er weiß es nicht", fiel ihre Mutter ihr ins Wort.

„Hä?"

Emma zog die Stirn kraus.

„*Ich* habe es kaputt gemacht", sagte Nina Klirrbach, während sie sich auf der Bettkante niederließ.

Sie schloss kurz die Augen, um sich zu sammeln und einmal tief Luft zu holen, bevor sie zu einer Erklärung ansetzte.

„Na gut. Okay", brach es geradezu aus ihr hervor. „Du findest es wahrscheinlich nicht in Ordnung, aber es ist nun einmal so, dass dein Vater bis heute nicht einsehen will, dass knapp über siebenunddreißig Grad eine ganz normale Körpertemperatur ist. Verstehst du, Spätzchen? Er macht sich einfach viel zu schnell Sorgen. Um dich und um Noah. Um mich natürlich auch. Vor allem aber um sich selbst. Und da ist es ungemein beruhigend für ihn, wenn das Thermometer verlässlich vierunddreißig Komma zwei Grad anzeigt."

Beruhigend … aha, dachte Emma.

Na, dann hätte sie es ihm ja ruhig zeigen können!

Komisch eigentlich! Jetzt erst fiel ihr nämlich auf, dass er es überhaupt nicht hatte sehen wollen.

„Ich habe Paps einfach gesagt, dass ich kein Fieber habe", gestand Emma ihrer Mutter.

Und anscheinend hatte er ihr das geglaubt.

„Na, du bist mir vielleicht eine", meinte Nina Klirrbach lächelnd. Sie neigte ihren Kopf zur Seite und betrachtete ihre Tochter forschend. „Es geht dir also wirklich wieder besser?"

„Ich war nicht tot!", vermeldete Emma.

„Das behauptet ja auch keiner", erwiderte ihre Mutter kopfschüttelnd.

„Und ich war auch nicht kurz davor!", bekräftigte Emma.

„Ich weiß." Nina Klirrbach kniff ihr zärtlich in die Wange. „Na, dann wollen wir mal sehen, wie fit du bist."

Himmel noch mal, wie, bitte schön, wollte sie denn das überprüfen?

„Soll ich etwa einen Kopfstand machen?“, fragte Emma. „Oder genügt auch ein Purzelbaum?“

„Auf welcher Seite befindet sich der Beutel für den Müll?“, antwortete ihre Mutter mit einer Gegenfrage.

„Wie jetzt?“

„Nicht wie, sondern wo“, erwiderte Nina Klirrbach.

„Hä?“

Ach so! Mit einem Schlag blinkten in Emmas Oberstübchen sämtliche Lampen gleichzeitig auf.

„Das kommt darauf an“, sagte sie.

Nina Klirrbach kniff die Augen zusammen.

„Worauf?“, wollte sie wissen.

„Na, ob man Scharky von oben betrachtet oder ob man ihn umdreht und …“

„Kann man die Müllbeutel von oben entfernen?“, unterbrach ihre Mutter sie.

„Nein.“

„Also?“

„Muss man ihn umdrehen.“

„Also?“, wiederholte Nina Klirrbach.

Emma versuchte sich zu erinnern. Was gar nicht so einfach war, weil es ungefähr drei Millionen Dinge gab, die sie mehr interessierten als Staubsaugroboter. Aber das durfte sie Mam natürlich nicht auf die Nase binden.

„Links“, sagte sie schließlich, was mehr geraten als tatsächlich gewusst war. „Der Beutel ist grau mit einer roten Eins drauf."

Nina Klirrbach reckte den Daumen.

„Das ist absolut korrekt!", freute sie sich.

„Rechts befindet sich der blaue, der mit einer grünen Zwei gekennzeichnet ist", fuhr Emma ungefragt fort. „Darin sammelt Scharky noch brauchbare oder lebendige Dinge. Und Papierschnipsel."

„Falsch!", erwiderte ihre Mutter.

„Gar nicht!", verteidigte sich Emma. „Gestern befanden sich in dem blauen Sack ein Ohrring, Paps' schwarze Socke, mein Schlüssel, der Regenwurm und ein Papierschnipsel. Du hast die Sachen doch selber rausgeholt!"

Nina Klirrbach starrte ihre Tochter fünf Sekunden mit angehaltenem Atem an.

„O mein Gott!", stieß sie dann hervor, sprang wie vom Flitzegummi abgeschossen auf und rannte aus dem Zimmer.

„Okay", murmelte Emma. Sie richtete sich auf und schlug die Bettdecke zurück. „Ich schätze mal, ich bin wieder gesund."

An diesem Abend schien Nina Klirrbach sehr viel nervöser und unkonzentrierter zu sein, als man es von ihr gewohnt war.

„Was ist denn los mit dir, mein Gänseblümchen?", fragte Ingo Klirrbach besorgt, nachdem seine Frau zuerst ihr

Handy in den Kühlschrank gelegt hatte und nun auch noch versuchte, eine Packung Butter in den Toaster zu stecken.

„Das ist doch kein Fieberthermometer“, wäre es Emma beinahe herausgerutscht, im letzten Moment schluckte sie es hinunter.

Im Grunde war sie nämlich heilfroh, dass niemand auf sie achtete. Alle vier Klirrbachs saßen mehr oder weniger schweigend um den Abendbrottisch herum. Noah hatte sich einen ganzen Stapel Schnitten mit Salami geschmiert, den er nach und nach abtrug. Nebenbei daddelte er auf seinem Handy herum, was bei seinen Eltern normalerweise eine Welle der Entrüstung ausgelöst hätte.

Heute nicht.

Nina Klirrbach sprang immer wieder auf und wühlte in den Küchenschubladen herum oder machte sonst irgendwelchen Unsinn. Dabei brabbelte sie unverständliche Monstersätze vor sich hin. Gerade war sie noch immer mit dem Butterpäckchen beschäftigt, das partout nicht in den Toaster passen wollte.

Emma zauberte sich eine arglose Miene ins Gesicht.

„Leo, Alina, Kim und ich zelten am Wochenende im Paradies“, sagte sie beiläufig zwischen zwei Bissen Tomaten-Kräuterkäse-Brot. „Nur, damit ihr es nicht vergesst.“

„Ich auch“, kam es von Noah, ohne dass er von seinem Handy aufsah.

„Ganz bestimmt nicht!“, knurrte Emma. „Das Paradies gehört mir.“

„Keine Panik", entgegnete Noah, „Ich penn doch nicht in diesem bescheuerten Obstgarten."

„Na, na, na, na", sagte Ingo Klirrbach und bedachte seinen Sohn mit einem mahnenden Blick.

„Sondern?", fragte Emma.

„Bei Lukas."

Perfekt! Und vielen Dank, großer Manitu!

Emma unterdrückte ein Grinsen. Jetzt bloß keine Freude zeigen! Sonst überlegte Noah es sich womöglich noch anders.

„Wir brauchen ein neues Gerät", meldete sich Nina Klirrbach zu Wort. Frustriert legte sie das von den unzähligen Quetschversuchen mittlerweile ziemlich ramponierte Butterpäckchen auf den Tisch zurück. „Es passt einfach nicht."

„Das macht doch nichts, meine Rose", redete Ingo Klirrbach beruhigend auf sie ein.

„Ja, das sagst du", brummte seine Frau. „In meinen Augen ist es eine völlig unakzeptable Fehlkonstruktion."

„Mhm." Emmas Vater nickte. „Ich glaube, ich habe eine Idee, wie wir dieses Gerät zumindest vorübergehend benutzen können."

Mit diesen Worten zerteilte er eine Graubrotscheibe, steckte die beiden Hälften in die Schlitze des Toasters und drückt die Rösttaste herunter.

Nina Klirrbach lächelte nachsichtig. „Das klappt doch nie und nimmer!", meinte sie kopfschüttelnd.

Eine Minute später spuckte der Toaster zwei würzig

duftende Graubrothälften aus. Ingo Klirrbach beschmierte sie mit Butter und legte sie seiner Frau auf den Teller.

„Ein Brotröster!", jubelte sie. „Unfassbar, dass den noch niemand erfunden hat!"

„Wieso?" Noah zeigte auf den Toaster. „Da steht er doch."

„Ja, ja, aber …", begann seine Mutter sich zu rechtfertigen, als es nebenan klingelte. „Nanu", sagte sie. „Kriegen wir Besuch?"

„Nein, Mam." Emma rollte mit den Augen. „Das war Scharky. Er hat irgendwas Lebendiges aufgesaugt."

„Wahrscheinlich eine Spinne", murmelte Noah. „Oder ein Silberfischchen."

Igitt! Emma schüttelte sich.

„Wer ist Scharky?", fragte Nina Klirrbach.

„Das weißt du nicht?", platzte es aus Emma heraus. „Aber …"

Sie brach ab und biss sich auf die Unterlippe, als sie den mahnenden Blick ihres Vater bemerkte.

„Nein, das weiß ich nicht", erwiderte Nina Klirrbach harsch. „Und damit eines klar ist: Mit Leuten, die Lebendiges aufsaugen, möchte ich auch nicht das Geringste zu tun haben!"

Wilde Spekulationen

„Mannomann, ich fasse es einfach nicht“, sagte Kim, als die Mädchen am Freitagnachmittag mit Zelten, Decken, Schlafsäcken und jede Menge Proviant bepackt auf dem Weg ins Paradies waren.

Mittlerweile hatte Emma ihren Freundinnen die Geschichte von Scharky und ihrer verpeilten Mutter schon x-mal erzählt und jedes Mal ungläubiges Kopfschütteln geerntet.

„Paps meint, dass sie total überarbeitet war“, erklärte sie.

„So plötzlich?“ Leonie schüttelte den Kopf. „Das kann ich mir bei deiner Mutter gar nicht vorstellen.“

„Na ja“, warf Alina ein, während sie zwischen dem Kartoffelacker und dem Bohnenbeet entlangliefen. „Die Seele ist ein ziemlich kompliziertes Ding, und manchmal tickt sie eben aus.“

„Aha, aha, ach so, Frau Doktor Psychologin“, foppte Kim und stupste Alina ihren Ellenbogen in die Seite, woraufhin die fast die Rolle mit den Isomatten fallen ließ. „Kennst dich wohl aus.“

„Quark mit Blumenkohl“, brummte Alina. „Ich bin nicht schlauer als jeder andere.“

„Also, ich weiß nix darüber“, stellte Leonie klar.

„Ich schon“, kommentierte Kim. „Jedenfalls, was deine Seele angeht. Die muss man nämlich nur mit ordentlich viel Süßstoff füttern, und schon läuft sie wie geschmiert.“

„Bei meiner Mutter hätte das garantiert nicht funktioniert“, sagte Emma. „Sie mag weder Schokolade noch Weingummis oder Müsliriegel. Außerdem glaube ich auch nicht so richtig, dass sie überarbeitet war. Der Job macht ihr doch Spaß. Sie brennt geradezu für ihre neueste Erfindung. Und plötzlich wollte sie nicht einmal mehr wissen, wer oder was Scharky ist? Das ist ja wohl oberseltsam!“

Inzwischen hatten die Mädchen den Bach erreicht. Alina drückte den Ast eines dicht belaubten Busches zur Seite, damit Kim Zelt Nummer eins und ihren prall gefüllten Rucksack auf die andere Seite werfen konnte.

„Ich finde es ja auch komisch, aber vielleicht merkt man es gerade dann nicht“, überlegte Leonie. „Also, wenn man etwas total gerne macht.“ Sie blähte die Backen und zuckte ratlos mit den Schultern. „Keine Ahnung, wie ich das erklären soll.“

„Ich weiß, was du meinst“, sagte Emma. „Aber so war das bei meiner Mam nicht. Die war die ganze Zeit über putzmunter. So plötzlich konnte sie überhaupt nicht überarbeitet sein.“

Alina schürzte die Lippen.

„Und wenn es mit diesem seltsamen Syndrom zusammenhängt, von dem dein Vater gesprochen hat? Dem von dieser angeheirateten Cousine." Sie kratzte sich am Kopf. „Wie hieß die noch mal?"

„Franziska", sagte Emma und schleuderte ihr und Leonies Gepäck mit so viel Pfeffer über den Bach, dass es über einen dicken Brennnesselbusch hinwegflog und mitten in der Blumenwiese landete. „Aber wie soll meine Mutter es von ihr geerbt haben, wenn die beiden gar nicht blutsverwandt sind?"

„Dann verstehe ich allerdings nicht, wieso dein Vater befürchtet hat, dass du es haben könntest", gab Kim zurück. „Denn mit dir ist sie ja ebenso wenig blutsverwandt."

Emma nickte. „Das habe ich mich auch gefragt."

„Eigentlich ein reines Wunder, dass sie dir das Zelten erlaubt haben", murmelte Leonie.

„Das kannst du laut sagen", bestätigte Emma.

Sie nahm ein paar Schritte Anlauf, flitzte an Alina vorbei und hechtete in hohem Bogen über den Bach hinweg ins Paradies.

Am nächsten Morgen waren ihre Eltern jedenfalls wieder völlig normal gewesen. Und als Emma aus der Schule nach Hause gekommen war, hatte auch ihre Zimmertür wieder in den Angeln gehangen. Mitsamt Beschlag, Klinke, Schloss – und Schlüssel!

„Trotzdem", sagte Kim, die kurz darauf neben Emma auf

der Wiese landete. „Ich finde, du solltest so viel wie möglich über diese Franziska herausfinden."

„Und wieso?", fragte Emma verwundert.

„Weil mit Syndrom auch Magie gemeint sein könnte, und die vererbt sich möglicherweise nicht übers Blut", spekulierte Kim.

„Sondern?", wollte Alina wissen.

„Na ja …", Kim warf ihre Hände in die Luft, „über Magie eben."

„Quatsch mit Kaulquappen", brummte Emma.

„Außerdem wüsste ihr Vater dann ja wohl Bescheid", gab Leonie zu bedenken, während sie sich die Hosenbeine bis übers Knie hochkrempelte.

„Was hast *du* denn vor?", fragte Alina.

Anstatt zu antworten, watschelte Leonie unter lauten Quiek-Geräuschen durch den Bach und kraxelte anschließend auf der anderen Seite an der Uferböschung hoch.

„Das ist zwar piksig und glitschig, aber nicht so anstrengend", erklärte sie ihren Freundinnen.

Kurz darauf klatschte hinter ihr das restliche Gepäck auf den Boden, dicht gefolgt von Alina, die ausnahmsweise als Letzte mit wild fuchtelnden Armen ins Paradies hinübergeflattert kam.

Im Nullkommanix hatten die Mädchen zwei Wurfzelte aufgebaut, deren Eingänge einander gegenüberlagen. Emma und Leonie stopften ihre Matten, Schlafsäcke und Taschenlampen in das eine Zelt, Alina und Kim ihr Schlafzeug in das andere.

Als alles hergerichtet war, schnappten sie sich eine Decke sowie eine Packung Kekse und den Orangensaft aus dem Proviantrucksack und kletterten damit ins Baumhaus hinauf.

„Und jetzt erzähl du doch endlich mal!“, forderte Emma Alina auf. „Wie ist der neue Hof für Krautzinsky?“

Ihre Freundin hatte den Ponyhof noch mit keinem Wort erwähnt – und das war mehr als ungewöhnlich.

„Ach, geht so“, meinte Alina achselzuckend.

„Also nicht so doll?“, bohrte Leonie weiter, nachdem sie sich eine Handvoll Kekse aus der Packung genommen hatte.

„Na ja, der Ponyhof ist ziemlich klein“, erwiderte Alina zögernd und strich sich ihre kinnlangen schwarzen Haare hinter die Ohren, bevor sie fortfuhr. „Krautzinsky hätte viel weniger Auslauf, und die Leute da sind auch nicht gerade wahnsinnig nett. Aber der Hof ist halt bei uns in der Nähe“, schloss sie. „Zu Fuß nicht mal zehn Minuten.“

„Hm“, machte Kim. Sie drehte sich den Schirm ihrer sonnengelben Basecap noch ein Stück weiter in den Nacken und musterte Alina forschend. „Was heißt denn, die Leute sind nicht so nett? Das gilt doch bestimmt nicht für alle, oder?“

„Na ja“, druckste Alina erneut. „Nee, nicht alle. Aber Herr Schober, der Besitzer, ist irgendwie komisch. Und seine Tochter auch. So kurz angebunden und muffig. Ich weiß echt nicht, ob Krautzinsky bei den beiden gut untergebracht ist“, fügte sie bedrückt hinzu.

„Dann lasst ihn doch einfach auf dem Hortensienhof“, entgegnete Kim. „Den Weg dorthin seid ihr doch gewohnt. Und wenn es Krauti dort besser geht, ist die Sache eigentlich klar, oder nicht?“

„Krauti!“, prustete Leonie begeistert los. „Voll die schüsche Abkürtschung!“

„Jo, und voll der süße Krümelregen“, brummte Kim, während sie sich ein paar zerkaute Keksreste von der Jeans wischte.

„Mhm.“ Alina lächelte matt.

„Hey!“ Emma schlang ihr sanft einen Arm um den Nacken, denn ihr war nicht entgangen, dass der Freundin bereits die Tränen in den Augen standen. „Was ist denn los?“

Alina schluckte.

„Wir können Krautzinsky nicht auf dem Hortensienhof lassen“, presste sie hervor. „Damit, dass der Weg zu den Schobers viel kürzer ist, wollten meine Eltern mir den Wechsel bloß schmackhaft machen. In Wahrheit geht es darum aber gar nicht …“

Sie brach ab und schüttelte wieder und wieder den Kopf.

Leonie neigte sich ihr kauend entgegen. „Schondern?“

„Weil die Unterbringung bei den Schobers weniger kostet“, brach es aus Alina hervor. „Und weil wir Krautzinsky sonst verkaufen müssten.“

Sie schlug sich die Hände vors Gesicht und fing bitterlich an zu weinen.

„Aber …?“, krächzte Leonie. Sie legte den Keks, den sie sich gerade genommen hatte, in die Schachtel zurück und sah Alina mitfühlend an. „Wieso denn auf einmal?“

„Ist irgendwas mit deinem Opa?“, fragte Emma. „Er bezahlt doch den Boxenplatz, oder?“

Alina nickte.

„Aber er geht ja jetzt in Rente", schluchzte sie. „Und weil er dann weniger Geld zur Verfügung hat, kann er sich das nicht mehr leisten. Und Mama und Papa auch nicht."

„Oje", sagte Emma.

Deshalb also hatte Alina noch nichts von diesem neuen Stellplatz erzählt!

„Blöd, dass man Eltern nicht austauschen kann", murmelte Kim. „Das wäre echt praktisch. Dann würdest du jetzt nämlich meine bekommen. Natürlich nur so lange, bis die Sache mit Krautzinskys Stellplatz geklärt und er mindestens für zehn Jahre im Voraus bezahlt wäre", fügte sie schnell hinzu.

Ihre Freundinnen sollten bloß nicht denken, dass sie auf diese Weise nur ihre eigenen Eltern loswerden wollte. Doch weder Emma noch Leonie machten eine blöde Bemerkung, und Alina lächelte sogar.

„Das ist echt lieb von dir", schniefte sie. „Aber ich glaube, uns bleibt gar nichts anderes übrig, als mit dem zurechtzukommen, was wir haben."

„Mhm." Emma nickte. „Oder was wir wissen", ergänzte sie bedeutungsvoll, und die anderen drei wussten sofort, worauf sie hinauswollte.

„*Club der magischen Elemente*, Treppenstufen und Bordsteinkanten", brachte Leonie es auf den Punkt.

Seitdem Emma den Jungen auf dem Fahrrad vor einem Sturz gerettet hatte, war nichts dergleichen mehr geschehen. Allerdings hatte es dafür auch keinen Anlass gegeben, und einfach so hatte Emma es nicht noch mal ausprobiert.

„Vielleicht erfahren wir heute Abend ja endlich mehr darüber", äußerte Kim hoffnungsvoll. „Zum Beispiel, wieso Emma das kann. Wer diese *Elemente* sind. Und was Leo, Alina und ich dabei für eine Rolle spielen."

Die Nachmittagsstunden vergingen wie im Flug. Die unglückliche Sache mit Krautzinsky war in den Hintergrund gerückt. Inzwischen hatten die vier Mädchen nur noch ein Thema, und sie ließen die wildesten Spekulationen ins bunte Wiesenblumenkraut schießen.

„Wenn Emma das nicht geerbt hat, dann ist sie vielleicht verzaubert worden", überlegte Leonie. „Und wir müssen sie beschützen."

„Verzaubert?" Kim tippte sich an die Stirn. „Von wem? Und wann, bitte schön, soll das passiert sein?"

„Keine Ahnung", gab Leonie mit einem Schulterzucken zurück. „Wahrscheinlich sind solche Magier-Leute unsichtbar. Oder sie bewegen sich in den Schatten der Nacht, damit niemand auf sie aufmerksam wird."

„Ts!" Kim verzog den Mund zu einem Grinsen und verpasste ihrer Freundin einen Knuff in die Seite. „Kann es sein, dass du da etwas verwechselst?"

„Nö." Leonie zog einen Flunsch und stopfte sich Keks Nummer zehn in den Mund. „Was denn womit?"

„Na, die Fantasy-Geschichten aus deinen Büchern mit der Wirklichkeit."

„Pfff!", machte Leonie, und ein weiterer Krümelregen ergoss sich über Kims Oberschenkel. „Wasch Emma kann, ischt doch die Wirklischkeit."

„Genau", pflichtete Alina ihr bei. „Vielleicht können wir ja alle was, wissen es bloß noch nicht. Und plötzlich ist es einfach da. Von einem Moment auf den anderen, so wie es auch bei Emma gewesen ist. Ohne unsichtbare Magier oder irgendwelche Zauberleute, die sich in den *Schatten der Nacht* herumdrücken." Ihr Blick rückte in die Ferne, und ihre Miene verdunkelte sich. „Ich wüsste schon, welche magische Fähigkeit ich mir wünschen würde, wenn ich es mir aussuchen dürfte …"

„Oh, oh!", orakelte Kim. „Ich glaube, Alina stellt sich gerade vor, wie der Schoberhof vom Blitz getroffen wird und Krautzinsky doch nicht umziehen kann."

Emma hob abwehrend die Hände.

„Mädels, so funktioniert das nicht", brummte sie. „Man kann die Magie nicht einsetzen, wann und wie man will. Das habe ich doch selber erlebt. Abgesehen davon wäre es ja wohl noch schöner, wenn wir ein solches Talent nutzten, um anderen Leuten zu schaden."

„Zu unserem Vorteil aber ja vielleicht schon", murmelte Leonie mit einem sehnsüchtigen Blick auf die nahezu leer gefutterte Kekspackung. „Zumindest solange wir niemand anderem damit wehtun."

„Außerdem wäre es doch nur gerecht", verteidigte sich Kim. „Also, wenn dieser Schober die Pferde, die man bei ihm untergestellt hat, nicht gut behandelt …"

„Das wissen wir doch gar nicht!", funkte Emma sofort dazwischen. „Und jetzt ist Schluss mit dem Thema!", befahl sie. „Lasst uns doch erst mal abwarten, was wir heute Nacht unter dem Baum ausgraben."

„Hmh." Alina nickte eifrig. „Dann sehen wir hoffentlich endlich klarer!"

Ein magischer Fund

„Kann es sein, dass die Zeit heute rückwärts vergeht?“, stöhnte Kim, nachdem sie zum fünften Mal innerhalb der letzten Viertelstunde auf ihr Handy geschaut hatte. „Es ist noch nicht mal acht. Keine Ahnung, wie ich die vier Stunden bis Mitternacht überstehen soll, ohne einen Nervenzusammenbruch zu kriegen.“

„Du hättest eben deine Gitarre mit hernehmen sollen“, meinte Alina.

„Pfff!“ Kim rollte mit den Augen und schob dabei ihren Kappenschirm von rechts nach links und wieder zurück. „Ich kann doch nur *Wild Thing*.“

„Na und!“, kam es aus einer der beiden Hängematten, in der Leonie lag, um die Kekse vom Nachmittag zu verdauen – plus natürlich die unzähligen Würstchen und Käsewürfel, die sie zum Abendbrot verdrückt hatte.

„Wie lange dauert das Lied?“, fragte Alina.

„Ungefähr drei Minuten“, erwiderte Kim.

„Okay … das wären dann zwanzig Mal pro Stunde und achtzig Mal bis Mitternacht gewesen“, rechnete Alina aus.

„Na und?“, sagte Leonie.

„Bisschen eintönig, oder?“, gab Alina zurück.

„Also, ich mag das Lied“, entgegnete Leonie. Sie holte geräuschvoll Luft und fing an zu trällern. „Weild tsing ju mäk mei hart sing …“

Kim warf ein Kussmündchen in Richtung Hängematte.

„Du meins auch“, murmelte sie.

„Was heißt denn das überhaupt?“, fragte Emma, die schon eine ganze Weile schweigend im Zelteingang gehockt und gedankenverloren einzelne Strähnen ihrer schulterlangen Locken zusammengezwirbelt hatte.

„Wildes Ding, du bringst mein Herz zum Singen“, übersetzte Kim.

„Echt jetzt?“, wunderte sich Leonie. „Und so was spielst du?“

„Klar.“ Kim zuckte mit den Schultern. „Wieso nicht?“

„Na, weil es ein Liebeslied ist!“, sagte Leonie.

Alina runzelte die Stirn.

„Wieso? Du singst es doch auch.“

„Jaaa“, sagte Leonie. „Weil ich nicht so gut Englisch kann und nicht wusste, wovon es handelt. Aber jetzt singe ich es natürlich nicht mehr“, fügte sie unter herzhaftem Gähnen hinzu.

„Ich spiele es, weil es nur drei Griffe hat“, stellte Kim klar. „Und ich spiele es so lange, bis ich es perfekt kann. Mit Liebe hat das gar nichts zu tun.“

„Hmmmm …“, schnurrte Leonie.

„Wie wär's, Mädels …?", meinte Alina. „Sollen wir uns nicht auch einfach für 'ne Weile hinhauen?"

„Und Mitternacht verpennen?" Kim schüttelte energisch den Kopf.

„Chrrrr …", ertönte es aus der Hängematte.

„Seht ihr? Genau das meine ich", knurrte Kim.

„Also, ich finde den Vorschlag gar nicht so schlecht", meldete sich Emma zu Wort. Sie ließ ihre Locken Locken sein, drehte sich kurzerhand um und tauchte im Zelt ab. „Na los! Worauf wartet ihr noch?", rief sie ihren Freundinnen zu. „Wir stellen einfach den Weckruf unserer Handys auf dieselbe Uhrzeit ein."

„Gute Idee", sagte Alina. „Da müsste es schon mit dem Teufel zugehen, wenn das keine von uns hört und wir alle vier einfach weiterschlummern wie die Engelchen."

Genau das wird passieren!

Mit diesem Gedanken schreckte Emma aus dem Schlaf.

Wenn es nicht schon passiert war!

O Gott! O Gott! O Gott!

Hektisch tastete sie nach ihrem Handy, das sie wohlweislich genau auf Kopfhöhe neben ihre Isomatte platziert hatte. Doch da war es nun auf einmal nicht mehr!

Verflixt!

Mit pochendem Herzen setzte Emma sich auf. Von draußen fiel ein wenig Licht herein und erhellte den Eingangsbereich des Zeltes. Leonies Matratze lag im Dunkeln und sah verdammt flach aus.

„Leo!“, rief Emma. „Kim? … Alina?“

Als Antwort ertönte ein zartes Grillenzirpen. Aber das war doch auch vorher schon da gewesen. Oder nicht?

Jetzt dreh mal nicht gleich durch!, ermahnte Emma sich selbst.

Erstens verschwand ein Handy nicht einfach so. Es sei denn, Noah hatte seine Hände im Spiel. Aber der war ja das ganze Wochenende bei Lukas. Zweitens reagierten Grillen nicht auf die Rufe von Menschen. Jedenfalls, soweit Emma es wusste. Und drittens würden ihre Freundinnen schon nicht ohne sie losgezogen sein.

Selbst wenn sie tatsächlich alle vier verpennt hätten, wäre das keine Katastrophe. Schließlich hing niemandes Leben davon ab, dass sie pünktlich um Mitternacht unter einer Linde buddelten.

Die Taschenlampe!, schoss es Emma durch den Kopf.

Hektisch wühlte sie unter ihrem Kopfkissen herum. Und siehe da: Drei Sekunden später hielt sie die Lampe in der einen und das ebenfalls leuchtende Handy in der anderen Hand.

Im nächsten Moment gaben Ed Sheeran, Lena Meyer-Landruth und Taylor Swift ein Gemeinschaftskonzert.

„Weild tsing ju mäk mei hart sing!", ertönte es stöhnend aus der Hängematte, und mit dem nächsten Atemzug plumpste Leonie zu Boden. „Aua, Mann! Seid ihr total verrückt geworden!", schimpfte sie los. „Ihr weckt ja die ganze Stadt auf."

Ed Sheeran, Lena Meyer-Landruth und Taylor Swift verstummten. Nur die Grille zirpte weiter.

Emma, Alina und Kim schossen aus ihren Zelten hervor und rammten sich beinahe die Köpfe ein.

„Wie spät?", fragte Leonie, während sie sich auf die Füße rappelte.

„Halb zwölf!", antwortete ihr ein Drei-Freundinnen-Chor.

„Ihr seid echt bekloppt", brummte Leonie. „Wieso habt ihr gleich alle Handywecker angestellt?"

„Warum wohl?", brummte Kim zurück. „Damit wir nicht verschlafen."

„Wär gar nicht nötig gewesen“, murmelte Emma. „Ich war schon vorher wach.“

„Das konnten wir ja nicht wissen“, erwiderte Kim.

„Jetzt streitet nicht, sondern macht, dass ihr in die Hufe kommt!“, drängelte Alina, die sich bereits eine Jacke übergezogen und die Schnürsenkel ihrer Sneaker neu gebunden hatte.

„Wer streitet denn?“, fragte Kim und setzte eine Unschuldsmiene auf.

„Niemand“, entgegnete Emma. „Und jetzt hopp, hopp, Mädels! Alina hat recht. Wir sollten keine Zeit verlieren.“

Mittlerweile hatten die Mädchen sich an die Dunkelheit gewöhnt. Der Himmel war klar und voller Sterne, und der runde Mond leuchtete ihnen den Weg durch Ingo Klirrbachs Gemüsegarten.

Nahezu lautlos schlichen Emma, Alina und Kim zwischen den Beeten entlang. Nur Leonies nasse Sneaker quatschten bei jedem Schritt, denn sie hatte es erneut vorgezogen, durch den Bach zu waten, anstatt von Ufer zu Ufer zu springen.

„Huh, das ist aber ganz schön gruselig!“, keuchte sie, nachdem sie an den Bohnenranken vorbeigehuscht waren. „Die Schatten sehen aus wie fiese Gnome mit langen Nasen und Tentakelfingern.“

„Mhm“, bestätigte Kim. „Ich glaube, da hat sich gerade einer in deinen Haaren verfangen.“

„Was? Nein! Aaaargh!", kreischte Leonie. Sie schlug wie wild um sich und schleuderte dabei ihren Zopf hin und her. „Mach ihn ab! Mach ihn ab! Bitte, bitte, mach ihn ab!"

„Mann, ey!" Emma, die das Trüppchen anführte, stoppte auf der Stelle und wirbelte zu ihren Freundinnen herum. „Seid ihr von allen guten Geistern verlassen?"

„Nicht wir, sondern Kim", stellte Alina leise kichernd klar. „Ich schlage vor, wir knebeln sie. Nur dann sind wir auf der sicheren Seite."

„Das könnte dir so passen!", knurrte Kim.

„Halt einfach die Klappe, okay!", zischte Emma. Sie fand das Ganze nämlich überhaupt nicht lustig. „Und lass Leo in Ruhe!"

„Wieso denn?", verteidigte sich Kim. „Wenn sie immer gleich abgeht wie ein Zäpfchen! Da kann ich doch nichts dafür!"

„Doch." Alina tätschelte Kim die Schulter. „Kannst du. Und das weißt du auch."

„Außerdem", fuhr Emma fort. „Wenn wir es nicht mal schaffen, uns eine halbe Stunde lang wie vernünftige Leute zu benehmen, haben wir es auch nicht verdient, magische Talente zu besitzen."

Alina seufzte und nickte, während Kim sich die Schirmkappe ins Gesicht zog und betreten die Mundwinkel einkniff.

„Ähm … Womit buddeln wir eigentlich?", wollte Leonie wissen.

„Mit einem Spaten", sagte Emma. „Den wir aus dem Geräteschuppen holen", setzte sie schnell hinzu, bevor Leonie sie mit weiteren Fragen löchern konnte. „So, und jetzt bitte kein Wort mehr, bis wir bei der Linde sind."

Die Mädchen vergewisserten sich, dass im Haus der Klirrbachs alles ruhig geblieben und auch in der Nachbarschaft hinter keinem der Fenster ein Licht angegangen war. Dann huschten sie zügig weiter, umrundeten die Blumenbeete und hielten tief geduckt auf den Geräteschuppen zu.

Die Tür quietschte ein wenig, als Emma sie öffnete. Mit angehaltenem Atem lauschten die Mädchen in die Nacht, doch außer dem Schrei eines Käuzchens und dem entfernten Tatütata eines Blaulichtwagens war nichts zu hören.

Emma schnappte sich den Spaten, der zum Glück gleich neben dem Eingang an der Wand lehnte, und drückte die Tür vorsichtig wieder zu.

Zwei Minuten später standen Alina, Leonie, Kim und sie im Schatten des Carports vor dem Haus auf dem Bürgersteig.

Der Brennnesselweg lag wie ausgestorben da. Nur jede zweite Straßenlaterne brannte, und die plötzliche Stille war geradezu unheimlich.

Leonie sah stirnrunzelnd zuerst in die eine und dann in die andere Richtung. „Welches Ende meinen die überhaupt?", krächzte sie.

„Na, das ist doch wohl klar", entgegnete Kim.

„Hä?“ Leonie schüttelte unwillig den Kopf. „Wieso?“

„Zähl einfach mal von eins bis zehn“, schlug Alina vor.

„Warum das denn jetzt schon wieder?“, brummte Leonie. „Ich habe echt keine Lust, mich dauernd von euch veräppeln zu lassen!“

„Keine Sorge“, beruhigte Emma sie. „Alina will dir nur auf die Sprünge helfen.“

„Also gut.“ Leonie verdrehte kurz die Augen und fing dann an zu zählen. „Eins, zwei, drei, vier …“ Sie brach ab und schlug sich mit der Hand gegen die Stirn. „Bei eins ist natürlich immer der Anfang … und das Ende …“

„… befindet sich in diesem Fall bei hundertachtundzwanzig“, führte Emma den Satz zu Ende. „Das letzte Haus steht auf der linken Seite. Dahinter schließen direkt die Pferdekoppeln an.“

„Pferdekoppeln?“, quiekte Leonie. „Wie genial ist das denn! Warum stellst du Krauti nicht einfach da unter?“, schlug sie Alina vor. „Das wäre doch perfekt. So nah bei unserem Paradies! Wieso hast du Alina nie erzählt, dass es hier Pferdekoppeln gibt?“, wandte sie sich beinahe entrüstet Emma zu.

Doch die nahm der Freundin sofort den Wind aus den Segeln.

„Die Koppeln sind privat“, erwiderte sie. „Sie gehören zu keinem Hof, bei dem man Boxen mieten kann. Verstehst du? Die Pächter lassen dort nur ihre eigenen Tiere laufen. Glaube ich zumindest.“

„Übrigens: Es ist fünf vor zwölf", vermeldete Kim, nachdem sie einen Blick auf ihr Handy geworfen hatte. „Nur falls das hier irgendjemanden interessiert."

„Ja, verdammt", sagte Emma, und schon setzten sich die Mädchen in Bewegung.

Zügig marschierten sie den Brennnesselweg hinunter und erreichten schon bald die alte Linde. Sie stand schräg gegenüber vom letzten Wohnhaus und nur wenige Schritte vom Gatter einer der Koppeln entfernt.

„Da ist die Wurzel!", stieß Leonie aufgeregt hervor. Sie zeigte auf einen dicken knorrigen Strunk, der sich direkt neben dem Stamm aus dem Boden drückte und in Form eines spiralförmigen Fingers in Richtung Straße wies. „Und hier müssen wir graben."

Ohne lange zu fackeln, nahm sie Emma den Spaten aus der Hand und setzte seine Spitze auf die Stelle, die von der Wurzelspirale umschlossen wurde.

Emma und Alina nickten, nur Kim zog ein skeptisches Gesicht. Genauso gut hätte auch die andere Seite der Wurzel gemeint sein können, fand sie. Aber mit dieser Ansicht war sie offensichtlich in der Minderheit. Außerdem blieb ihnen sowieso keine Zeit mehr zum Diskutieren.

Leonie hob den Spaten an und donnerte ihn mit voller Wucht senkrecht in den Boden.

„Volltreffer!", verkündete sie.

„Wie jetzt?", fragte Alina erstaunt.

„Ich wäre ja für etwas mehr Behutsamkeit", murmelte Kim.

„Ich auch", pflichtete Emma ihr mit sorgenvoller Miene bei.

„Ach ihr", meinte Leonie nur.

Leonie ~~Sie~~ ließ den Spaten aufs Pflaster fallen, wo er klappernd umfiel. Emma, Alina und Kim zuckten zusammen und sahen sich panisch nach allen Seiten um.

„Wer weckt denn hier, bitte schön, die halbe Stadt auf?", knurrte Kim.

„Das ist doch jetzt auch egal", brummte Leonie, die mittlerweile in die Hocke gegangen war und mit bloßen Händen den aufgesprungenen Boden durchwühlte. „Da war was", beteuerte sie. „Ich hab's genau gespürt. Es war so hart wie ein Diamant. Der Spaten ist richtig daran abgeprallt."

„Ts!" Kim tippte sich an die Schläfe. „Hier wird wohl kaum jemand einen Schatz vergraben haben."

„Nee, aber ein Schätzchen!", juchzte Leonie.

Sie zog etwas aus der Erde hervor, sprang in die Höhe und präsentierte ihren Freundinnen triumphierend einen glänzenden orangeroten Stein. „Tataaa!"

„Wow", sagte Kim. „Und dafür das ganze Theater?"

„Zeig mal her!", sagte Emma und nahm Leonie den Stein aus der Hand.

Sie rieb den Staubschleier ab, den die Erde darauf hinterlassen hatte, und drehte den Stein hin und her.

„Hübsch ist er ja", urteilte sie. „Ganz gleichmäßig oval und so richtig schön orangerot."

„Hm", machte Alina. „Also, ich finde, das stinkt zum Himmel."

„Du meinst wohl, es riecht nach Kevin", erwiderte Kim.

„Och, nö, Mädels", stöhnte Emma. „Dass der dahintersteckt, hatten wir doch längst abgehakt."

„Trotzdem", sagte Alina. „Irgendwie hatte ich mehr erwartet." Sie schnappte sich den Stein und begutachtete ihn ebenfalls von allen Seiten. „Der kann ja nix. Oder irre ich mich?"

„Nee", sagte Kim. „Was soll der schon großartig können?"

Sie streckte Alina eine Hand entgegen, und die Freundin legte den Stein hinein.

Augenblicklich veränderte sich Kims Gesichtsausdruck. Ihre Augen fingen an zu strahlen, und ihre Mundwinkel bogen sich nach oben.

„Wow!", schwärmte sie. „Der ist aber schön! So glatt! … Und so weich! … Und so warm!"

„Weich?" Emma musterte Kim mit einer Mischung aus Erstaunen und Skepsis. „Der Stein ist doch nicht weich! Und warm schon gar nicht."

„Nee!", bestätigte Leonie. „Der ist so hart und so kalt wie eine Münze."

„Gar nicht", widersprach Kim geradezu selig lächelnd. „Er ist warm. Und er wird immer wärmer."

„Vielleicht hast du Fieber“, meinte Alina. „Und das überträgt sich auf den Stein.“

Kim schüttelte den Kopf.

„Ich hab doch kein Fieber! Es ist der Stein. Der ist jetzt richtig heiß!“

„Aber das kann nicht …“, wollte Emma argumentieren.

Doch weiter kam sie nicht, denn in dieser Sekunde löste Kim sich vor ihren Augen in Luft auf.

Leben in Gefahr!

Wie hypnotisiert starrte Emma auf die Stelle, an der Kim gerade eben noch gestanden hatte.

„Hilfe! Was ist denn jetzt passiert?“, stieß sie hervor.

„O nein! O nein! O nein!“ Leonie drehte sich torkelnd um die eigene Achse und zerraufte sich die Haare. „Das ist alles meine Schuld!“, jaulte sie. „Hätte ich doch bloß den Stein nicht ausgegraben!“

„Jetzt beruhig dich mal“, sagte Emma, obwohl sie selber völlig fertig war und sich verdammt zusammenreißen musste, um nicht komplett durchzudrehen. „Hättest du es nicht getan, wäre ich es gewesen. Schließlich steckte der Zettel mit dem Auftrag in meiner Jackentasche.“

„Außerdem … Irgendwo muss Kim doch sein“, krächzte Alina. „Ich meine, vielleicht hat der Stein sie einfach bloß irgendwo anders hintransportiert.“

„Genau!“, quiekte Leonie. Sie hielt so abrupt in ihrer Drehbewegung inne, dass sie fast über ihre eigenen Füße stolperte. „Das glaube ich auch!“

„Okay.“ Emma nickte. Alinas Erklärung hatte durchaus etwas für sich. „Aber wo ist sie gelandet?“

„Zu Hause? … In ihrem Bett?“, rätselte Alina.

„Weil der Stein der Ansicht ist, dass sie um diese Zeit dorthin gehört?“ Emma schüttelte den Kopf. „Dann hätten uns diese *magischen Elemente* doch nicht ausgerechnet um Mitternacht hierhergeschickt.“

„Stimmt auch wieder“, sagte Alina. „Aber wo ist Kim dann?“

„Ach, bestimmt ganz in der Nähe“, meinte Leonie, die sich wundersamerweise bereits vollständig von ihrem Schock erholt hatte. „Ich wette, sie hockt hier irgendwo in einer Häusernische oder hinter einem Busch und kichert sich einen ab.“

„Mhm.“ Emma schürzte die Lippen. „Gut möglich.“

Sie kniff die Augen zusammen und blickte sich um, konnte von Kim aber keine Spur entdecken.

„Und was machen wir jetzt? Sie suchen?“

„Besser nicht“, meinte Alina. „Kim ist imstande und macht ein nervenaufreibendes Programm daraus. Und darauf habe ich nun echt keine Lust.“

„Na gut, dann warten wir eben“, entschied Emma. „Irgendwann wird ihr schon langweilig werden.“

„Hoffentlich“, murmelte Alina.

„Ja“, sagte Leonie. „Mir wird nämlich langsam kalt.“

„Wisst ihr was …?“, begann Emma.

In ihren Augen blitzte es, und eine verschwörerische Miene breitete sich auf ihrem Gesicht aus.

„Was denn?“, bohrte Leonie ungeduldig nach.

„… ich hätte da eine Idee“, raunte Emma. „Wir tun so, als ob wir neben der Baumwurzel noch etwas gefunden hätten.“

„Super Einfall!“ Alina reckte den Daumen. „Das wird Kim aus ihrem Versteck locken. Hundertpro!“

„Aber bitte unauffällig!“, mahnte Emma, doch da hatte Leonie sich schon vor die Wurzel gehockt und „Oh! Oh! Oh!“ gerufen.

Alina stieg sofort darauf ein und beugte sich zu Leonie hinab.

„Nicht so laut!“, zischte sie. „Was hast du denn?“

„Hier ist noch was!“, verkündete Leonie viel zu aufgeregt. „Ein … ein … ein …“

„… zweiter Stein!“, eilte Emma ihr zu Hilfe.

„Nee“, gab Leonie zurück. „Das ist doch kein Stein. Das ist ein … ähm, ein … äh …“

„Mann ey, Leute!“, ertönte da Kims Stimme hinter ihnen. „Ihr glaubt nicht, was ich gerade für einen Kackmist erlebt habe!“

Als hätten sie einen Tanz einstudiert, sausten Emma, Alina und Leonie gleichzeitig herum. Einen Moment lang glotzten sie Kim an, als käme sie von einem anderen Stern.

Emma fiel als Erste wieder ein, dass man einen Mund hervorragend zum Reden nutzen konnte.

„Wo kommst du denn auf einmal her?“, platzte es aus ihr heraus.

„Hä? Wieso?“, erwiderte Kim aufgebracht. „*Ich* bin die ganze Zeit hier gewesen! *Ihr* wart plötzlich nicht mehr da.“

„A-aber …?“, haspelte Alina. „Das stimmt doch gar nicht!“

„Ja, schon kapiert!“ Kim stemmte die Hände in ihre Taille und funkelte ihre Freundinnen zornig an. „Wahrscheinlich wolltet ihr mir einen Denkzettel verpassen, weil ich die ganze Zeit auf Leo rumgehackt habe. Dafür habt ihr euch allerdings nicht gerade den perfekten Zeitpunkt ausgesucht.“

„Und wieso?“, fragte Leonie.

„Weil ich euch gebraucht hätte vielleicht!“, brach es aus Kim hervor.

„Dann hättest du eben nicht einfach verschwinden sollen“, konterte Leonie.

„Hört endlich auf mit dem Theater!“, fauchte Kim. „Ich habe die Lektion verstanden!“

Alina zog geräuschvoll Luft in ihre Lungen.

„Ich aber nicht“, sagte sie. „Und jetzt erzähl uns endlich mal, was du so Furchtbares erlebt hast.“

„Furchtbar?“ Stirnrunzelnd sah Leonie zwischen Alina und Kim hin und her. „Davon hat sie doch gar nichts gesagt.“

„Stimmt“, bestätigte Alina. „Sie hat Kackmist gesagt. Das wollte ich bloß nicht wiederholen.“

Kim schluckte und senkte den Kopf.

„Furchtbar trifft es sowieso viel besser“, gab sie mit

wackeliger Stimme zurück. „Ich war … Also … als ihr auf einmal weg wart, da habe ich …“

Leonie öffnete den Mund für einen erneuten Protest, aber Emma drückte ihr blitzschnell einen Finger auf die Lippen.

„Lass Kim doch bitte ausreden“, verlangte sie.

Sofort klappte Leonie ihren Mund wieder zu und nickte eifrig. „Schon gut“, lenkte sie ein. „Ich will es ja auch wissen.“

„Also“, begann Kim noch einmal von vorn. „Zuerst habe ich hinter dem Baum nachgesehen, weil ich es logisch fand, dass ihr euch dort versteckt hattet. Auch wenn ich mir eigentlich nicht vorstellen konnte, wie ihr das so schnell hingekriegt haben solltet.“

„Eben“, sagte Alina.

Kim sah sie kurz an, blähte die Backen und fuhr dann fort: „Jedenfalls bin ich danach die Straße runtergelaufen, um nach euch zu suchen, aber außer einer kleinen grauweißen Katze war weit und breit kein Mensch unterwegs.“

„Katzen sind doch keine Menschen!“, prustete Leonie los. „Aber natürlich total süß!“, fügte sie hastig hinzu, als sie Emmas mahnenden Blick bemerkte.

„Süß … ja …“, presste Kim mühsam hervor. „Das war sie. Ist sie jetzt allerdings nicht mehr.“

„Was?“, hauchte Alina. „Wieso?“, fragte sie, denn ihr schwante bereits Schlimmes. „Was ist denn passiert?“

„Na ja … plötzlich kam da so ein Sportflitzer angerast“, berichtete Kim stockend weiter. „Die Katze ist die ganze Zeit auf dem Bürgersteig entlanggetrottet und hat an irgendwelchen herunterhängenden Zweigen und Grashalmen geschnuppert. Aber ausgerechnet in dem Moment, als dieses blöde Auto angeschossen kam …“

„Nein! Nein! Nein!“ Entsetzt presste Leonie sich die Hände auf die Ohren. „Ich will das nicht hören!“

„Sie wurde überfahren, stimmt's?“, sagte Alina matt.

Kim nickte. Sie starrte auf ihre Füße und ruckelte an ihrem Kappenschirm herum.

„Ich … konnte … überhaupt … nichts … machen“, stammelte sie. „Ich konnte nicht mal nachschauen, ob sie noch lebt. Versteht ihr? Ich konnte einfach nicht. Ich habe mich umgedreht und bin hierhin zurückgelaufen … Und zum Glück wart ihr dann ja auch wieder da.“

„O Mann.“ Tröstend legte Emma einen Arm um Kims Nacken. „Es tut mir so leid!“

„Das hilft der Katze jetzt auch nicht“, erwiderte Alina. „Wir müssen sofort nach ihr sehen. Vielleicht können wir ihr noch helfen.“

„Und wenn sie halb zermatscht ist und halb nicht?“, wandte Leonie ein, die alles genau mitbekommen hatte, obwohl sie sich eigentlich noch immer die Ohren zuhielt.

„In dem Fall wäre sie definitiv tot“, sagte Emma.

„Oder wir müssten dafür sorgen, dass sie es auch wirklich ist“, meinte Alina entschlossen.

Schon bei dem Gedanken daran zog sich ihr der Magen zusammen. Ein Tier leiden zu lassen, kam für Alina allerdings noch weniger infrage.

„Und jetzt kommt!“, forderte sie ihre Freundinnen auf. „Ich möchte das nämlich nicht alleine machen.“

„Wie weit ist es denn noch?“, wollte Leonie wissen, kaum dass die Mädchen die ersten Schritte gemacht hatten.

Ihre Hände waren mittlerweile von den Ohren bis zu den Wangen hinuntergerutscht, jederzeit bereit, gleich wieder hinaufzuschießen und die Augen zu bedecken.

„Sag bloß rechtzeitig Bescheid“, jammerte sie.

„Versprochen“, antwortete Kim. „Es sind nur noch ein paar Meter.“ Sie streckte den Arm aus und deutete auf eine der Straßenlaternen. „Gleich da hinten, dort wo es wieder dunkler wird, muss sie liegen.“

„Komisch eigentlich, dass wir überhaupt kein Autogeräusch gehört haben“, meinte Emma. „Dieser Flitzer müsste doch direkt an uns vorbeigekommen sein.“

„Stimmt“, sagte Alina. „Das ist in der Tat merkwürdig.“

„Vielleicht hängt das alles mit diesem roten Stein zusammen“, überlegte Emma. „Allerdings ist mir völlig schleierhaft, wie. Wo hast du ihn überhaupt?“

„Hier, in meiner Jeans“, erwiderte Kim. Sie schob ihre Hand in die rechte Hosentasche und zuckte sofort wieder zurück. „Er fühlt sich immer noch total heiß an“, stellte sie erschrocken fest.

„Das muss etwas zu bedeuten haben“, wisperte Emma. „Darauf würde ich meinen Hintern verwetten.“

„Lieber nicht“, meinte Leonie. „Auf irgendwas musst du doch sitzen.“

Weder Alina noch Emma oder Kim reagierten auf diese Bemerkung. Mit angespannten Mienen näherten sich die Mädchen der Laterne, auf die Kim gezeigt hatte, und wurden nun mit jedem Schritt langsamer. Leonie ließ sich sogar ein wenig zurückfallen und verbarg sich Schutz suchend hinter Emma.

„Also, ich sehe hier nirgends eine Katze“, durchbrach Alina schließlich das ängstliche Schweigen.

„Vielleicht wurde sie ja doch nicht überfahren“, äußerte Leonie hoffnungsvoll. „Wenigstens nicht so richtig.“

„Oder sie ist verletzt und hat sich irgendwo verkrochen“, erwiderte Alina. „Was ziemlich blöd wäre. Denn dann finden wir sie ganz sicher nicht.“

„Aber da ist sie ja!“, stieß Emma plötzlich hervor.

„Wo?“, fragte Alina.

Doch schon im nächsten Moment sah sie das grau-weiße Kätzchen auch. Offenbar war es kurz zuvor unter einem Zaun hervorgeschlüpft. Völlig unbeeindruckt von Emmas lautem Ausruf, trottete es neugierig an Zweigen und Grashalmen schnuppernd den Bürgersteig entlang.

„Das gibt’ s doch gar nicht!“, entfuhr es Kim. „Das ist ganz genauso wie eben! Fehlt nur noch, dass jetzt dieser verfluchte Sportwagen angerast kommt.“

Sie hatte es gerade ausgesprochen, da heulte ein Stück weiter die Straße hinunter ein Motor auf. Scheinwerfer blitzten auf, und das rasante Herannahen eines Autos ertönte.

„O nein!“, kreischte Alina.

Sie und Emma rannten gleichzeitig los.

„Passt auf!“, brüllte Kim. „Der Flitzer kann jede Sekunde hier sein!“

Während sie ihren Freundinnen hinterherstürzte und sie zurückzuzerren versuchte, blieb Leonie wie einbetoniert stehen.

Sie hielt sich weder die Ohren noch die Augen zu, sondern hatte die Hände gesenkt. In ihrem Gesicht spiegelte sich weder Panik noch Entsetzen. Und sie hätte auch nicht sagen können, woher sie die Gewissheit nahm, dass die kleine Katze taub war. Leonie wusste es einfach.

Schreien, Rufen und lautes Aufstampfen würden das Tierchen also nicht davon abhalten, auf die Straße zu laufen.

Aber genau das musste sie verhindern. Ein kräftiger Windstoß würde möglicherweise schon ausreichen. Ein sehr kräftiger Windstoß allerdings.

Unbeirrt hielt sie den Blick auf das Kätzchen gerichtet, das inzwischen von den Grashalmen abgelassen hatte und nun schnurstracks auf die Bordsteinkante zulief.

Gleichzeitig brauste der Sportwagen heran. Emma und Alina blieb nichts anderes übrig, als Kim nachzugeben und einen Riesensatz zurück auf den Bürgersteig zu machen.

Es war genauso wie vor ein paar Tagen, als der Junge mit seinem BMX-Rad beinahe auf die Straße gestürzt wäre. Nur dass sich diesmal nicht der Bürgersteig absenkte, sondern eine nahezu orkanartige Böe aufkam und der kleinen Katze ins Gesicht blies.

Vor Schreck wandte sie sich um und brachte sich blitzschnell hinter einem Busch in Sicherheit.

Der Sportwagen war längst in eine Seitenstraße abgebogen und das Brummen seines Motors nur noch in der Ferne zu hören, doch die Mädchen standen noch immer wie festgewachsen auf dem Bürgersteig.

„Was zum Teufel war das?“, platzte es aus Kim heraus. „Woher kam dieser Sturm? Und warum hat er nur die Katze erfasst und sonst nichts?“

„Sei doch froh“, sagte Alina. „Sie ist gerettet.“

Alles andere war doch völlig egal!

„Ich glaube, ich war das“, murmelte Leonie.

Langsam drehten sich die anderen drei zu ihr um.

„Es hat sich total komisch angefühlt“, stammelte Leonie, und es klang beinahe so, als wollte sie sich dafür entschuldigen. „Ich konnte gar nicht anders.“

„Das ist okay“, erwiderte Emma, und ein Lächeln breitete sich auf ihrem Gesicht aus. „Du musst hier niemandem etwas erklären. Ich weiß genau, wie es dir ging.“

Mit großen Schritten lief sie auf ihre Freundin zu, schloss sie in die Arme und drückte sie fest an sich.

„Mann, bin ich froh“, stieß sie hervor. „So unendlich froh!“

„Ich aber nicht“, jaulte Leonie. „Die Katze ist nämlich taub. Und deshalb wird sie wieder auf die Straße laufen. Irgendwann wird sie überfahren, und dann bin ich wahrscheinlich nicht gerade da, um sie zu retten.“

„Unsinn“, sagte Kim. „Woher willst du wissen, dass sie taub ist?“

„Keine Ahnung!“, gab Leonie trotzig zurück. „Ich weiß es eben.“

„Und ich denke, die Katze hat ihre Lektion gelernt“, meldete sich Alina zu Wort. „Also mach dir mal keine Sorgen. So schnell wird sie bestimmt nicht wieder auf die Straße rennen. Tiere merken sich so was. … Und das war vielleicht ja auch der Sinn der Übung“, fügte sie nach kurzem Zögern stockend hinzu.

Rätselraten

„Ich kapier das nicht." Leonie hämmerte sich mit beiden Handballen gegen die Stirn. „Es will einfach nicht in meinen Schädel rein."

Inzwischen waren die vier Mädchen ins Paradies zurückgekehrt und hatten sich dicht zusammengedrängt in Emmas und Leonies Zelt gehockt.

„Vielleicht ist er zu klein", entgegnete Kim.

Kaum dass es heraus war, biss sie sich schuldbewusst auf die Unterlippe.

„Tut mir leid", fügte sie hastig hinzu. „Eigentlich wollte ich das nicht sagen. Und ich hab's auch nicht so gemeint." Sie griff nach Leonies Hand und drückte sie sanft. „Ehrlich."

„Weiß ich doch", erwiderte Leonie. „Und es macht mir auch viel weniger aus, als ihr denkt", fuhr sie an Emma und Alina gewandt fort. „Kim ist Kim. Und ich bin ich. So ist es eben."

„Tja, und jetzt kannst du auf einmal einen Sturm entfachen", sagte Alina.

Leonie nickte.

„Und dabei gibt es nicht mal eine Franziska in meiner Familie."

„Bist du dir da ganz sicher?", hakte Emma sofort nach. „Ich meine, bis vor ein paar Tagen habe ich schließlich auch nicht gewusst, dass meine Mutter eine Cousine mit … ähm … einem Syndrom hat."

„Du solltest auf jeden Fall mehr darüber herausfinden", sagte Kim. „Womöglich ist es gar nichts Übersinnliches. Ich glaube, ein Syndrom kann auch eine Krankheit sein. Blutsverwandt sind Leo, du und ich jedenfalls nicht", stellte sie klar.

„Stimmt", pflichtete Alina ihr bei. „Zumindest, was Emma und Leo betrifft. Du kannst ja eigentlich nichts Besonderes."

„Hallo!" Kim pfriemelte den Stein aus ihrer Hosentasche hervor und hielt ihn ihrer Freundin unter die Nase. „Und was, bitte schön, ist das hier?"

„Ein Stein", antwortete Alina kühl.

„Den wir ausgraben sollten und der seine Temperatur verändert", zählte Kim auf. „Und zwar ausschließlich bei mir."

„Nicht nur das", sagte Emma. „Mit seiner Hilfe konntest du ganz offensichtlich in die Zukunft springen. Du hast gesehen, dass etwas Schlimmes passieren wird. Und nur, weil wir das wussten, konnte Leo es verhindern und außerdem der Katze eine Lektion erteilen."

„Genau! In die Zukunft!", murmelte Leonie. Sie schlug

sich noch ein letztes Mal gegen die Stirn und ließ dann grinsend die Hände sinken. „Ich glaube, jetzt passt's. Jetzt habe ich's kapiert."

Emma nickte.

„Wir können unsere Fähigkeiten kombinieren. Das ist eine ziemlich coole Erkenntnis."

„Am coolsten ist ja wohl das mit der Zukunft", fand Leonie.

„Nee, nee." Kim schüttelte energisch den Kopf. „Im Gegenteil: Das ist total gruselig. Wenn ich dürfte, würde ich sofort mit dir tauschen. Oder den Stein an Alina weitergeben. Im Ernst, Leute, ich brauch ein solches Talent nicht."

„Das verstehe ich", sagte Emma. „Anfangs ging es mir ja genauso. Aber jetzt bin ich irgendwie auch ein bisschen stolz darauf. Denn schließlich tun wir damit jede Menge Gutes. Und wir brauchen nicht einmal Angst zu haben, dass wir einen Fehler machen, weil wir immer genau spüren, wann wir diese Talente einsetzen sollen."

„Ihr seid ja auch nicht allein auf euch gestellt", grummelte Kim. „Ich aber schon, weil dieser dusselige Stein nur mich in die Zukunft katapultiert. Aber was, wenn ich mal eure Hilfe brauche?"

„Dann schreist du eben", schlug Leonie vor.

Kim lachte grimmig auf.

„Das hört ihr doch gar nicht. Ich könnte euch nicht mal eine Nachricht aufs Handy schicken, weil ihr die viel zu spät empfangen würdet."

Alina rieb sich über die Nase.

„Man müsste es eben ausprobieren", meinte sie. „Beim nächsten Mal."

„Klar." Kim zuckte mit den Schultern. „Wenn ich ausreichend Zeit dazu habe."

„Vorhin hättest du sie jedenfalls gehabt", merkte Leonie an. „Du bist doch mindestens fünf Minuten in der Zukunft umhermarschiert."

„Wohl eher zehn", korrigierte Kim. „Abgesehen davon bin ich nicht *umhermarschiert*!", stellte sie klar. „Ich habe euch gesucht! Zufälligerweise war ich nämlich völlig durch den Wind."

„Logisch warst du das", sprang Emma ihr zur Seite. „Wir alle waren es. Schließlich konnten wir nicht ahnen, dass der Stein etwas dermaßen Krasses bewirkt."

„Mittlerweile sind wir aber schlauer", setzte Alina hinzu. „Wir wissen, was passiert. Wir wissen bloß nicht genau, wann … und warum."

„Das finden wir heraus." Emma ballte entschlossen die Fäuste. „Gleich morgen stellen wir meine Eltern zur Rede. Und auf keinen Fall lassen wir sie mit irgendwelchen dummen Ausreden davonkommen."

Erst in den frühen Morgenstunden fielen Emma, Leonie, Alina und Kim die Augen zu. Sie hatten geredet, geredet und geredet und sich am Ende nicht getraut, getrennt zu schlafen.

Kim und Alina hatten ihre Matten und Schlafsäcke herübergeholt, und nun lagen sie eng wie die Ölsardinen aneinandergeschmiegt in einem der kleinen Zweierzelte.

Die Sonne stand schon hoch am Himmel, als Emma plötzlich hochschoss.

„Boah, ich kann nicht mehr", stöhnte sie. „Noch eine Minute in diesem Backofen, und ich ersticke."

„Mhmmm." Lächelnd kuschelte Leonie sich noch etwas tiefer in ihr Kissen. „So schööön warm hier."

„Meinetwegen bratet ihr ruhig weiter", erwiderte Emma, während sie sich aus ihrem Schlafsack befreite und auf den Zelteingang zukroch.

Mit einem Ruck zog sie den Reißverschluss auf und krabbelte ins Freie. „Ich gehe jetzt frühstücken. Und nebenbei Paps und Mam löchern."

„Warte kurz!", rief Alina und schob hastig ihre Brille zurecht, die sie über Nacht nicht abgenommen hatte und die ihr nun etwas schief auf der Nase saß. „Ich komme mit!"

„Was gibt's denn?", fragte Leonie.

„Aufklärung im Fall Zukunftsstein, plötzlich auftretende Winde und Stufenversenkung", erwiderte Emma. „Das hoffe ich wenigstens."

Leonie brummelte etwas Unverständliches.

„Ich meine zum Frühstück", sagte sie dann.

„Frische Brötchen, selbst gemachte Himbeermarmelade, die beste Salami der Welt und natürlich pfundweise Schokocreme", zählte Emma auf.

Mindestens die Hälfte davon war glatt gelogen, verfehlte allerdings seine Wirkung nicht.

„Bin dabei!“, rief Leonie, und obwohl Kim bereits aufgestanden war, bekam sie es irgendwie hin, noch vor ihr geradezu aus dem Zelt zu explodieren. „Ihr könnt euch gar nicht vorstellen, was für einen Kohldampf ich habe!“

„Sind die Brötchen auch frisch aufgebacken?“, erkundigte sich Leonie, nachdem die Mädchen sich fertig angezogen und kurz darauf – jede auf ihre Weise – den Bach überquert hatten. „Weil, sonst mag ich die Schokocreme nämlich lieber auf Toast.“

„Bestimmt“, sagte Emma. „Am Wochenende gibt es bei uns immer warme Brötchen. Das weißt du doch.“

Sie reckte den Hals und spähte über den Kartoffelacker hinweg in Richtung Hochbeet. Darin hatte Ingo Klirrbach neben Salat und Gurken auch Tomaten und Kräuter angepflanzt. Und wie jeden Morgen war er auch heute damit beschäftigt, ein paar Leckereien für den Frühstückstisch abzuernten.

„Los, Beeilung!“, trieb Emma ihre Freundinnen an. „Ich glaube, es wäre nicht das Dümmste, wenn wir meine Eltern getrennt voneinander ausquetschen.“

Sie legte einen Zahn zu, damit ihr Vater

ihnen auf keinen Fall entwischte, flitzte an Zucchinistauden und Bohnenranken vorbei und baute sich ein wenig außer Atem hinter ihm auf.

„Paps?“

„Hier, bei den Tomaten“, antwortete Ingo Klirrbach, ohne sich umzudrehen.

„Das sehe ich", erwiderte Emma.

„Heute gibt es ein paar besonders fruchtige Exemplare für den Caprese-Salat. Und das Basilikum ist ebenfalls ..."

„Pahaps!", unterbrach Emma ihren Vater.

„Ja, meine Haubitze?"

Emma verdrehte stöhnend die Augen.

„Nur falls du da was verwechselst: Ich bin nicht Mam!", stellte sie klar.

„Weiß ich doch", sagte Ingo Klirrbach und schnitt wahllos einige Kräuterstängel ab.

„Kann ich dich mal was fragen?", versuchte Emma es anders.

Ingo Klirrbach nickte. „Davon gehe ich aus."

„Hä?", kam es von Leonie, die inzwischen mit Alina und Kim zu Emma aufgeschlossen war.

„Er versucht bloß, witzig zu sein", sagte Emma. „Stimmt's, Paps?"

„Mhm." Ihr Vater nickte abermals. „Natürlich. Was gibt es denn?"

„Na ja, also ...", begann Emma. Sie wechselte einen Blick mit ihren Freundinnen, räusperte sich und fuhr dann fort: „... wir wissen nicht genau, was ein Syndrom ist."

„Aha."

Ingo Klirrbach pflückte ein paar weitere Tomaten ab und legte sie zu den anderen in eine Schale.

„Wir wüssten es aber gerne", sagte Alina.

„Soso."

Mannomann! Emma rollte erneut mit den Augen. So einsilbig hatte sie ihren Vater ja noch nie erlebt!

„Was ist denn los mit dir?“, platzte es aus ihr heraus.

„Nichts“, entgegnete Ingo Klirrbach sanft. „Ich schneide nur ein paar Tomaten und Kräuter fürs Frühstück.“

„Du könntest uns ja wenigstens mal ansehen!“, knurrte Emma.

Ingo Klirrbach schüttelte den Kopf.

„Ich wüsste wirklich nicht, wozu das gut sein sollte“, murmelte er.

Jetzt platzte Emma aber wirklich der Kragen.

„Vielleicht weil man das so macht“, gab sie wutschnaubend zurück. „Aus Höflichkeit. So habt ihr es uns jedenfalls beigebracht!“

„Ja, ja, schon gut“, erwiderte ihr Vater. „Du musst dich nicht aufregen. Es ist alles in bester Ordnung.“

„Nein“, widersprach Emma. „Das ist es eben nicht. Ich muss wissen, was für ein Syndrom Franziska hat.“

„Franziska?“, fragte Ingo Klirrbach, während er ziellos im Zitronenthymian herumschnippelte. „Welche Franziska?“

„Mams angeheiratete Großcousine!“, half Emma ihm auf die Sprünge.

„Ach so.“ Ihr Vater winkte ab. „Die ist völlig in Ordnung. Keine Spur von irgendeinem Syndrom.“

Pfff! Wieder sahen Emma, Alina, Leonie und Kim einander an.

Das durfte ja wohl nicht wahr sein!

„Vor ein paar Tagen hast du noch genau das Gegenteil behauptet", entgegnete Emma aufgebracht.

„Dann ist sie mittlerweile wohl genesen", schlussfolgerte Ingo Klirrbach. „So etwas kann mitunter sehr schnell gehen."

„Ach ja?"

Stirnrunzelnd betrachtete Emma den Rücken ihres Vaters. Irgendetwas daran kam ihr komisch vor. Wenn sie nur darauf käme, was!

„Vielleicht lag es ja an einem Stein", wagte sie sich vor. „Die haben doch manchmal besondere Heilkräfte."

Ingo Klirrbach nickte. „Ja, ja."

Emma behielt weiter seinen Rücken im Auge.

„Geradezu magisch", murmelte sie. „Und dann dieser Sturm. Hast du den auch gehört?"

„Wie bitte?", erwiderte ihr Vater. „Die letzte Nacht war ruhig und sternenklar. Von einem Sturm habe ich nichts mitbekommen."

„Und was ist mit all den Bordsteinkanten, die im Boden verschwinden?", fuhr Emma fort. „So ein Aufwand, nicht wahr? Und alles bloß, damit man nicht stolpert!"

Sie fing die mahnenden Blicke ihrer Freundinnen ein. Vorsicht!, stand in Alinas Gesicht geschrieben. Du solltest es lieber nicht übertreiben!

Zu spät!, dachte Emma. Außerdem wollte sie es jetzt ganz genau wissen!

„Vielleicht hatte Mams Cousine ja gar kein Syndrom", sagte sie.

Ingo Klirrbach umklammerte eine Tomatenpflanze.

„Sondern?“, fragte er.

Emma zögerte nur eine Sekunde. Sie war bereit, endgültig alles auf eine Karte zu setzen.

„Ich glaube, sie hatte magische Kräfte.“

„Unsinn!“, erwiderte Ingo Klirrbach unwirsch und riss mit einem Ruck die Tomatenpflanze aus der Erde. „Dir ist die Nacht im Zelt wohl nicht bekommen. Und jetzt lasst mich bitte meine Arbeit machen. Das alles hier erfordert nämlich höchste Konzentration.“

Geschenke und Geschütze

„Ich bin echt froh, dass es bei mir zu Hause einigermaßen normal zugeht", sagte Leonie am Montagmorgen, als Emma, Alina, Kim und sie sich vor dem Schulgebäude trafen. „Auch wenn Mama und Papa sich getrennt haben und meine Mutter immer so gestresst ist. Finde ich aber immer noch besser, als mit zwei Verrückten zusammenzuleben."

„Die sind ja nicht immer so", verteidigte Emma ihre Eltern. „Und Paps schon gar nicht."

Dabei beunruhigte sie sein Verhalten sehr viel mehr, als sie es ihren Freundinnen gegenüber eingestand. Weder Leonie oder Kim noch Alina schien aufgefallen zu sein, dass er deutlich zusammengezuckt war, als sie den Sturm erwähnt hatte. Und mittlerweile wusste sie auch, was ihr am Samstagmorgen an seinem Rücken so seltsam vorgekommen war.

Normalerweise hielt Ingo Klirrbach sich immer ein wenig nach vorn geneigt, was vermutlich damit zusammenhing, dass er ständig im Garten herumwühlte. Vorgestern jedoch hatte er kerzengerade an seinem Hochbeet gestanden.

„Schade, dass deine Mutter immer nur über diesen komischen Staubsauger gequasselt hat", meinte Alina. „Sonst hätten wir wenigstens sie noch ein wenig über ihre Cousine ausquetschen können."

So jedenfalls war das Wochenende im Paradies – das musste auch Emma zugeben – eher was für den Komposthaufen gewesen. Trotz des allerschönsten Sonnenscheins und Traumtemperaturen um die dreißig Grad hatte den Mädchen weder das Herumbaumeln in den Hängematten noch das Besondere-Steine-Suchen im Bach wirklich Spaß gemacht.

Keine frotzelte oder witzelte irgendwie herum. Im Grunde hatte es nur ernste Gespräche gegeben, auch über Krautzinsky und seinen neuen Stellplatz auf dem Schoberhof. Zu einem brauchbaren Ergebnis hatte jedoch keine ihrer Überlegungen geführt. Und so waren die Mädchen am Sonntagabend einigermaßen frustriert in ihr jeweiliges Zuhause zurückgekehrt. Einziger Trost: Immerhin hatten sie zuvor noch die anstehenden Hausaufgaben gemeinsam erledigt.

„Es bleibt uns wohl nichts anderes übrig, als auf den nächsten Auftrag zu warten", sagte Emma, kurz bevor sie ihren Klassenraum erreichten. „Irgendwann werden sich diese *Elemente* schon wieder melden. Und vielleicht sind wir dann ja ein bisschen schlauer."

„Aber sicher doch!", spottete Alina. „Niemand von uns hat etwas gegen eine schrittweise Erleuchtung. Am besten im Schneckentempo. Damit unsere Geduldsfäden auch bloß schön elastisch bleiben."

„Dir kann es ja nie schnell genug gehen", erwiderte Kim.

„Oder sie ist gekränkt, weil sie als Einzige von uns noch kein magisches Talent besitzt", sprach Leonie aus, was Emma und Kim sich bisher nur im Stillen gedacht hatten.

„Quatsch im Quarkstrudel", brummte Alina. „Als ob mir das so wichtig wäre!"

Wirklich überzeugend klang das allerdings nicht.

„Du kannst gerne meins haben", bot Kim erneut an.

Sie stoppte auf der Stelle und zog den orangeroten Stein aus ihrer Hosentasche hervor.

„Hier, bitte sehr", sagte sie und hielt ihn Alina hin. „Bei mir im Internat ist er sowieso nicht gut aufgehoben. Zu viele Schnüffler in einem Zimmer, wenn du verstehst, was ich meine", setzte sie bedeutungsvoll hinzu.

„Aber du hast doch einen eigenen Schrank, den du abschließen darfst", wandte Emma ein.

„Das kann ich getrost vergessen", erwiderte Kim. „Karsten aus der Achten hat bis jetzt noch jedes Schloss aufgekriegt. Und meine liebe Zimmergenossin Ada ist nun mal leider total verknallt in diesen Idioten. Die würde sonst was tun, um sein Herz zu erobern."

Sie fasste sich an den Hals und fabrizierte Würgegeräusche.

„Wer also darauf besteht, dass ich den Stein da unterbringe, müsste mich schon am Bettpfosten fesseln und mir einen Böller in die Unterhose stecken", stellte sie unmissverständlich klar.

Leonie riss entsetzt die Augen auf.

„Hat das bei euch etwa schon mal jemand gemacht?"

„Na logisch!", scherzte Kim. „Das steht sozusagen auf der Tagesordnung. Die üblichen Zeiten sind kurz vor dem Frühstück, nach dem Mittagessen und nachmittags zum Tee."

„Das stimmt nicht, oder?", krächzte Leonie, die im Gegensatz zu Emma und Alina die Ausführungen ihrer Freundin überhaupt nicht witzig fand.

„Natürlich nicht!", antwortete Emma an Kims Stelle. „Sie übertreibt halt gerne mal. Das wissen wir doch. Sie wollte uns damit nur klarmachen, dass sie den Stein auf keinen Fall unbeaufsichtigt im Internat lassen wird."

„Ich finde sowieso, dass er in ihrer Hosentasche am besten aufgehoben ist", sagte Alina, während sie Kims Hand mit dem Stein darin mit ihrer umschloss. „Und jetzt steck ihn besser ganz schnell wieder ein, bevor die halbe Schule spitzkriegt, was du da mit dir rumträgst."

Emma fiel es außerordentlich schwer, sich auf den Unterricht zu konzentrieren. Immer wieder glitten ihre Gedanken zu ihrem Vater zurück.

Ihn noch einmal auf all das Vorgefallene anzusprechen, war vermutlich zwecklos. Entweder er leugnete, wich aus oder konnte sich nicht mehr erinnern.

So kamen sie und ihre Freundinnen jedenfalls nicht weiter. Das stand so fest wie senkrecht einbetonierte Zaunpfähle. Und deshalb gab es zunächst einmal nur noch eine einzige Möglichkeit: Emma musste seinen Schreibtisch durchsuchen – und hoffen, dass sie dort auf einen brauchbaren Hinweis stieß.

Sie war so tief in ihre Pläne versunken, dass sie regelrecht aufschreckte, als der Gong zur ersten großen Pause ertönte.

Wie immer sprang Alina als Erste auf und sprintete zur Tür.

„Ich hab überhaupt keine Lust, auf dem Schulhof herumzulatschen", verkündete Leonie und zog eine Leidensmiene.

„Dann gehen wir eben in die Cafeteria", schlug Kim vor. „Wenn wir uns beeilen, erwischen wir bestimmt noch einen freien Platz."

„Och nö", stöhnte Leonie. „Lieber nicht."

Emma runzelte die Stirn. „Was ist denn los mit dir?"

„Nix", gab Leonie inbrünstig seufzend zurück. „Aber ich darf doch sowieso nichts Süßes mehr essen", sagte sie und zeigte demonstrativ auf ihre Brotdose.

„Klar darfst du", erwiderte Kim.

Leonie zog eine Grimasse.

„Ich will aber nicht mehr dick sein. Außerdem …"

„Was?", bohrte Emma nach, als ihre Freundin verstummte und es nicht danach aussah, als wollte sie den Satz in absehbarer Zeit zu Ende führen.

„Na jaaa, ich will nicht, dass irgendwas passiert", antwortete Leonie ausweichend. „Und ich aus Versehen die Tische leer fege oder so."

Kim warf einen Blick zur Tür, wo Alina ungeduldig hin und her hibbelte, und runzelte verständnislos die Stirn.

„Warum solltest du das tun?", wollte sie wissen. „Ich meine, du bist doch nicht bescheuert."

„Nee, bin ich nicht", erwiderte Leonie ein wenig patzig. „Aber was soll ich denn machen, wenn diese komische Kraft mich dazu zwingt? Du hast ja keine Ahnung, wie sich das anfühlt. Dein Stein warnt dich wenigstens vor."

„Ja, toll!", knurrte Kim. „Dagegen wehren kann ich mich trotzdem nicht."

„Hört bitte auf zu streiten", mischte Emma sich ein. „Das bringt doch nichts. Einfach hier sitzen zu bleiben übrigens auch nicht", fügte sie an Leonie gewandt hinzu. „Frau Gernau will nämlich den Klassenraum abschließen."

„Meinetwegen!" Mit einem Ruck schoss Leonie von ihrem Stuhl hoch. „Dann hock ich mich eben in den Gang."

Sie schnappte sich ihre Brotdose und marschierte mit äußerst übel gelaunter Miene an Alina vorbei zur Tür hinaus.

Emma und Kim hasteten hinterher, und Alina folgte ihnen auf dem Fuße.

„Geht ihr bitte zügig nach draußen", forderte Frau Gernau sie auf, nachdem sie den Klassenraum abgeschlossen hatte.

Schlüsselklimpernd trieb die resolute Deutschlehrerin die Mädchen vor sich her.

Emma, Alina, Leonie und Kim blieb gar nichts anderes übrig, als bis zur Glastür zu laufen, hinter der der Verwaltungstrakt lag, inklusive Schulleiterbüro und Lehrerzimmer.

Sie warteten kurz, bis Frau Gernau aus ihrem Blickfeld verschwunden war, und machten sich dann sofort wieder auf den Rückweg zu ihrem Klassenraum.

„Wir müssen uns jetzt zusammenreißen", mahnte Emma. „Okay?"

„Leichter gesagt als getan", entgegnete Kim. „Immerhin steht unser Leben gerade Kopf."

„Was hast du da überhaupt an deiner Jeans?", fragte Leonie.

Sie machte eine Vollbremsung und zeigte auf den pinkfarbenen Stofffetzen, den Kim sich um ihr Knie gebunden hatte."

„Hat mein Vater mir geschickt", brummte Kim. „Zusammen mit einem Dreizeiler."

„Oha", sagte Emma. „Kennst du ihn auswendig?"

„Worauf du dich verlassen kannst!", erwiderte Kim. „Mein liebes Kind, anbei 15 Seidentücher, die ab sofort zu tragen sind, Gruß Dein Vater", zitierte sie im Befehlston eines Generals und schwang im Takt dazu ihren erhobenen Zeigefinger.

Alina tippte sich an die Stirn. „Der hat ja wohl 'n Sockenschuss!“

„Zum Glück hat er nicht geschrieben, wo oder wie ich die Tücher tragen soll“, gab Kim grinsend zurück. „Und so ums Knie gewickelt finde ich die Dinger eigentlich ganz cool. Jedenfalls kann er sich jetzt nicht beschweren, dass ich sie nicht umbinde. Ich habe ihm auch schon ein Foto geschickt.“

Alina prustete los.

„Dabei gehört so ein Tuch doch eigentlich um den Hals“, kicherte sie. „Oder anstelle deiner Kappen auf den Kopf.“

Kim nickte zustimmend.

„Wahrscheinlich hat er gehofft, dass ich die Basecaps vor lauter Begeisterung über diesen neuen Look auf der Stelle in den Müll werfe. Das genaue Gegenteil davon kann er jetzt auf dem Foto bewundern.“

„Oje, wenn das mal keinen Ärger gibt!“, orakelte Leonie.

„Also, ich finde, das ist ein gutes Zeichen“, hielt Emma dagegen. „Wahrscheinlich bedeutet es, dass sein Antrag wegen der Schuluniform nicht durchgekommen ist.“

„Das glaube ich auch“, erklärte Kim. „Als ich letzte Woche Frau Sonnebrinck gefragt habe, ob ich mit euch zelten darf, hat sie betont, wie toll sie meine Kappen findet. Und dabei hat sie ziemlich unauffällig auffällig mit ihrem rechten Auge gezwinkert.“

Emma reckte triumphierend den Daumen. Soweit sie

wusste, leitete Frau Sonnebrinck das Internat seit knapp drei Jahren und schien total in Ordnung zu sein.

„Ist das echt aus Seide?“, fragte Leonie.

Sie beugte sich zu Kims Knie hinunter, um das Tuch anfassen zu können.

„Wenn mein Vater das schreibt, wird es wohl so sein“, erwiderte Kim mit einem Schulterzucken. „Für seine Tochter gibt es schließlich immer nur das Beste.“

„Haha“, sagte Leonie. „Aber das Tuch fühlt sich wirklich ziemlich wertvoll an. Und es glänzt auch so schön“, schwärmte sie.

„Also pass lieber gut auf, dass du es nicht verlierst“, frotzelte Alina.

Leonie richtete sich wieder auf und musterte Kim forschend.

„Wieso trägst du es überhaupt?“

„Ph!“, machte Kim. „Keine Ahnung. Einfach so halt. Hab ich doch eben schon gesagt.“

„Na ja“, startete Emma einen Erklärungsversuch, „immerhin ist es ein Geschenk.“

Und es war ja nicht so, dass Kim ihren Vater gar nicht mochte.

„Und das da …“, Emma deutete auf das Tuch, „… ist eben ihre Art, es zu tragen.“

„Ach übrigens“, sagte Kim, die dieses unangenehme Thema unbedingt hinter sich lassen wollte, „seit wann nennt dein Vater dich eigentlich Haubitze?“

Verwundert sah Emma ihre Freundin an. Lustig, dass Kim das aufgefallen war!

„Es war bestimmt ein Versehen“, erwiderte sie. „Ihr habt ja selber erlebt, wie sehr er am Wochenende durch den Wind war. Normalerweise gibt er nur meiner Mam Blumennamen.“

„Eine Haubitze ist aber keine Blume“, stellte Kim klar.

„Sondern?“, frage Alina.

„Wahrscheinlich irgend so eine exotische Obstsorte“, vermutete Emma. „Solche Namen verwendet Paps nämlich manchmal auch.“

„Nee. Nee.“ Kim schüttelte den Kopf. „Kein Obst und kein Gemüse. Eine Haubitze ist ein Geschütz, mit dem man Kanonen und Granaten durch die Gegend ballert.“

„Solche, die man im Krieg verwendet?“, hakte Leonie ungläubig nach.

Kim nickte. „Genau.“

„Interessierst du dich etwa für so was?“, wollte Alina wissen und zog dabei eine Grimasse, die ihr Missfallen nur allzu deutlich zum Ausdruck brachte.

„Ich nicht, aber Karsten“, wies Kim auf der Stelle von sich. „Und weil Karsten Fan von allem möglichen Militärzeug ist, ist Ada es natürlich auch.“

„Pfui Stechmücke!“, entfuhr es Alina. „So bescheuert muss man erst mal sein!“

„Stimmt“, pflichtete Kim ihr bei. „Ich frage mich aber schon, warum Herr Klirrbach Emma so genannt hat.

Irgendwie kann ich nämlich nicht so richtig glauben, dass es ein Versehen war."

„Sondern?", fragte jetzt Leonie.

Gespannt wie ein Flitzebogen kurz vor dem Abschuss sah sie zwischen Kim und Alina hin und her. Doch anstatt von ihnen kam die Antwort von Emma.

„Ich weiß schon, was du meinst", sagte sie. „Ich habe übrigens dieselbe Vermutung."

„Hallo!", beschwerte sich Leonie. „Könnt ihr bitte mal Klartext reden! Denkt ihr etwa, Emmas Vater weiß doch Bescheid?"

Emma, Alina und Kim blähten die Backen und hoben gleichzeitig ihre Schultern bis zu den Ohren hoch. Es erinnerte ein bisschen an eine Aufführung der *Augsburger Puppenkiste*.

„Aber wieso hat er dann so getan, als ob er keine Ahnung hätte?", wunderte sich Leonie.

„Das gilt es eben rauszufinden", erwiderte Emma. „Sobald sich die Gelegenheit bietet, werde ich seinen Schreibtisch durchforsten."

„Das darfst du nicht", protestierte Leonie. „Man kramt nicht in anderer Leute Sachen rum!"

„Doch", hielt Kim dagegen. „In Notfällen schon. Und das hier ist ja wohl einer."

In diesem Moment ging Frau Flügelschlag an den Mädchen vorbei. Weder Emma noch Kim, Alina oder Leonie hatten sie kommen sehen. Als ob sie aus dem Fußboden herausgewachsen wäre!, schoss es Emma durch den Kopf.

„Die Pause ist gleich vorbei!", rief sie den Mädchen zu und lief mit wippenden Zierfedern und wehendem Strickmantel weiter den Gang hinunter.

„Vielen Dank, das wissen wir", murmelte Alina.

Im nächsten Moment wirbelte ein weißes gefaltetes Blatt Papier durch die Luft und landete zwischen Emma und Leonie auf dem Boden.

Reflexartig machte Emma einen Schritt zurück.

„Was war das denn schon wieder?"

„Doch bloß irgendein Schreiben", sagte Leonie grinsend. Sie ging in die Hocke hinunter, um es aufzuheben. „Hallo! Frau Flügelschlag! Sie haben da was verloren!"

„Wie bitte?" Die Geschichtslehrerin blieb abrupt stehen und drehte sich dann langsam zu ihnen um. „Habt ihr mit mir gesprochen?"

„Ja! Hier!" Leonie rannte wild mit dem Schriftstück wedelnd auf sie zu. „Das ist Ihnen runtergefallen!"

„Mir?" Frau Flügelschlag nahm ihr das Schreiben aus der Hand, warf einen kurzen Blick darauf und schüttelte den Kopf. „Nein, nein", sagte sie. „Das ist nicht von mir."

„Aber …?", wollte Leonie widersprechen, doch ihre Lehrerin sah sie so durchdringend an, dass sie auf der Stelle verstummte.

Und noch ehe sie bis drei zählen konnte, hatte Frau

Flügelschlag sich schon wieder abgewandt und war in einem der Klassenräume verschwunden.

„Aber …“, sagte Leonie noch einmal und flitzte dann mit dem Schriftstück zu ihren Freundinnen zurück. „Das kann doch nur sie verloren haben! Wo soll es denn sonst hergekommen sein?“

„Zeig mal her!“

Emma schnappte sich das Schreiben und faltete es auseinander. „Oh!“, stieß sie hervor, und in ihren blauen Augen funkelte es. „Ein neuer Auftrag!“

Ruckartig flogen Alinas, Leonies und Kims Köpfe in Emmas Richtung.

„Und?“, fragte Kim aufgeregt.

„Seht selbst“, meinte Emma und reichte das Schriftstück weiter.

Schnipselbotschaften

Auch diesmal war der Auftrag auf schneeweißem Papier gedruckt und mit dem bekannten grünen Stempel versehen.

Liebe Kinder,
war darauf zu lesen,
bitte betrachtet dies als eine Angelegenheit von äußerster Dringlichkeit!
Gesucht ist: Tobias Krummhorst.
Findet heraus, wo er wohnt und was er treibt.
Wichtig: Vernichtet diese Botschaft, sobald Ihr sie gelesen habt!

❖ DIE ELEMENTE

„Na, das ist ja wohl ein Klacks!“, platzte es aus Alina heraus. „Wir sehen einfach im Telefonbuch und im Internet nach – und rumms! – schon ist die Sache geklärt!“

Emma schob skeptisch die Unterlippe vor.

„Das haben die *Elemente* doch garantiert schon längst gemacht“, erwiderte sie.

„Aber wir müssen ihn noch beobachten", entgegnete Leonie. „Nur herausfinden, wo er wohnt, reicht denen schließlich nicht."

„Mich interessiert eigentlich viel mehr, wer hinter diesem *ehrbaren Club der magischen Elemente* steckt", sagte Emma.

„Das geht nicht nur dir so", gab Kim mit einem leisen Seufzen zurück. Sie tippte auf das Schriftstück. „Immerhin haben sie diesmal uns alle angesprochen und nicht nur dich allein."

„Mhm." Emma nickte. „Aber woher kam diese Botschaft so plötzlich?" Sie legte ihren Kopf in den Nacken und inspizierte die hohe Decke über sich. „Die kann doch nicht einfach vom Himmel gefallen sein."

„Wohl kaum", kam es von Alina.

„Aber wer oder was steckt dahinter?", beharrte Emma.

„Magie."

Drei Augenpaare starrten Alina an.

„Na klar!", rief Kim schließlich aus. Sie klatschte sich so heftig mit der Hand gegen die Stirn, dass sie beinahe das Gleichgewicht verlor. „Wie blind kann man eigentlich sein!"

„Wieso?", fragte Emma.

„Na, wir sind doch garantiert nicht die Einzigen hier, die solche Talente besitzen, sondern …"

„*Der Club der magischen Elemente*!", sprudelte es aus Leonie hervor. „Und das müssen dann ja auch mehrere sein, so wie wir. Vier nämlich!"

„Wie kommst du denn jetzt da drauf?“, fragte Alina irritiert.

Leonie schüttelte lachend den Kopf.

„Das ist doch wohl so klar wie Zitronensorbet mit Schokostückchen“, tirilierte sie. „Wegen der Vier-Elemente-Lehre!“

„Hä?“, fragte Kim, deren graue Zellen offenbar eine Pause eingelegt hatten.

„Du hast recht“, sagte Emma. „Es gibt vier Elemente, aus denen alles besteht: flüssig, fest, gasförmig und …“

„Glühend!“, ergänzte Leonie. „Oder auch: Wasser, Luft, Erde und Feuer“, zählte sie auf.

„Wow!“, staunte Alina. „Was du alles weißt!“

„*Magic Elements*“, murmelte Emma. „Das klingt doch viel cooler als *der ehrbare Club der magischen Elemente*. Findet ihr nicht auch?“

Leonie nickte eifrig.

„*Magic Elements*“, wiederholte sie beinahe feierlich. „Jepp! Das gefällt mir!“

„Von uns besitzen aber nur drei ein magisches Talent“, merkte Kim an, deren Gehirnzellen ihre Arbeit inzwischen offenbar wieder aufgenommen hatten.

„Das stimmt nicht ganz“, wandte Emma ein. „Denn du brauchst ein Hilfsmittel, um es nutzen zu können: den Stein.“

„Egal“, sagte Kim, die sich nun nicht mehr beirren lassen wollte. „Denn eigentlich klingt diese Vier-Elemente-Erklärung doch ziemlich einleuchtend. Oder? Und es könnte bedeuten, dass wir *noch* nicht vollständig sind", fuhr sie fort. „Und dass es womöglich noch andere Vier-*Elemente*-Gruppen gibt, die schon lange fest zusammengehören und viel erfahrener sind als wir."

„Aber warum lassen sie dann *uns* die ganze Arbeit machen?", entfuhr es Leonie.

„Um zu üben?", schlug Emma vor. Ihr Blick wanderte zu Alina. „Und damit auch wir irgendwann vollständig werden können?"

„Also, das wäre ja …", sagte Alina.

Weiter kam sie nicht, weil nun Leonie wieder in Fahrt geriet.

„Krass!", stieß sie hervor. „Obermegasupercool! Und zum Glück total ungefährlich! Es ist wie in der Schule! Uns kann eigentlich nichts passieren! Wenn etwas nicht richtig klappt, wird uns nicht gleich der Kopf abgerissen."

„Notfalls eilt uns eben eins der erfahrenen *Elemente* zu Hilfe", führte Kim Leonies Überlegungen fort.

„Genau!", stieg die begeistert darauf ein. „Aber erst mal sollen wir unsere Talente selbst entdecken und ausprobieren und ganz alleine herausfinden, was es damit auf sich hat. … Weshalb die Mitglieder dieses *Elemente-Clubs* sich auch nicht zu erkennen geben, sondern uns irgendein Theater vorspielen, sobald wir etwas von ihnen wissen wollen."

Emma krauste die Stirn. „Du meinst so wie die Eule eben?"

„Genau", sagte Leonie. „Und dein Vater am Wochenende."

O Mann! War das wirklich möglich?

Nachdenklich nagte Emma an ihrer Unterlippe.

Wenn Leonie und Kim mit ihrer Theorie richtiglagen, hatte Paps sich also nur deshalb so dusselig angestellt, weil er verhindern wollte, dass sie ihm – und seinen mysteriösen *Magischen Elemente*-Freunden! – allzu schnell auf die Spur kamen. Aber warum hatte er dann am Mittwoch eine solch absurde Panik geschoben, bloß weil sie ein bisschen zu tief und zu lange geschlafen hatte?

Nein, nein! Für Emma passte all das überhaupt noch nicht zusammen. Dass ihr Vater da irgendwie mit drinhing, glaubte sie allerdings schon. Und ganz so harmlos, wie Alina, Kim und Leonie taten, war diese *Elemente-Magie* wahrscheinlich auch nicht.

Mit Emmas Konzentration auf den Unterricht war es für den heutigen Tag endgültig vorbei. Auf die Frage, welche Tiere in Afrika heimisch seien, hätte sie wahrscheinlich „This is an apple" geantwortet. Und wäre sie in der Mathestunde zum Lösen einer Aufgabe an die Tafel gerufen worden, hätte sie vermutlich lauter Strichmännchen gemalt.

Aber zum Glück wurde sie in keinem Fach drangenommen. Und auch Alina, Kim und Leonie blieben auf wundersame Weise verschont.

Sie verabredeten, dass jede von ihnen so viel wie möglich

über Tobias Krummhorst herauszufinden versuchte. Am späten Nachmittag wollten sie sich dann bei Alina treffen und gemeinsam zum Schoberhof gehen, um Krautzinskys neues Zuhause in Augenschein zu nehmen. Vielleicht war es dort ja gar nicht so schrecklich, wie Alina dachte. Das hoffte Emma zumindest.

Nach dem Mittagessen trabte sie sofort in ihr Zimmer hinauf, wo sie Noah die Tür vor der Nase zuknallen und danach blitzschnell abschließen musste.

„Das ist verboten!“, brüllte ihr Bruder.

„Lass mich in Ruhe!“, brüllte Emma zurück.

Wenn sie ihr Zimmer tatsächlich nicht mehr verriegeln sollte, hätte Paps ihr wohl kaum den Schüssel ins Schloss gesteckt!

Doch so schnell gab Noah nicht auf. Wäre ja auch was völlig Neues gewesen!

„Lass mich sofort rein!“, befahl er.

„Wozu denn?“, knurrte Emma. „Ich dachte, es gibt hier nichts, das dich interessiert.“

„Kann man nie so genau wissen.“

„Ich schon“, erwiderte Emma. „Hier gibt es nämlich rein gar nichts, womit du etwas anfangen könntest. Außerdem hab ich einen Sack voll Hausaufgaben zu erledigen. Also verzieh dich, sonst müsste ich nämlich leider petzen … Und dann bekämst du deinen Läppi heute garantiert gar nicht mehr zurück.“

Noah schwieg.

„Zicke!“, fauchte er.

Nicht mal zehn Sekunden später hörte Emma, wie er seine Zimmertür zuknallte.

Sie hatte also richtiggelegen: Noahs Notebook war wieder einmal von ihren Eltern konfisziert worden.
Ohne das Ding konnte er aber leider nicht wie ein normaler dreizehnjähriger Junge denken. Vermutlich hatte er sein eigenes Gehirn bereits irgendwo abgelegt und bisher nicht wiedergefunden. Oder für irgendein oberdämliches PC-Spiel verscherbelt. Kein Wunder jedenfalls, dass ihm nie etwas Schlaueres einfiel, als ihr auf den Keks zu gehen!

„Langeweile muss man eben ertragen können“, murmelte Emma und grinste in sich hinein.

Wie gut, dass sie selbst gerade so ziemlich vom Gegenteil geplagt wurde!

Das mit den Hausaufgaben war natürlich eine Lüge gewesen. Sie hatte zwar etwas auf, aber das war nicht viel. Und den größten Teil davon hatte sie wegen besagtem Konzentrationsmangel sowieso nicht verstanden. Emma würde es also irgendwann morgen vor dem Unterricht oder in den Pausen von ihren Freundinnen abschreiben müssen. Auf mindestens eine von ihnen war hoffentlich Verlass!

Emma öffnete ihren Rucksack, kramte die letzte *Elemente*-Botschaft aus dem Seitenfach hervor und fing an, sie in hunderttausend minikleine Fipsel zu zerschnippeln.

Damit hatte sie eine ganze Weile zu tun.

Und während all diese winzigen Schnipselchen in ihren Papierkorb hinuntersegelten, fiel ihr auf einmal das Papierstück wieder ein, das Scharky vor ein paar Tagen für brauchbar befunden hatte.

Augenblicklich ließ Emma den Rest des Schriftstücks und die Schere fallen und hechtete zur Tür. Sie presste ihr Ohr dagegen und lauschte. Erst als sie sich einigermaßen sicher war, dass ihr Bruder nicht im Flur herumlungerte, drehte Emma leise den Schlüssel herum und huschte aus dem Zimmer.

Auf Zehenspitzen flitzte sie die Treppe hinunter und tauchte in das gemeinsame Arbeitszimmer ihrer Eltern ab.

Ihr Vater war gleich nach dem Mittagessen für den wöchentlichen Großeinkauf in die Stadt gefahren, und ihre Mutter würde nicht vor dem Abendbrot nach Hause kommen. Emma blieb also ausreichend Zeit, alles in Ruhe zu durchforsten.

Ingo Klirrbachs Schreibtisch war super ordentlich und die Schubladen allesamt so gut wie leer. Also nahm Emma sich als Nächstes den Papierkorb ihrer Mutter vor. Er war beinahe randvoll, und Emma musste ihn auskippen, um sicherzugehen, dass sie auch wirklich nichts übersah. Sorgfältig klaubte sie ein Papierstück nach dem anderen auf und inspizierte es eingehend, bevor sie es wieder wegwarf.

Meistens handelte es sich dabei um langweilige Tabellen, deren Sinn vermutlich nur Professoren verstanden, oder irgendwelche Berechnungen, die unfassbar kompliziert aussahen. Dazwischen tummelten sich jedoch auch einige kleinere Zettel mit handgeschriebenen Notizen oder Skizzen von Staubsaugrobotern.

Einen Schnipsel wie jenen in Scharkys Bauch fand Emma aber leider nicht.

Also stellte sie den Papierkorb an seinen Platz zurück und versuchte ihr Glück stattdessen mit den Schubladen. Es gab sechs an der Zahl, auf jeder Seite des Schreibtisches drei, und zu Emmas Ärger waren alle abgeschlossen.

Schöner Mist!

Dass sich wahrscheinlich auch Noahs Notebook in einer davon befand, war da nur ein schlapper Trost. Ohnehin war Emma in dieser Sache ein wenig hin- und hergerissen. Einerseits gönnte sie ihrem Bruder von ganzem Herzen, dass er einen großen Teil des Tages ohne sein Lieblingsspielzeug auskommen musste. Andererseits war sie blöderweise aber nur dann vor seinen Attacken sicher, wenn er seine blöden Spiele daddeln konnte.

„Mam, was außer Noahs Läppi verbirgst du sonst noch für Geheimnisse in deinem Schreibtisch?“, grummelte Emma.

Hatten die ausschließlich mit ihren Erfindungen zu tun? – Von denen selbst ihre Familienmitglieder nichts erfahren durften, weil es auch die Geheimnisse der Firma waren, bei der sie arbeitete?

Antworten auf diese Fragen würde Emma nur von ihrer

Mutter erhalten können, wahrscheinlich aber sowieso nicht bekommen. Zumindest, was den Ehrlichkeitsgehalt betraf. Genauso gut konnte sie auch die Kugelschreiber in Nina Klirrbachs Stiftebox auszuquetschen versu…

Moment mal! Lugte da nicht der Eckzipfel eines Papierschnipsels hervor?

Nur einen Lidschlag später hielt Emma die Stiftebox in der Hand. Und tatsächlich, da lag er, haargenau der Schnipsel, den Scharky vor ein paar Tagen als brauchbar einsortiert hatte.

Emma erkannte ihn daran, dass er ziemlich schmal war und an einem seiner beiden Enden spitz zulief. Ganz eindeutig war er von irgendetwas abgeschnitten worden – was sie spontan an ihre eigene Schnippelei von vorhin erinnerte.

Allerdings war dieser Schnipsel auf beiden Seiten komplett schneeweiß. Keine Spur von etwas Gedrucktem geschweige denn von etwas, das auf die *magischen Elemente* hinwies.

Doch halt! Stopp! Jetzt, da Emma sich den Schnipsel noch einmal etwas näher vor die Augen hielt, bemerkte sie ihn: den winzig kleinen grünen Punkt direkt am Rand!

Emmas Herz machte einen Satz.

Ihr erster Reflex war, den Schnipsel einfach einzustecken. Sie war bereits drauf und dran, ihn in ihre Hosentasche zu stopfen. Aber dann beschloss sie, ihn lieber unter die Stiftebox zurückzulegen und einfach jeden Tag nachzusehen, ob er immer noch dort war.

Plötzlich ertönten Schritte auf dem Flur, und im nächsten Moment spazierte Nina Klirrbach ins Zimmer herein. Als sie ihre Tochter bemerkte, rutschte ihr augenblicklich ihre geschäftige Miene aus dem Gesicht.

„Was machst du hier?“, fuhr sie ihre Tochter an. „Du kramst doch wohl hoffentlich nicht in meinen Unterlagen herum!“

Ihr Blick wanderte von der Stiftebox in Emmas rechter Hand zu dem Papierschnipsel in ihrer linken.

„Was hast du denn da?“

„... einen blauen Gelschreiber gesucht“, kam es wie aus der Pistole geschossen aus Emmas Mund.

Sie war selbst überrascht, dass ihr das so schnell eingefallen war.

„Einen Gelschreiber?“ Ihre Mutter schüttelte unwillig den Kopf. „So etwas besitze ich nicht“, entgegnete sie. „Wozu brauchst du den überhaupt, ich denke, ihr schreibt in der Schule mit einem Füller?“

„Das tun wir ja auch“, gab Emma zurück. „Aber meine Patronen sind alle.“

Puh! Schon wieder so eine geniale Ausrede!

„Aha ... Aha ... Ach so.“ Nina Klirrbach zeigte auf

Emmas linke Hand. „Und was wolltest du mit diesem Schnipsel da?"

„Ähm … äh … den Gelschreiber ausprobieren …", haspelte Emma.

„Den ich nicht habe!", betonte ihre Mutter.

„Klar, Mam. Das weiß ich jetzt auch. Ich war ja noch auf der Suche."

„Hm." Nina Klirrbach schürzte die Lippen. „Na gut", sagte sie schließlich. „Dann kannst du die Box ja wieder zurückstellen."

Den Schnipsel nicht?, dachte Emma verwundert.

Hatte ihre Mutter den womöglich gar nicht daruntergelegt? Oder hatte sie ihn nur einfach nicht erkannt?

Es half nichts. Emma hätte den Schnipsel zwar gerne behalten und den grünen Punkt mit der grünen Stempelfarbe auf einer der *Elemente*-Botschaften verglichen. Aber sie musste es jetzt einfach ganz genau wissen!

„Der hier lag auch auf deinem Schreibtisch", sagte sie und hielt ihrer Mutter den Schnipsel hin. „Ich glaube, das ist der gleiche, den Scharky letztens in den Beutel mit der grünen Zwei einsortiert hat … Dabei ist so ein Papierfetzchen ja eigentlich völlig unbrauchbar", fügte sie hinzu, obwohl sie es nicht für ausgeschlossen hielt, dass eine solche Bemerkung bei ihrer Mutter zu einer mittelschweren Krise führen könnte.

Und genau so war es dann auch.

Ein paar Krummhorsts zu viel

„Das ist eine Katastrophe!“, jammerte Nina Klirrbach. Sie ließ ihre Handtasche auf den Boden fallen, riss Emma den Schnipsel aus der Hand und begutachtete ihn von allen Seiten. „Das wirft mich … uns! … die ganze Firma! … um Jahre zurück!“

„Tut mir leid, Mam“, sagte Emma zerknirscht, während sie sich darüber wunderte, dass ihre Mutter sich offenbar überhaupt nicht mehr daran erinnerte, dass sie ihr diese Unheilsbotschaft bereits letzte Woche überbracht hatte. Immerhin hatte Mam die schon einmal als Katastrophe bezeichnet.

„Ach was, Spätzchen, das muss es doch nicht, im Gegenteil, es ist ein Segen, dass du das herausgefunden und mir erzählt hast, ich kann dir gar nicht sagen, wie unendlich dankbar ich dir bin“, erwiderte Nina Klirrbach im Monstersatz. Sie tätschelte Emma die Wangen und drückte ihr einen Kuss auf die Stirn. „Ohne dich hätte ich mich heute vermutlich bis auf die Knochen blamiert, aber jetzt schaffe ich es vielleicht noch, das Ruder herumzureißen … und mir eine kluge Ausrede einfallen zu lassen.“

Eine Ausrede? – Oha!

Und Emma hatte gedacht, Erwachsene taten das nicht!

So konnte man sich also irren.

„Warum bist du denn überhaupt schon zu Hause?", erkundigte sie sich vorsichtig.

„Warum? Warum?" Nina Klirrbach machte eine wegwerfende Geste und gab Emma damit das Gefühl, eine besonders dämliche Frage gestellt zu haben. „Weil ich Scharky in die Firma holen und der ganzen Abteilung vorführen wollte, natürlich!"

„Aha", sagte Emma. „Und was ist daran so schlimm? Im Großen und Ganzen funktioniert er doch."

„Im Großen und Ganzen … Dass ich nicht lache!" Nina Klirrbach hob ihre Handtasche vom Boden auf, hängte sie sich in die Armbeuge und eilte aus dem Zimmer. „Es sei dir aber verziehen, dass du das Ausmaß dieser Angelegenheit nicht erfasst, schließlich bist du noch ein Kind", setzte sie hinzu – was Emma nur mitbekam, weil sie ihrer Mutter in den Flur gefolgt war.

„Aber das mit den falschen Tönen hast du doch ruckzuck hinprogrammiert gekriegt", versuchte sie ihre Mutter aufzumuntern.

„*Das* war ja auch ein Klacks!", erwiderte Nina Klirrbach.

Sie hängte ihre Tasche an die Garderobe und entledigte sich ihrer Stöckelschuhe.

„Verstehst du, meine Süße“, beschwor sie ihre Tochter. „Für mich und uns und die ganze Firma ist es ungeheuer wichtig, dass Scharky bedrucktes von unbedrucktem Papier unterscheiden kann, damit auf keinen Fall die Gefahr besteht, dass er eine wichtige Unterlage in sein Müllfach einsortiert.“

„Das hat er doch auch gar nicht“, hielt Emma dagegen.

„Richtig.“ Ihre Mutter stemmte die Hände auf ihre Hüften und nickte. „Was allerdings nicht bedeutet, dass er wusste, was er tat …“

Klar! Emma nickte ebenfalls.

Welcher Staubsauger wusste das schon!

„… und er es beim nächsten Mal nicht völlig anders machen könnte. Und deshalb muss ich jetzt die gesamte Programmierung noch einmal komplett durchgehen“, schloss Nina Klirrbach.

„Und dir eine Ausrede einfallen lassen?“, erwiderte Emma.

„Ja, das auch“, gab ihre Mutter zurück. „Richte deinem Vater also bitte aus, dass ich heute Abend nicht mitesse und auch danach unter keinen Umständen gestört werden möchte!“

Mit diesen Worten drückte sie Emma den Papierschnipsel in die Hand, eilte ins Arbeitszimmer zurück und schloss die Tür hinter sich ab.

Einen Moment lang stand Emma noch wie angewachsen da, dann schüttelte sie sich kurz und machte sich auf den Weg hinauf in ihr Zimmer.

Noch bevor sie die letzten drei Treppenstufen erklommen hatte, sah sie bereits, dass ihre Tür sperrangelweit offen stand.

So ein verfluchter Mist! Wie hatte sie dreimal durch den Erdbeerquark gezogene Hornochsin bloß vergessen können, ihr Zimmer abzuschließen! Hatte sie wirklich geglaubt, dass Noah sich diese Chance entgehen lassen würde?

Natürlich nicht!

Und tatsächlich: Als Emma schnaufend in ihr Zimmer stürzte, saß ihr Bruder wie der König von keine-Ahnung-was-für-einem-bescheuerten-Reich an ihrem Schreibtisch und puzzelte seelenruhig die abgeschnippelten Teile des Elmente-Briefes zusammen.

„RAUS!“, brüllte Emma. „SOFORT!“

„Keine Chance“, erwiderte Noah, während er das nächste Schnippelteil anlegte. „Ich bin nämlich noch nicht fertig. Hahaha!“, lachte er dann plötzlich los. „Auf eine so hirnkranke Idee muss man erst mal kommen! *Elemente*! Was für ein Name! Richtig gefährlich klingt das!“ Er warf seiner Schwester einen höhnischen Blick über die Schulter zu. „Da krieg ich ja richtig Angst vor euch kleinen Mädels.“

Das haben wir uns doch nicht ausgedacht, du Torfmütze!, rutschte es Emma beinahe heraus. In letzter Sekunde verkniff sie es sich.

Es war ja nur gut, dass Noah die wahre Bedeutung des Schriftstücks nicht erkannt hatte und das Ganze offenbar für eine Art Detektiv-Spiel hielt, das sie und ihre Freundinnen sich ausgedacht hatten.

Trotzdem hätte Emma gerade sonst was dafür gegeben, wenn sich unter ihrem Bruder der Boden aufgetan hätte und er mitsamt ihres Schreibtischstuhls eine Etage tiefer gestürzt wäre.

Das Bild dazu sah Emma bereits glasklar vor sich, und das war dann auch schon alles. Nichts deutete auch nur im Entferntesten darauf hin, dass aus dieser ach so wunderbaren Vorstellung Wirklichkeit werden würde.

Magie hatte eben ihre Grenzen.

Das hatte Emma geahnt. Und am Wochenende sogar selber noch gepredigt!

„Es wäre ja wohl noch schöner, wenn wir ein solches Talent nutzen könnten, um anderen Leuten zu schaden.“

So oder so ähnlich waren ihre Worte gewesen.

Und sowieso: Was hatte sie davon, wenn in ihrem Zimmer ein Loch klaffte?

Außerdem würde Noah sich infolge einer solchen Aktion wahrscheinlich sämtliche Knochen brechen. Und das wünschte sie ihm – Nervbruder hin oder her – dann doch nicht. Aber zum Glück gab es ja auch noch andere ganz und gar unmagische Methoden, ihn loszuwerden.

Schon bei der Vorstellung, was gleich passieren würde, stahl sich ein schadenfrohes Grinsen in Emmas Gesicht.

Sie wartete, bis Noah sich wieder hoch konzentriert über seine Puzzlearbeit geneigt hatte. Dann tappte sie lautlos auf ihn zu, stellte sich hinter ihn und beugte sich ebenfalls – und zwar ziemlich dicht neben seinem Ohr – zu ihm hinab.

„RAAAUUUS!“

Drei Sekunden und ein umgestoßener Schreibtischstuhl später war Emma wieder allein in ihrem Zimmer.

Die Geschichte sorgte auch bei Alina, Kim und Leonie für großes Vergnügen. Als Emma und ihre Freundinnen sich am Nachmittag bei Alina trafen, war es nämlich gleich das Erste, was sie ihnen erzählte.

„Oh wow! Bestimmt hat dein Bruder jetzt einen mächtigen Gehörschaden“, giggelte Kim.

„Hoffentlich nicht“, sagte Leonie.

„Wieso?“ Alina grinste schief. „Magst du ihn etwa?“

„Quatsch mit Quittengelee!“, wies Leonie diese Unterstellung empört von sich, konnte es allerdings nicht verhindern, dass ihre Wangen von einer zarten Röte überzogen wurden. „Ich doch nicht!“ Sie tippte sich mit beiden Zeigefingern gleichzeitig an die Stirn. „Er ist Emmas Bruder!“

„Das ist natürlich ein Grund“, zog Kim sie auf.

„Außerdem hat er in Emmas Sachen rumgeschnüffelt“, fügte Leonie an. „Einen Ohrenschaden gönne ich ihm trotzdem nicht.“

„Keine Sorge, es geht ihm gut“, versicherte Emma ihren

Freundinnen. „Was habt ihr denn überhaupt über Tobias Krummhorst herausgefunden?“, wechselte sie das Thema.

Zurzeit gab es schließlich Wichtigeres als das Wohlbefinden ihres Bruders.

„Nix“, sagte Leonie und blickte betreten zu Boden. „Mein Handyakku war alle. An den Computer durfte ich nicht, und das Papiertelefonbuch habe ich nicht gefunden. Ich glaube, wir haben gar keins mehr.“

„Ich dafür eine ganze Menge“, verkündete Alina. „Also keine Papiertelefonbücher, sondern Krummhorsts“, stellte sie klar.

Kim nickte und seufzte.

„Ich auch“, sagte sie. „Die ganze Stadt ist voll von denen.“

„Wie jetzt?“ Emmas Augen weiteten sich. „Du meinst doch nicht etwa, dass es mehrere Krummhorsts gibt?“

„Nicht mehrere, sondern viele“, erwiderte Kim. „Ziemlich viele sogar.“

„Sechsundzwanzig, um genau zu sein“, verdeutlichte Alina.

„Im Ernst? Sechsundzwanzig Krummhorsts?“, fragte Emma entsetzt. „Und die heißen alle Tobias?“

„Zum Glück nicht, aber fast die Hälfte.“ Alina zog einen gefalzten Zettel aus der Gesäßtasche ihrer Jeans und reichte ihn ihrer Freundin. „Hier! Ich habe eine Liste gemacht.“

„Wow!“, stieß Emma anerkennend hervor, nachdem sie den Zettel auseinandergefaltet hatte.

Auch Kim und Leonie neigten ihre Köpfe darüber.

„Ganz oben stehen alle, die Tobias heißen", erklärte Alina, während sie ihren Finger über die Tabelle gleiten ließ. „Das sind elf. Drei davon wohnen ganz in der Nähe der Schule und zwei in Emmas Siedlung. Die Übrigen sind über die ganze Stadt verstreut. Keine Ahnung, wie wir die alle abchecken sollen."

„Das ist ja blöd", sagte Leonie. „Was haben die *Elemente* sich bloß dabei gedacht? Soll ich euch etwa zu all diesen Krummhorsts hinpusten?"

Ein Schmunzeln zupfte an Kims Mundwinkeln.

„Lustige Idee", meinte sie. „Ich wünschte, sie würde funktionieren."

Emma tippte auf die Tabelle.

„Was ist denn mit all den anderen?", wollte sie wissen.

„Na ja, also bei den nächsten sechs steht nur ein T dahinter", erwiderte Alina. „Die könnten also auch Thomas, Theodor, Tamara oder sonst wie heißen. Dann gibt es noch fünf Krummhorsts ohne Vornamen, und der ganze Rest heißt nicht Tobias. Wobei darunter auch zwei Frauen sind … Loretta und Marianne … die theoretisch mit einem Tobias verheiratet sein könnten."

„Mannomann!" Kim reckte den Daumen. „Das nenne ich mal gründlich! Ich habe nämlich nur die eindeutigen Tobiasse rausgesucht. Aber Alina hat recht: Selbst die können wir unmöglich alle überprüfen. Jedenfalls nicht in kurzer Zeit. Das ist schon eher eine Halbjahresaufgabe."

„Dann nehmen wir uns eben erst mal die vor, die in der Nähe wohnen“, meinte Emma. Sie zog die Unterlippe zwischen ihren Zähnen hindurch und schüttelte den Kopf. „Was genau wollen die *Elemente* eigentlich über diesen Krummhorst wissen?“

„Tja …“ Alina hob ihre Schultern bis zu den Ohren hoch. „Keine Ahnung“, brummte sie. „Vielleicht, was er beruflich macht. Bei einigen stand das sogar dahinter“, fuhr sie fort. „In unserer Nähe gibt es einen Gärtner, einen Werbetexter und einen Rechtsanwalt.“

„Dann fangen wir mit dem an“, entschied Emma.

„Okay.“ Alina nickte und tippte auf den ersten Namen in ihrer Liste. „Das ist der hier. Er hat eine eigene Kanzlei und wohnt gleich bei dir um die Ecke.“

„Und wie wollen wir das Ganze anstellen?“, fragte Kim.

„Puh … Na ja …“ Emma blies die Backen auf und ließ anschließend die Luft geräuschvoll entweichen. „Ich schlage vor, wir klingeln bei ihm und schauen einfach, was passiert. Vielleicht wird dort dann ja bei Alina ein magisches Talent aktiviert.“

„O ja!“ Leonie hüpfte begeistert auf und ab. „Das wäre megacool!“

Kim tippte gegen ihre Schirmkappe.

„Finde ich auch“, sagte sie. „Und wann machen wir es?“

„Gleich morgen Nachmittag“, bot Emma an. „In Ordnung?“

Alina, Leonie und Kim nickten.

„Und jetzt, Leute, lasst uns endlich zum Schoberhof aufbrechen“, drängte Alina. „In anderthalb Stunden essen wir zu Abend.“

Krautzinsky

Auf dem Weg zu Krautzinskys neuem Stellplatz kam Emma endlich dazu, ihren Freundinnen von dem Papierschnipsel zu berichten, den sie auf dem Schreibtisch ihrer Mutter gefunden hatte.

„Ich habe den grünen Punkt darauf mit der grünen Stempelfarbe von der letzten *Elemente*-Nachricht verglichen. Noah hatte ja gerade alles wieder so nett zusammengesetzt."

„Und?", wollte Leonie sofort wissen. „Ist es ein und dieselbe?"

„Schwer zu sagen", erwiderte Emma. „Der Punkt auf dem Schnipsel ist total winzig. Ich habe mir das natürlich unter der Lupe angeschaut und glaube leider eher, dass die Grüntöne etwas unterschiedlich sind."

„Hundertprozentig sicher bist du dir nicht?", hakte Alina nach.

„Nein", bestätigte Emma. „Aber so gut wie."

„Schade", grummelte Kim. „Irgendwie würde ich es verdammt beruhigend finden, wenn einer deiner Eltern ein Mitglied des *Elemente-Clubs* wäre. Obwohl dieser grüne Punkt auf dem Schnipsel ja nicht automatisch auf eine solche Botschaft hinweist. Es könnte auch ein Stück von einem Einkaufszettel oder sonst was sein."

„Ich finde es jedenfalls total merkwürdig, dass der Papierschnipsel, den dieser komische Scharky aufgesaugt hat, unter der Stiftebox von deiner Mutter gelandet ist", sagte Leonie. „Denn eigentlich hätte er ja in den Müll gehört."

„Stimmt", pflichtete Alina ihr bei. „Es scheint fast so zu sein, als sollte dieser Schnipsel dort gefunden werden." Sie kniff Emma freundschaftlich in den Oberarm. „Allerdings nicht von dir, sondern von deiner Mam."

„Was bedeutet, dass dein Vater ihn dort hingelegt hat", schlussfolgerte Kim. „Aber warum hat er das getan?"

„Vielleicht hat auch er diesen grünen Mini-Punkt entdeckt", fantasierte Leonie, „und wollte Emmas Mutter zeigen, dass Scharky sehr wohl bedrucktes Papier richtig einsortieren kann."

„Das ist totaler Quatsch", brummte Emma. „Meine Mutter denkt doch erst seit heute Nachmittag, dass Scharky nicht richtig funktioniert. Vorher war die Welt für sie noch völlig in Ordnung."

„Also, wenn ich sie wäre, würde ich einfach ein paar leere und ein paar bedruckte Schnipsel für Scharky ausstreuen. Und fertig!", erwiderte Leonie.

Für einen Moment verschlug es ihren Freundinnen die Sprache. Dann lachte Alina unvermittelt auf.

„Na klar, Mensch!", rief sie und verpasste Leonie einen Klaps an den Hinterkopf. „Was bist du bloß für ein Genie!"

„Typisch Leo eben“, meinte Kim breit grinsend. „Auf die einfachsten Dinge kommt nur sie. Wir dagegen denken immer viel zu kompliziert.“

„Das ist schon okay“, erwiderte Leonie. „Bei mir ist ja auch nicht jeder Schuss ein Treffer.“

Die Koppel vom Schoberhof war wirklich winzig. Auf einer Fläche, die kaum größer war als das Paradies, grasten neun Pferde. Krautzinsky stand ein wenig abseits und ließ unglücklich die Ohren hängen.

„Der Arme!"

Leonie schaute nicht nach rechts und links, sondern flitzte sofort über den Schotterweg, der wenige Meter vor der Toreinfahrt zum Ponyhof in eine Straße mündete.

„Mensch, Leo!", brüllte Emma noch, aber da hatte die Freundin bereits den Koppelzaun erklommen.

Sie ruderte wie verrückt mit beiden Armen und rief lauthals nach Krautzinsky. Der Ponyhengst hob den Kopf und sah zu ihr herüber, machte jedoch keinerlei Anstalten, sich in Bewegung zu setzen.

Unterdessen hatten auch Emma, Alina und Kim den Zaun erreicht.

Alina zupfte Leonie am T-Shirt.

„Komm mal besser da runter", raunte sie.

Leonie schüttelte energisch den Kopf. „Nö! Wieso denn?"

„Weil der Zaun nicht dir gehört", sagte Emma.

„Und weil du die Ponys erschreckst", setzte Alina hinzu.

„Tu ich doch gar nicht", erwiderte Leonie empört. „Garantiert sind die froh, wenn sich mal jemand um sie kümmert." Sie machte eine weit ausholende Geste. „Da wächst ja kaum noch Gras auf dieser Mini-Koppel!"

„Ich weiß." Alina nickte beklommen. „Immerhin dürfen sie hier alle zusammen sein. Auf dem Hortensienhof war das nicht immer so. Da gab es Leute, die darauf bestanden, dass ihr Tier einzeln steht, weil sie Angst hatten, dass es sich verletzt, wenn es mit den anderen rauft. Dabei sind

Pferde nur in einer Herde glücklich. Sie müssen miteinander spielen, raufen und schmusen können."

„Das kann nicht stimmen", gab Leonie entschieden zurück, obwohl sie über Pferde nicht sehr viel mehr wusste, als dass sie süß waren und Zuckerstückchen liebten. „Krauti sieht total traurig aus. Bestimmt hat er Hunger."

„Ich schau mal nach, ob das Tor offen ist", verkündete Kim. „Dann müssen wir vielleicht nicht länger auf fremden Zäunen herumklettern und besuchen Krautzinsky lieber ganz offiziell. Okay?"

Ohne eine Antwort abzuwarten, marschierte sie los.

„Gute Idee", murmelte Alina und zupfte erneut an Leonies Shirt.

„Jetzt komm schon!", forderte sie die Freundin erneut auf. „Wir bringen Krautzinsky in seine Box. Dort können wir ihn striegeln und mit frischem Wasser und Hafer versorgen."

„Au ja!" Mit einem Satz sprang Leonie vom Koppelzaun herunter. „Und ich darf ihm Leckerlis geben und ihn streicheln."

„Klar doch", sagte Alina und knuffte sie in die Seite.

Inzwischen hatte Kim das Tor erreicht. Sie rappelte an der Klinke und schüttelte den Kopf.

„Abgeschlossen!", rief sie.

„Wie blöd ist das denn!", schimpfte Leonie. „Es ist doch noch nicht mal Abend!"

„Das verstehe ich auch nicht", sagte Alina. „Möglicherweise gibt es spezielle Ruhezeiten", fuhr sie achselzuckend fort. „Also für die Tiere, meine ich. Wenn alle Besitzer auf einmal herkämen, wäre dieser kleine Hof ruckzuck rappelvoll. Es gibt hier ja nur den Stall und die Koppel."

„Das ist wirklich armselig", fand Emma, die sich bisher mit Kommentaren zurückgehalten hatte.

„Außerdem nützt es überhaupt nichts, wenn man die Besuchszeiten einschränkt", meinte Kim, die sich mittlerweile wieder zu ihnen gesellt hatte. „Man müsste sie sogar ausweiten, *damit* nicht alle Besitzer auf einmal kommen. Je weniger Zeit für Besuche, umso mehr knubbelt es sich", brachte sie es auf den Punkt.

Alina kniff bedröppelt die Mundwinkel ein. Dass Kims Argumentation absolut schlüssig war, wusste sie als ausgemachtes Rechengenie natürlich auch.

Seitdem ihr klar war, wie Krautzinsky zukünftig untergebracht sein würde, hatte sie sich jeden Abend in den Schlaf geweint. Und jetzt durfte sie noch nicht einmal zu ihm! Das war nicht nur armselig, das war echt das Allerletzte! Immerhin bezahlten ihre Eltern für den Boxenplatz, den Auslauf und das Futter!

Vor lauter Wut stiegen schon wieder Tränen in ihr auf. Alina schob ihre Brille hoch und wischte sie hastig weg, schnaufte einmal kurz durch und streckte einen Arm über den Koppelzaun.

„Komm her, mein Süßer, komm!"

Sie schnipste mit den Fingern – ein Geräusch, das Krautzinsky sofort erkannte. Der bunt gescheckte Ponyhengst spitzte die Ohren, stieß ein Wiehern aus und kam mit fröhlichen Sprüngen herangetrabt.

„Menno!“, beschwerte sich Leonie. „Wieso kannst du ihn herlocken und ich nicht?“

„Weil Alina sein Frauchen ist“, sagte Emma. „Und weil dein Gezappel ihn wahrscheinlich eher abgeschreckt hat.“

Kim pfiff anerkennend durch die Zähne.

„Pferdeversteherin, oder wie? Und das, obwohl du eigentlich Schiss vor ihnen hast!“

„Krautzinsky ist eben Krautzinsky“, erwiderte Emma.

Todesmutig trat sie neben Alina, die gerade ein Leckerli aus ihrer Hosentasche geholt hatte, an den Zaun heran.

„Willst du ihm auch eins geben?“

Emma schüttelte den Kopf. Sie war voll und ganz damit beschäftigt, die anderen Pferde im Auge zu behalten. Sobald sich eines von ihnen nähern sollte, würde sie die Flucht ergreifen. So viel stand fest.

„Aber ich!“, rief Leonie und streckte ihre Hand aus. „Gib mir am besten gleich ein paar mehr.“

„So viele habe ich gar nicht dabei“, sagte Alina. „Meine Mutter hat die Tüte in Krautzinskys Box deponiert. Wir dachten ja, dass ich jederzeit nach ihm sehen kann.“

„Dann wusstet ihr also gar nicht, dass der Hof nicht immer geöffnet hat?“, regte Kim sich auf.

„Nein“, gab Alina mit wackelweicher Stimme zurück. „Zumindest haben meine Eltern mir nichts davon gesagt.“

„Und das hätten sie ja wohl!“, brummte Emma.

Alinas Eltern waren supernette Leute. Dass sie Krautzinskys Stellplatz auf dem Hortensienhof nicht mehr bezahlen konnten, hatte todsicher auch ihnen das Herz gebrochen.

Mitfühlend strich Emma ihrer Freundin über den Rücken und blieb weiterhin dicht neben ihr stehen, obwohl nun auch zwei weitere Ponys neugierig ihre Köpfe reckten und sich langsam auf den Weg zu ihnen machten.

Krautzinsky knusperte einen Leckerli nach dem anderen weg. Als Alina ihm schließlich entschuldigend die leeren Hände entgegenhielt, knabberte er vorsichtig mit seinen samtigen Lippen daran herum.

„Tut mir leid, dass ich nicht mehr für dich habe“, flüsterte Alina ihm zu.

„Mir auch“, versicherte Leonie dem Ponyhengst, während sie unermüdlich das wunderbar glatte Fell an seinem Hals streichelte. Doch plötzlich zuckte sie zurück.

„Hast du einen Schlag bekommen?“, fragte Kim belustigt.

„Nee, aber da ist was“, erwiderte Leonie. „So was komisches Raues.“

„Was?“, krächzte Alina. „Wo?“

„Da!“ Leonie packte ihre Freundin am Arm und führte deren Hand an die betroffene Stelle. „Wo schon fast die Brust anfängt. Spürst du das?“

Alina zog die Augenbrauen zusammen. Vorsichtig tastete sie sich durch Krautzinskys Fell. Und tatsächlich! Ungefähr zwanzig Zentimeter unterhalb der Kehle hatte der Ponyhengst eine Wunde. Sie war nicht besonders tief und auch bereits verschorft, aber sie war eindeutig zu fein, als dass sie durch eine Rauferei entstanden sein konnte.

„Das war kein anderes Pony“, presste Alina hervor. „Das kommt von einem scharfen Gegenstand. Und das kann eigentlich nur ein Mensch gemacht haben.“

„Bist du sicher?“, fragte Emma entsetzt.

„Nein. Jedenfalls nicht hundertpro.“ Alinas Stimme zitterte. „Und ich will ja auch niemanden beschuldigen. Aber so langsam kriege ich Angst.“

„Heee!“, schallte eine schneidende Männerstimme zu ihnen herüber. „Ihr da! Macht euch gefälligst vom Acker! … Acker!“

Die Blicke der Mädchen flogen in Richtung Hofauffahrt.

Ein ziemlich großer Typ mit breiten Schultern, zerzausten dunklen Haaren und einer Mistgabel in der Hand machte sich am Tor zu schaffen.

„Was ist das denn für ein blöder Typ!“, zischte Leonie. „Das Pony hier gehört meiner Freundin!“, schleuderte sie dem Mann voller Zorn entgegen.

Die beiden Ponys, die sich dem Zaun genähert hatten, rissen erschrocken ihre Köpfe herum und galoppierten zu ihren Artgenossen zurück. Nur Krautzinsky blieb stehen, trat jedoch unruhig von einem Huf auf den anderen.

Mittlerweile hatte der Typ das Tor aufgeschlossen und eilte nun mit stampfenden Schritten auf die Mädchen zu.

„Kommt mir bloß nicht mit dummen Ausreden! … Ausreden!“, wetterte er. „Ich kenne solche wie euch nämlich nur zu gut! Ihr wollt euch bloß mit fremden Pferden amüsieren! … Amüsieren!“

„Das ist doch überhaupt nicht wahr!“, hielt Emma empört dagegen. „Krautzinsky gehört wirklich unserer Freundin. Sie heißt Alina Serban. Ihre Eltern haben diesen Ponyhengst letzte Woche hier untergestellt. Fragen Sie doch Herrn Schober oder seine Tochter! Die werden Ihnen das dann schon bestätigen.“

„Ich frage niemanden. … Niemanden“, erwiderte der Mann barsch. „Ich entscheide. … Entscheide.“

Emma schluckte. Mit klopfendem Herzen starrte sie auf seine Hände, mit denen er die Mistgabel umklammert hielt. Sie waren so groß wie Schaufeln und wiesen unzählige Schwielen auf.

„Und jetzt verschwindet! … Verschwindet!“, herrschte er die Mädchen an. „Und zwar dalli! … Dalli!“

Er hob die Arme und richtete die spitzen Zinken der Mistgabel auf Emma. In seinen eisgrauen Augen funkelte es drohend. Dabei kam er langsam näher.

Kein Zweifel: Dieser Typ meinte es ernst. Und deshalb mussten sie nachgeben und gehen. Eigentlich. Denn weder Emma noch Alina oder Kim rührten sich von der Stelle. Leonie ging sogar noch einen Schritt weiter. Und zwar auf den Mann zu.

Sie wusste, er würde sie nicht verjagen.

Weil der Wind, der ihm gleich entgegenblies, ihm die Haare vom Kopf pusten und seine ziemlich pickelige Glatze zum Vorschein bringen würde. Vor blankem Entsetzen würde er so rasend schnell durch das Tor zurück auf den Schoberhof verschwinden, als wäre der Teufel höchstpersönlich hinter ihm her.

Leonie sah es genau vor sich.

Und lachte sich innerlich schlapp vor Vergnügen.

Ein erster Plan

„Krass!“, brach es aus Kim hervor. „Mensch, Leo, was für ein Einsatz! Mannomann!“

Sie hatte sich ihre dunkelgrüne Schirmkappe vom Kopf gerissen, stapfte vor dem Koppelzaun auf und ab und wollte sich gar nicht mehr einkriegen vor Begeisterung.

„Der Typ wäre echt imstande gewesen und hätte mit dieser verfluchten Mistgabel auf Emma eingestochen.“

„Ja.“ Alina nickte. „Vielleicht.“

Kim blieb mit einem Ruck stehen und sah ihre Freundin aus glühenden Augen an. „Was heißt denn hier vielleicht?“

„Dass wir es nicht wissen“, gab Alina schulterzuckend zurück.

„Weil wir es rechtzeitig verhindert haben!“, konterte Kim.

„Leo“, stellte Emma klar. „Es war Leo, die ihm die Perücke vom Kopf gepustet hat.“

„Dabei wusste ich gar nicht, dass er eine aufhat“, murmelte Leonie.

Kim rollte mit den Augen.

„Das ist am Ende doch völlig egal“, erwiderte sie aufgebracht. „Entscheidend ist das Ergebnis. Und dieser gemeine

Typ hatte die Lektion ja wohl absolut verdient. Wer weiß, was der schon alles auf dem Kerbholz hat", steigerte sie sich weiter in ihre Schuldzuweisungen hinein und wedelte dabei wie wild mit ihrer Basecap vor Krautzinskys Nase herum. „Ich wette, der hat auch die Ponys verletzt!"

Krautzinsky bog seine Ohren nach hinten. Dann bäumte er sich laut wiehernd auf und trabte ebenfalls zu seinen Artgenossen zurück.

„Bist du bescheuert!", entfuhr es Leonie. Sie pflückte Kim die Kappe aus der Hand und pflanzte sie ihr auf den Kopf. „Das ist doch kein Grund, hier gleich die Pferde scheu zu machen."

Emma hob beschwichtigend die Hände. „Jetzt kriegt euch bitte wieder ein. Okay?"

„Ja, ja, schon gut."

Kim schnaufte noch einmal ordentlich durch.

Dann klappte sie regelrecht in sich zusammen und blieb mit hängenden Schultern und tief ins Gesicht gezogenem Kappenschirm stehen.

„Der Typ ist mir auch nicht geheuer", sagte Emma. „Aber Alina hat recht. Wir wissen nicht, ob er uns wirklich angegriffen hätte. Und wir wissen auch nicht, ob er Krautzinsky verletzt hat und was mit den anderen Ponys ist." Um ihre Mundwinkel kräuselte sich ein winziges Lächeln. „Bei allem Ernst …", tastete sie sich vor, „eigentlich war die Sache mit der weggewehten Perücke doch ziemlich lustig, oder nicht?"

„Das schon“, erwiderte Alina. Ihr Blick wanderte zwischen den Ponys auf der Koppel und ihren Freundinnen hin und her. „Trotzdem habe ich ein komisches Gefühl. Krautzinsky hat gerade total überreagiert. Noch nie ist er dermaßen panisch vor einer herumwedelnden Mütze geflohen. Dabei kennt er Kim doch!“

„Außerdem hatten er und die anderen Ponys Angst vor dem Mann mit der Forke“, sagte Leonie. „Das habt ihr doch auch gesehen.“

Emma nickte.

„Ja, aber sind Pferde nicht sowieso ein bisschen schreckhaft?“

„Also, ich fand es ziemlich eindeutig“, erklärte Leonie, bevor Alina auf Emmas Frage antworten konnte. „Und wenn dieser Mann keine Gefahr für uns gewesen wäre, dann hätte die Windmagie doch auch gar nicht funktioniert. Oder seid ihr da anderer Meinung?“

Kim öffnete den Mund, klappte ihn aber sofort wieder zu. Eine Weile herrschte unschlüssiges Schweigen. Emma kaute auf ihrer Unterlippe herum, Alina schaute sorgenvoll zu Krautzinsky, und Kim klemmte ein Grasbüschel zwischen ihre Sneaker und versuchte es auszurupfen.

Nur Leonie titschte wie ein Flummi hin und her und schien jede Sekunde in ihre Einzelteile explodieren zu wollen.

„Jetzt sagt endlich, dass ich recht habe!“, platzte es schließlich aus ihr heraus.

„Ja, hast du … wahrscheinlich“, gab Emma zu.

Dabei tappten sie, was ihre magischen Talente betraf, im Grunde noch immer völlig im Dunkeln.

„Okay, und was folgt daraus?“, fragte Kim. „Ich meine, was machen wir jetzt? Einfach nach Hause fahren und morgen wiederkommen? Und darauf hoffen, dass wir dann reingelassen werden?“

„Wollten wir morgen nicht eigentlich diesem Rechtsanwalt auf den Zahn fühlen?“, erinnerte Alina sie.

Kim zog eine Grimasse. Es war unschwer zu erkennen, dass sie darauf keine große Lust hatte.

„Und wenn wir uns aufteilen?“, schlug Emma vor. „Gleich morgen Nachmittag, sobald wir unsere Hausaufgaben erledigt haben? Oder findet ihr es schlimm, wenn wir ausnahmsweise mal etwas nicht zu viert machen?“

„Überhaupt nicht!“, jubelte Leonie sofort los. „Ich finde die Idee sogar ziemlich gut. Du und Kim quetscht den Rechtsanwalt aus, und Alina und ich checken den Schoberhof.“

„Öhm …“, sagte Kim.

So hatte sie sich das nicht vorgestellt. Doch zum Glück sprang Emma ihr zur Seite.

„Ich weiß ja, dass du Ponys lieber magst als Rechtsanwälte, aber …“, begann sie.

„Sogar viel lieber!“, betonte Leonie. „Nämlich fast genauso gern wie Alina!“

„Ja, aber Kim wohnt doch viel näher bei ihr“, wandte

Emma ein. „Du dagegen wärst im Nullkommanix bei mir. Und deshalb wäre es doch schlau, wenn du und ich erst mal zu diesem Tobias Krummhorst gehen."

Leonie schluckte.

„Stimmt. Andersrum wäre es wirklich etwas umständlich."

„Dafür ist die Sache bei dem Rechtsanwalt garantiert ruckzuck erledigt", versuchte Kim sie zu trösten. „Und danach können wir uns dann doch wieder hier an der Koppel treffen und unsere Erkenntnisse zusammentragen."

„Genauso machen wir es!" Emma streckte ihre Hand aus und sah ihre Freundinnen erwartungsvoll an. „Einverstanden?"

Kim und Alina schlugen sofort ein.

„Na gut", brummte Leonie und tat es ihren Freundinnen gleich.

Emma knuffte sie in die Seite. „Dafür hast du einen Schokoriegel verdient."

„Ach so, das hätte ich jetzt fast vergessen", murmelte Leonie.

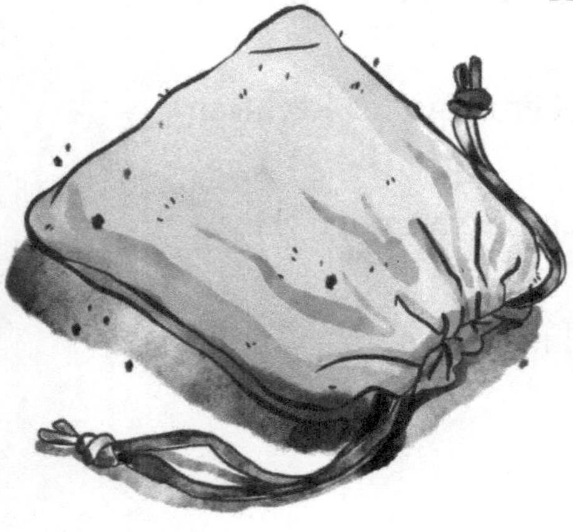

Anstatt Emma um den Hals zu fallen oder wenigstens ein Lächeln in ihr Gesicht zu zaubern, pfriemelte sie ein dunkelrotes Samtsäckchen aus ihrer Hosentasche hervor.

„Hier", sagte sie und hielt es Kim vor die Nase. „Das habe ich für deinen Stein genäht. Damit du ihn immer bei dir hast und ihn auf keinen Fall verlierst."

„Wie jetzt?" Kim machte große Augen. „Echt?"

Zaudernd griff sie nach dem Säckchen.

„Ich habe eine Gummikordel eingezogen", erklärte Leonie, während Kim ihr Geschenk begutachtete und geradezu feierlich über den weichen Stoff strich. „Damit kannst du es dir entweder um den Hals hängen und unter deinem T-Shirt verstecken oder an einer Gürtelschlaufe befestigen."

„Super, Leo!", lobte Emma. „So kann der Stein nicht einfach herausfallen oder geklaut werden."

„Geklaut?" Alina schüttelte den Kopf. „Wieso sollte jemand diesen Stein haben wollen?"

„Wieso denn nicht?", gab Emma die Frage gleich wieder zurück.

„Na ja, gut, diese Ada, mit der Kim zusammenwohnt, die würde ihn vielleicht stibitzen", lenkte Alina ein. „Allerdings gibt es auch sehr viel hübschere Edelsteine. Und solange niemand weiß, wozu dieser hier in der Lage ist …"

Sie brach ab und sah ihre Freundinnen erschrocken an.

„Die aus dem *Club der Elemente*!", rief Leonie. „Die wissen es!"

„Aber die sind doch auf unserer Seite", wandte Kim sofort ein.

Emma nickte. „Hoffentlich."

„Na klar sind sie es!“, erwiderte Alina voller Überzeugung. „Sie haben die Botschaften geschickt. Und sie haben dafür gesorgt, dass wir den Stein finden.“

„Der außerdem nur bei mir funktioniert“, gab Kim zu bedenken. „Für andere ist er völlig wertlos, weil sie ihn gar nicht benutzen können.“

„Hoffentlich“, sagte Emma noch einmal.

Davon jedoch wollten ihre Freundinnen sich nicht verunsichern lassen.

„Hier drin ist er jedenfalls bestens aufgehoben“, bekräftigte Kim, während sie den Stein in das Säckchen gleiten ließ.

Sie zog die Gummikordel zu, befestigte sie an einer ihrer Gürtelschlaufen und steckte das Säckchen in ihre Hosentasche.

„Perfekt!“ Sie nickte Leonie zu. „Vielen Dank dafür! Das ist total lieb von dir.“

„Kein Thema! Hab ich doch gern gemacht“, wiegelte Leonie ab.

Sie machte einen Schritt auf Kim zu, legte ihr einen Arm um den Nacken und tippte sich auf die Wange. „Bitte schön! Hierhin darfst du mich jetzt küssen.“

„Hallo!“, sagte Kim empört.

Hastig hauchte sie Leonie einen flüchtigen Kuss auf die Schläfe und löste sich danach so abrupt aus der Umarmung, als klebte ihr ein nasser Frosch im Nacken.

Kuscheln war nun mal einfach nicht ihr Ding.

Emma und Alina grinsten schief.

„Was?“, knurrte Kim.

„Och nix“, meinte Emma und griente nun so richtig breit.

„Irgendwie ist auf dem Hof da hinten gar nichts los“, murmelte Leonie.

Sie hatte sich wieder über den Zaun gebeugt und fixierte aus zusammengekniffenen Augen das flache Stallgebäude hinter der Koppel, das zum größten Teil von dichten Büschen umgeben war.

„Stimmt“, sagte Kim. „Wahrscheinlich machen die gerade die Boxen sauber.“

„Tun sie nicht“, brummte Alina. „Das müssen die Pferdebesitzer nämlich alles selber machen. Aber egal. So wie die Ponys hier behandelt werden, ist mir das auch tausendmal lieber.“

„Und wieso lassen sie die Besitzer dann nicht rein?“, erwiderte Emma verständnislos.

Sie hatte nicht übel Lust, sich sofort dort umzusehen. Dafür hätten sie sich aber erstens unbefugt Zutritt verschaffen müssen und zweitens auf keinen Fall dabei erwischen lassen dürfen. Und alles innerhalb der kurzen Zeit, die ihnen für heute noch blieb!

„Morgen“, sagte Alina entschlossen. „Es wäre doch gelacht, wenn Kim und ich nicht herausfinden, was da los ist!“

Bis dahin blieb ihr nichts anderes übrig, als Krautzinsky ein paar wehmütige Kussmündchen zuzuwerfen. Denn sosehr Alina auch schnalzte und mit den Fingern schnipste, der Ponyhengst wagte sich partout nicht noch einmal zum Koppelzaun.

Schober gegen Klattscheck

An diesem Abend fanden die Mädchen nur schwer in den Schlaf. Und der war dann auch alles andere als erholsam.

Während Alina von Männern mit riesigen Mistgabeln träumte und immer wieder verzweifelt nach Krautzinsky rief, warf Emma sich unruhig auf ihrer Matratze hin und her.

Leonie saß alle naselang aufrecht im Bett, weil sie dachte, ein Sturm hätte sie aus dem Zimmer geweht. Und Kim tastete mehrmals voller Panik nach ihrem Steinsäckchen, das sie unter ihrem Kopfkissen verborgen hielt.

Am nächsten Morgen fühlten sich alle vier wie gerädert. An die Hausaufgaben hatte keine von ihnen gedacht, sodass sie nicht einmal voneinander abschreiben konnten. Doch wundersamerweise gab es deswegen keinen Ärger. Entweder vergaßen die Lehrer, dass sie etwas aufgegeben hatten, oder sie nahmen Emma, Alina, Leonie und Kim schlicht nicht dran.

Es war, als befänden die Freundinnen sich in einer Art Schutzzone.

„Noch mal darf uns das jedenfalls nicht passieren", mahnte Emma zur Disziplin. Und deshalb trafen sie sich an diesem Nachmittag tatsächlich erst, nachdem sie zumindest die Schularbeiten für den nächsten Tag komplett erledigt hatten.

„Du kannst übrigens froh sein, dass ich noch lebe", erzählte Emma Leonie auf dem Weg zu Rechtsanwalt Krummhorst. „Meine Mutter hätte mich vor lauter Glück nämlich fast aufgefressen. Stell dir nur vor, sie hat echt die ganze Nacht und den kompletten Vormittag an dieser dämlichen Programmierung gesessen."

„Wieso hast du nicht einfach ihr Zimmer gestürmt?", fragte Leonie.

„Weil sie sich eingeschlossen hatte", erwiderte Emma. „An ihrer Tür pappte ein Zettel, auf dem sie Noah, Paps und mir damit drohte, nie wieder mit uns zu sprechen, wenn wir es wagen sollten, sie zu stören."

„O Mann!", stöhnte Leonie. „Und dann?"

„Stand sie kurz nach dem Mittagessen plötzlich in der Küche. Kreidebleich, mit zerzausten Haaren und verschmierter Schminke, aber immer noch im Kostüm. Sie war völlig durch den Wind."

„Ach du je!" Leonie litt geradezu mit. „Und dann?"

„Dann bin ich in ihr Arbeitszimmer geflitzt, habe ein bedrucktes und ein leeres Blatt Papier geholt, vor ihren Augen zerschnitten und die Schnipsel in der ganzen Wohnung auf dem Boden verteilt", berichtete Emma weiter.

Leonie reckte beide Daumen hoch. „Da kannst du mal sehen ... geniale Vorführaktion!", freute sie sich.

„Mehr brauchte ich auch gar nicht zu machen“, sagte Emma. „Meine Mutter hat sich innerhalb einer einzigen Sekunde von einem Gespenst in eine Flamenco-Tänzerin verwandelt“, fuhr sie augenzwinkernd fort. „Dass das anschließende Experiment vollends gelungen ist, muss ich wohl nicht mehr erwähnen. Scharky funktioniert absolut einwandfrei. Und Mam ist der glücklichste Mensch unter der Sonne.“

„Wie gut, dass sie dich nicht aufgefressen hat“, erwiderte Leonie. „Sonst müsste ich jetzt nämlich alleine zu diesem komischen Rechtsanwalt gehen. Hast du eigentlich gemerkt, dass wir die ganze Zeit den Brennnesselweg runterlaufen?“, fragte sie. „Gleich hinter der Kurve dort muss die Linde stehen, unter der wir Kims Stein ausgebuddelt haben“, setzte sie hinzu und blieb mit einem Ruck stehen. „Das ist doch merkwürdig, oder?“

Emma stoppte ebenfalls.

„Die Kanzlei befindet sich aber nicht im Brennnesselweg, sondern in der nächsten Querstraße“, erwiderte sie. „Die Adresse ist Sauerampferweg Nummer fünf.“

„Fängt der Sauerampferweg denn hier an?“, erkundigte sich Leonie und sah dabei so fachkundig drein wie ein Mathematikprofessor. „Oder irgendwo da hinten auf der anderen Seite?“

„Nein, nein“, antwortete Emma. „Er beginnt gleich hier. Wir sind in zwei Minuten da. Wieso?“

„Weil diese Kanzlei dann doch quasi im Brennnesselweg

ist“, gab Leonie zurück. „Und das finde ich ziemlich merkwürdig“, bekräftigte sie noch einmal.

„Ich eigentlich nicht so sehr“, widersprach Emma. „Für mich ist das sogar eher ein Hinweis darauf, dass dieser Rechtsanwalt der richtige Krummhorst ist und wir uns daher den Besuch bei den anderen 25 schenken können.“

„Mhm.“ Leonie schob die Unterlippe vor. „Wahrscheinlich hast du recht.“

„Hab ich“, sagte Emma zuversichtlich. „In spätestens einer Stunde werden wir um einiges schlauer sein. Sollen wir wetten?“

Inzwischen hatten die beiden Mädchen den Sauerampferweg erreicht.

„Siehst du.“ Emma zeigte auf das gegenüberliegende Eckhaus. „Das ist die Nummer eins.“

Sie vergewisserte sich, dass alles frei war, umfasste Leonies Handgelenk und zog sie über die Straße. Wenig später standen sie vor einem weißen Flachbau, der nach vorne raus nur ein kleines Fenster und die Eingangstür hatte. Ein schnurgerader grauer Plattenweg führte direkt darauf zu. Außer einer kleinen Zypresse, die inmitten weißer, grauer und schwarzer Granitsteine vor sich hin kümmerte, gab es auf dem Grundstück keinerlei Grün.

Das Ganze wirkte dermaßen abweisend, dass Emma nun plötzlich doch Zweifel kamen, ob sie hier wirklich an der richtigen Adresse waren.

„Also, wo wir schon mal beim Wetten sind … Ich glaube,

hier traut sich nicht mal eine Schmeißfliege hin“, sagte Leonie finster. „Geschweige denn eine Biene oder ein Schmetterling.“

„Vielleicht ist das ja Absicht“, überlegte Emma. „Damit so leicht niemand auf die Idee kommt, dass dieser Krummhorst über magische Fähigkeiten verfügt.“

„Wenn er das überhaupt tut“, brummte Leonie. „Könnte doch sein, dass wir etwas völlig anderes über ihn herausfinden sollen.“

„So oder so müssen wir da jetzt rein“, sagte Emma. „Sonst erfahren wir nämlich gar nichts.“

Mit geradem Rücken und entschlossenen Schritten lief sie den Plattenweg entlang auf die Tür zu. Leonie folgte ihr dicht auf den Fersen.

Neben der schwarz lackierten Tür prangte ein mattsilberfarbenes Schild.

Tobias Krummhorst
Rechtsanwalt

stand darauf. Sonst nichts. Nicht einmal eine Telefonnummer. Und direkt darunter befand sich ein ebenso mattsilberner Klingelknopf.

„Lass uns lieber abhauen“, murmelte Leonie, aber da hatte Emma bereits geläutet.

Im Haus ertönte eine Marschmelodie.

„Woah, das ist ja megagruselig!“, krächzte Leonie.

Sie krallte sich in Emmas T-Shirt fest und bekam vor Aufregung prompt einen Schluckauf.

Die Marschmelodie verklang. Dafür waren jetzt kurze, schnelle Schritte zu vernehmen. Kurz darauf wurde die Tür geöffnet, und ein nicht besonders großer Mann mit Kugelbauch, Halbglatze und runder Metallbrille stand ihnen gegenüber. Er trug eine graue Anzughose, ein weißes Hemd und schwarze Socken.

Die blutrote Krawatte hatte er ein wenig gelockert.

Darauf war eine dicke schwarze Spinne gestickt, deren vordere Beine nach der Kante zu tasten schienen. – So als wollte sie jeden Augenblick loskrabbeln und auf der Rückseite der Krawatte verschwinden.

Igitt! Emma schüttelte es innerlich. – Wie eklig war das denn!

Am liebsten hätte sie sich zusammen mit Leonie auf der Stelle in Luft aufgelöst. Aber jetzt waren sie nun einmal hier und würden das verdammt noch mal auch durchstehen. Eines allerdings stand so fest wie Panzerglas: Es würde erheblich mehr als zehn Pferde brauchen, um sie dazu zu bewegen, auch nur einen Zeh in dieses Haus zu setzen.

„Ja bitte?“, fragte der Mann mit der Spinnenkrawatte, nachdem sie sich eine Weile einfach nur gegenseitig angestarrt hatten. „Kann ich euch in irgendeiner Weise behilflich sein? Oder handelt es sich nur um einen dummen Streich?"

„Ähm … Nein", antwortete Leonie und versteckte hastig ihren Kopf hinter Emmas Rücken.

Ihre Finger hatte sie noch immer fest in deren T-Shirt gekrallt.

Die Miene des Mannes verdüsterte sich. Auch vorher schon hatte er nicht besonders freundlich dreingeschaut. Nun schüttelte er unwillig den Kopf und machte Anstalten, die Tür zu schließen.

„Sind Sie Tobias Krummhorst?", schoss es da geradezu aus Emma heraus.

Denn ihr war klar: Wenn sie gleich noch ein zweites Mal klingeln mussten, würde er ihnen garantiert nicht mehr öffnen.

„Selbstverständlich!", knurrte der Mann. „Wer sollte ich denn, bitte schön, sonst sein?" Er kniff die Augen zusammen und musterte die Mädchen durchdringend. „Kann es sein, dass ihr euch in der Angelegenheit Schober gegen Klattscheck an mich wendet?"

Emma zuckte regelrecht zusammen. In der Tat hatte sie mit allem Möglichen gerechnet, aber ganz bestimmt nicht damit, hier und jetzt ausgerechnet den Namen des Besitzers von Krautzinskys neuem Ponyhof zu hören.

„Sie kennen Herrn Schober?", sprudelte es aus ihr hervor. „Und seine Tochter?"

„Mitnichten." Tobias Krummhorst schüttelte beinahe

angewidert den Kopf. „In dieser Angelegenheit vertrete ich die Interessen von Frau Klattscheck. Eure Eltern haben sich nicht zufällig im Schoberhof eingemietet?“, wollte er wissen.

„Nein, haben sie nicht“, erwiderte Emma, während sie sich vorstellte, wie ihre und Alinas Eltern in einer Art Wohngemeinschaft auf einem Haufen Stroh in einer Pferdebox hausten. „Aber unsere Freundin hat ihr Pony dort untergestellt.“

„Aaaha!“ Tobias Krummhorsts Miene hellte sich auf. „Dann kommt ihr also im Auftrag besagter Freundin. Richtig?“

„Nun ja, ähm …“, stammelte Emma.

Sie war sich nicht sicher, was sie darauf antworten sollte. Auf keinen Fall wollte sie jetzt etwas Falsches sagen. Denn natürlich interessierte es sie brennend, was diese Frau Klattscheck gegen die Schobers vorzubringen hatte. Einen Rechtsanwalt zu engagieren, war schließlich kein Pappenstiel! So etwas kostete eine Menge Geld.

Zum Glück musste sie sich aber nicht weiter das Gehirn zermartern, denn Tobias Krummhorst fehlte anscheinend die Geduld, auf eine Antwort zu warten.

„Ich vermute, ihr seid mit der Unterbringung eures Pferdchens nicht zufrieden“, raunte er. „Hab ich recht?“

Verschwörerisch zwinkerte er Emma zu.

„Krautzinsky gehört doch überhaupt nicht uns, sondern Alina“, stellte Leonie richtig.

„Krautzinsky, soso!" wiederholte Tobias Krummhorst und rückte seine Brille zurecht, obwohl es da eigentlich gar nichts zurechtzurücken gab. „Und Alina, aha, aha."

Emma drückte Leonie ihren Ellenbogen in den Bauch, was so viel hieß, dass sie lieber ihre Klappe halten sollte. Solange sie nicht wussten, welche Interessen dieser Rechtsanwalt eigentlich vertrat, war es sicher besser, wenn sie ihre Namen für sich behielten.

„Ihr seid also nicht zufrieden?", hakte Tobias Krummhorst nach. „Euer Pferdchen bekommt zu wenig Auslauf. Der Hafer ist minderwertig oder mitunter verdorben, das Wasser nicht frisch", zählte er auf. „Es soll sogar Verletzungen gegeben haben."

„Äääh …", sagte Emma.

„Stimmt", schoss es aus Leonie heraus. „Krautzinsky hat eine Schramme an der Brust."

„Die kann er sich auch am Koppelzaun oder an einem Türriegel zugezogen haben", wiegelte Emma ab, während sie angewidert die Spinne auf Tobias Krummhorsts Krawatte anstarrte.

Womöglich machte ihnen dieser seltsame Rechtsanwalt nur etwas vor und versuchte gerade, Leonie und sie in eine Falle zu locken. Noch war also Vorsicht geboten! Nicht dass Herr Krummhorst in Wahrheit aufseiten der Schobers war und Krautzinsky demnächst überhaupt keinen Stellplatz mehr hatte!

Dummerweise zog Leonie nicht mit.

„Das ist totaler Quallen-Quatsch!“, stieß sie empört hervor. „Alina hat doch selber gesagt, dass …“

„Nicht so laut!“, rügte Tobias Krummhorst sie. „Das muss ja nicht jeder mitkriegen!“

Mit zusammengezogenen Brauen ließ er seinen Blick den Sauerampferweg entlanggleiten.

„Für mein Empfinden deutet alles darauf hin, dass diese Wunde von einem hervorstehenden Nagel in Pferdchens Box stammen könnte“, raunte er, nachdem er sich vergewissert hatte, dass niemand in der Nähe war.

„Ich kann eurer Freundin nur empfehlen, das Pferdchen so schnell wie möglich von dort wegzuholen …“, fuhr er fort, griff in seine Hemdtasche und holte eine hellgrüne Visitenkarte daraus hervor. „… und auf diesem Hof hier unterzubringen.“

„Öhm …“, sagte Emma. „Vielen Dank.“

Sie schnappte sich die Karte und drängte Leonie im Rückwärtsgang den Plattenweg hinunter. „Wir werden Alina Ihren Ratschlag ans Herz legen.“

Alles so ziemlich oberfaul

„Zeig mal her!“, forderte Leonie voller Ungeduld. „Was steht denn überhaupt auf dieser Karte?“

„Nicht hier“, murmelte Emma. „Komm erst mal weiter!“

Sie packte ihre Freundin am Arm und zog sie bis zum Brennnesselweg. Dort vergewisserte sie sich, dass sie außer Sichtweite von Tobias Krummhorsts Haus waren, dann erst blieb sie stehen und zückte die Karte.

> *Ihr Ponyparadies*
>
> Inhaberin Ravioletta Klattscheck
> Brennnesselweg 62
> Tel: 01775-6565555
> E-Mail: popa@klattscheck.wiha

„Ponyparadies!“, jubelte Leonie los. „Das hört sich ja megafantastisch an! Wie für uns gemacht!“

„Krautzinsky ist immer noch Alinas Pony“, erinnerte Emma sie.

„Trotzdem“, erwiderte Leonie. „Die Pferdekoppel am Straßenende gehört garantiert Ravioletta Klattscheck. Und ich habe Freitag Nacht doch schon gesagt, dass Krautzinsky dort optimal aufgehoben wäre. Ich könnte ihn jeden Tag besuchen.“

„Hallo!“ Emma verpasste ihrer Freundin einen Klaps an den Hinterkopf, weil sie hoffte, dass deren Gehirnzellen wieder an die richtige Stelle rückten. „Es ist Alinas Pony! Ihre Eltern entscheiden, wo es untergebracht wird. Schließlich bezahlen sie dafür.“

„Aber wenn Krautzinsky bei den Schobers nicht gut aufgehoben ist?“, beharrte Leonie. „Wenn dort überall Nägel in den Boxenwänden sind, an denen sich die Ponys verletzen? Dann kann er doch unmöglich dortbleiben!“

„Ja, wenn“, sagte Emma und steckte die Karte zu ihrem Handy in die Hosentasche.

Aber Leonie war noch nicht fertig.

„Außerdem ist die Karte genauso grün wie der *Elemente*-Stempel!“, fuhr sie aufgeregt fort. „Du musst doch zugeben, dass das ein Zeichen ist!“

„Du irrst dich, Leo“, widersprach Emma. „Dieses Grün hier ist viel heller als das von dem Stempel der *Elemente*. Und noch etwas zur Erinnerung“, fuhr sie fort. „Ich habe euch doch am Freitag schon gesagt, dass die Pferdeweide am Brennnesselweg Privatgelände ist. Dort gibt es weit und breit keinen Stall. Keine Reithalle, kein gar nichts."

„Na und!", gab Leonie trotzig zurück. „All das könnte man da ja noch hinbauen. Wahrscheinlich plant Ravioletta Klattscheck das sogar."

„Und warum verteilt Herr Krummhorst dann schon jetzt Visitenkarten von einem Ponyparadies, das noch gar nicht existiert?", hielt Emma dagegen.

„Pfff!" Leonie breitete die Arme aus. „Woher soll ich das wissen", erwiderte sie hitzig. „Vielleicht weil eine Weide nur dann ein echtes Paradies für die Ponys ist, wenn es weder einen Stall noch eine Reithalle gibt? Und man sie einfach in Ruhe lässt? … Außer mit ihnen zu kuscheln, natürlich", setzte sie nach kurzer Überlegung hinzu.

„Hm." Emma schüttelte den Kopf. „Also ich trau dem Braten nicht. Und am wenigsten noch diesem komischen Herrn Krummhorst."

„Denkst du etwa ich!", entgegnete Leonie empört. „Der war doch total gruselig mit seiner komischen Spinne auf dem Schlips!"

„Eben!", ereiferte Emma sich. „Warum hat er überhaupt mit uns gesprochen? Wir sind doch bloß Kinder. Richtig große Geschäfte darf er mit uns gar nicht machen. Und das weiß ein Rechtsanwalt sogar noch besser als jeder andere."

Leonie sah Emma mit großen Augen an.

„Du denkst, Tobias Krummhorst ist gar kein Anwalt?"

Emma nickte. „Das wäre immerhin möglich, oder?"

„Und Ravioletta Klattscheck?“, fragte Leonie. „Was ist mit der?“

„Keine Ahnung“, erwiderte Emma. „Kann schon sein, dass sie echt ist. Aber auf jeden Fall steckt sie mit diesem komischen Typen unter einer Decke.“

Leonie griff aufgeregt nach Emmas Arm und ruckelte daran.

„Dann ist es also das, was wir über Tobias Krummhorst rausfinden sollten! Nämlich, dass er sich nur als Rechtsanwalt ausgibt und in Wahrheit krumme Geschäfte macht!“

„Mhm.“ Emma nickte, obwohl sie sich diesbezüglich alles andere als sicher war. „Wir sollten jetzt erst mal zum Schoberhof fahren“, sagte sie, „und schauen, was Alina und Kim in Erfahrung gebracht haben.“

Danach sahen sie möglicherweise klarer.

Während Emma und Leonie sich mit der U-Bahn in Richtung Nordstadt aufmachten, standen Kim und Alina ein wenig ratlos vor dem Tor zum Schoberhof, das auch an diesem Tag wieder felsenfest verrammelt war.

„Was machen wir denn jetzt bloß?“, jammerte Alina.

Wieder und immer wieder blickte sie angestrengt zur Koppel hinüber, auf der die Ponys dicht aneinandergedrängt zusammenstanden. Ob auch Krautzinsky darunter war, konnte sie aber leider beim besten Willen nicht erkennen.

Verflucht! Verflucht! Verdammt!

„Weiß auch nicht“, murmelte Kim, die sich vorsorglich ganz in unauffälligem Schwarz gekleidet hatte. „Ich fürchte, uns bleibt nichts anderes übrig, als …“

Weiter kam sie nicht, weil die Freundin ihr einen Stoß in die Seite versetzte.

„Hörst du das auch? Da sind doch Stimmen!“ Alina hatte sich eine Hand hinters Ohr gelegt und spähte angespannt in Richtung Stallgebäude. „Ziemlich aufgeregte sogar. Klingt fast so, als würden sie streiten. Ich wüsste zu gerne, worum es da geht. Man müsste echt …“

„… da rein“, fiel Kim ihr ins Wort. „Sag ich doch! Auch wenn wir offenbar nicht erwünscht sind.“

Alina presste die Lippen aufeinander und nickte.

„Aber was machen wir, wenn der Typ von gestern wieder da ist? Diesmal kann Leonie uns nicht helfen. Und Emma auch nicht.“

„Wie wär's mit mir?“, erwiderte Kim. Sie zog das dunkelrote Samtsäckchen, das Leonie für sie genäht hatte, unter ihrem T-Shirt hervor. „Und meinem Stein?“

Alina zog eine Grimasse.

„Ganz tolle Idee!“, brummte sie. „Du verschwindest in der Zukunft, und ich bleibe mutterseelenallein zurück.“

„Nicht, wenn du dich an mir festhältst.“

Alina war skeptisch. „Glaubst du wirklich, das funktioniert?“

„Die Chancen stehen fünfzig zu fünfzig“, sagte Kim. „Und einen Versuch wäre es notfalls ja wohl wert. Also …

Was ist dir lieber: weiter dumm rumstehen oder nachschauen, was da los ist?“

Alina hob ergeben die Hände. Dumm rumstehen, während Krautzinsky womöglich ihre Hilfe brauchte, war nun wirklich das Letzte, was ihr vorschwebte.

Noch ehe sie ihr Okay geben konnte, lag Kim bereits auf dem Boden.

„So ein Mist!“, fluchte sie, nachdem sie sich bei dem Versuch, ihren Kopf seitlich unter dem Tor hindurchzuquetschen, fast das Ohr abgerissen hätte. „Das können wir vergessen!“

„Dann müssen wir eben oben drüberklettern“, entschied Alina. „Und hoffen, dass uns niemand dabei beobachtet.“

Kim warf einen kritischen Blick auf das leuchtend orangefarbene T-Shirt ihrer Freundin.

„Dann gehe am besten ich zuerst“, sagte sie. „Wenn sie mich erwischen, kannst du immer noch abhauen.“

„Pfff“, machte Alina. „Als ob ich dich jemals im Stich lassen würde!“

„Weiß ich doch“, erwiderte Kim mit einem Lächeln. „Aber ich habe nun mal den Stein, wobei du ...“

„... ich mein Talent jederzeit entdecken könnte“, fiel Alina ihr ins Wort. „War es das, was du sagen wolltest?“

„Nein“, gab Kim ein wenig zerknirscht zu. „Die Chance, dass es bei diesem Tobias Krummhorst passiert, hast du jedenfalls verpasst.“

„Oje!“, stieß Alina bestürzt hervor. „Hoffentlich haben wir da keinen Fehler gemacht!“

Kim kniff die Mundwinkel ein. „Wird schon richtig gewesen sein“, murmelte sie. „Wir können es ja jetzt sowieso nicht mehr ändern.“

Die Höhe des Tores stellte überhaupt kein Problem für Kim dar. Als hätte sie nie etwas anderes gemacht, kletterte sie an dessen Vorderseite hoch und schwang ihre Beine über die oberste Strebe. Dummerweise aber war die Torrückseite mit engmaschigem Hasendraht bespannt. Darin würde Kim zwar ihre Finger einhaken, mit den Füßen aber keinen richtigen Halt finden können.

Aufgeben war allerdings auch keine Option.

Kim umklammerte die Oberkante mit beiden Händen, und während sie sich langsam an der Rückseite hinunterließ, stemmte sie ihre Knie fest gegen das Drahtgeflecht. Vorsichtig löste sie eine Hand und fasste nach der nächsten Querstrebe, indem sie ihre Finger durch das Gitter schob. Doch dann passierte es: Kim rutschte ab und rasselte ungebremst zu Boden, wo sie zunächst mit den Füßen aufkam. Dann aber geriet sie ins Straucheln, kippte nach hinten über und landete auf dem Hintern.

Für einen Moment blieb ihr die Luft weg, sodass sie nicht einmal in der Lage war, einen Schmerzenslaut auszustoßen.

„Alles okay?“, fragte Alina erschrocken. „Hast du dir doll wehgetan?“

„Ja, verdammt!", jaulte Kim. „Ich hab mir an diesem Kackdraht die Finger aufgerissen!"

Sie rappelte sich auf, drückte ihre Hand an die Lippen und fing an zu saugen.

Alina fiel ein Stein vom Herzen. Das mit den Fingern war übel, aber zumindest schien Kim sich nichts gebrochen zu haben.

Sie warf noch einen raschen Blick zum Stallgebäude und erklomm – flink wie ein Wiesel – ebenfalls den Zaun. Auch sie klammerte sich an der obersten Querstrebe fest, ließ sich dann jedoch ratzfatz mit den Schuhspitzen am Hasendraht hinuntergleiten und baumelte schließlich in der Luft.

„Wie tief ist es noch?", fragte sie stöhnend.

„Etwas mehr als ein Meter", presste Kim mit schmerzverzerrter Stimme hervor. „Schätzungsweise."

„Okay." Alina zögerte keine Sekunde. Sie war eine gute Turnerin. Das würde sie auf jeden Fall schaffen. „Dann lasse ich jetzt los."

„Nein, warte! Ich helfe dir!", rief Kim.

Doch da hatte Alina sich bereits vom Zaun abgestoßen – und stand gerade mal einen Atemzug später wie eine Eins neben ihrer Freundin.

„Zeig mal deine Finger!", verlangte sie.

„Geht nicht", nuschelte Kim, die wunde Stelle noch immer zwischen den Lippen. „Das blutet wie blöd. Aber vielleicht hast du ja heilende Kräfte."

Alina schüttelte den Kopf. „Glaube nicht", murmelte sie.

Ihr Blick fiel auf das schwarz gepunktete Tuch, das ihre Freundin sich heute um ihr Knie gebunden hatte.

„Wie viele, sagtest du noch mal, hat dir dein Vater davon geschickt?“

„Fünfzehn“, antwortete Kim. „Warum?“

„Darum“, sagte Alina. Kurz entschlossen ging sie in die Hocke, entknotete das Tuch und hielt es Kim hin. „Und jetzt gib mir deine Hand!“

„Aber …"

„Nix aber!", würgte Alina Kims Protest ab. „Du hast mehr als genug von diesen Schmuckstücken. Selbst wenn ein Fleck zurückbleibt, wird er in diesem dunklen Tuch kaum auffallen."

„Na gut." Kim saugte noch ein letztes Mal Blut ab, bevor sie der Freundin ihre Hand entgegenstreckte.

Alina musste kräftig schlucken, als sie die Verletzung sah.

„O Mann! Das sieht aber gar nicht gut aus!"

Wie sollen wir hier bloß wieder rauskommen?, durchzuckte es sie.

Der Hasendraht machte es nahezu unmöglich, von dieser Seite aus über das Tor zu klettern. Für Kim mit ihrer tiefen Wunde würde es völlig ausgeschlossen sein. Jetzt musste sie aber erst einmal verbunden werden. Über alles andere konnten sie sich auch später noch Gedanken machen.

Geschickt wickelte Alina das Tuch um Kims verletzte Finger und verknotete es über ihrem Handgelenk.

„Sag Bescheid, wenn es nicht mehr geht", ermahnte sie ihre Freundin. „Dann kehren wir sofort um."

Wie auch immer sie das anstellen sollten!

„Ja, ja." Kim wedelte ungeduldig mit ihrer gesunden Hand. „Jetzt lass uns erst mal nachsehen, warum da gestritten wird", erwiderte sie und deutete zum Stall, von dem aus noch immer aufgebrachte Stimmen zu ihnen herüberschallten.

Ein breiter Kiesweg führte darauf zu, und mit jedem

Schritt, den die Mädchen dem Gebäude näher kamen, wuchs Alinas Anspannung. Alle naselang drehte sie sich um, weil sie befürchtete, dass der Typ mit der Mistgabel sie entdeckt haben könnte und verfolgte. Und auch Kim schlich mittlerweile so konzentriert voran, dass sie den Schmerz und das Klopfen in ihren verwundeten Fingern fast vergaß.

„Ach hören Sie doch mit diesen dummen Ausreden auf!“, ertönte eine erboste Frauenstimme. „Es interessiert mich nicht, wer dafür verantwortlich ist. Lottchen bleibt auf keinen Fall auch nur einen Tag länger auf diesem Hof! Gleich morgen früh holen wir sie von hier weg. Und damit Sie sich keine falschen Vorstellungen machen: Ab sofort zahlen wir Ihnen nicht einen einzigen Cent mehr. Sie können froh sein, wenn wir Ihnen keinen Anwalt auf den Hals hetzen!“

Kim und Alina blieben wie angewurzelt stehen. Alarmiert sahen sie einander an.

„Was ist da los?“, krächzte Alina.

Beim Gedanken an Krautzinskys verschorfte Wunde schnürte sich ihr der Magen zusammen.

Konnte es sein, dass Lottchen das Gleiche passiert war? Oder wofür sonst sollte irgendjemand verantwortlich sein?

„Das weiß der Himmel“, raunte Kim. „Aber keine Sorge, wir finden es schon noch heraus.“

Ertappt!

Unbemerkt erreichten Kim und Alina die Rückseite des Stallgebäudes. Unterdessen beschimpften sich die Streithähne immer lauter.

„Bitte!“, flehte eine junge glockenhelle Frauenstimme. „Jetzt überstürzen Sie doch nichts. Wir werden die Mängel beseitigen. Der Tierarzt, mit dem wir seit vielen Jahren zusammenarbeiten, wird Lottchens Wunden fachmännisch versorgen. Und dann …“

„Nichts und dann!“, schnitt ihr die andere, sehr viel energischere Frauenstimme das Wort ab. „Wer garantiert uns denn, dass so etwas nicht wieder passiert?“

„Wir!“, erwiderte die helle Stimme. „Mein Vater und ich. Wir werden dafür sorgen“, fuhr sie fort, wurde jedoch erneut von der anderen Frau unterbrochen.

„Solange Sie Ihre Pferdepfleger und den Stallmeister nicht im Griff haben, werden wir auch Ihren Tierarzt nicht an unser Lottchen heranlassen“, wetterte sie. „Und wir sind sicher nicht die Einzigen, deren Geduld allmählich am Ende ist. Bestimmt werden sich inzwischen auch andere nach einer besseren Unterkunft für ihre Ponys umsehen.“

„Das wollen wir doch erst einmal abwarten", antwortete nun eine tiefe Männerstimme.

„Das ist Herr Schober", flüsterte Alina Kim zu. „Und die Glockenstimme gehört seiner Tochter."

„Alles klar." Kim reckte den Daumen ihrer gesunden Hand und nickte zum Zeichen, dass sie verstanden hatte.

„Ich finde jedenfalls, dass wir noch eine Chance verdient haben", fuhr Herr Schober unterdessen fort. „Unser Personal haben wir in den Urlaub geschickt. Im Augenblick kümmern nur meine Tochter und ich uns um die Tiere. Es ist also ganz ausgeschlossen, dass es noch einmal zu Unregelmäßigkeiten kommt."

„Also, da hört sich doch wohl alles auf!", polterte die energische Frauenstimme. „Lottchens Boxenwände waren nur so gespickt mit lang herausstehenden Nägeln. Und so etwas nennen Sie Unregelmäßigkeiten? Entschuldigen Sie bitte, aber meiner Ansicht nach haben Sie billigend in Kauf genommen, dass unser Pony sich daran verletzt. Womöglich haben Sie es sogar darauf angelegt und die Nägel selber eingeschlagen!"

„Das ist doch völlig absurd!", gab die junge Frau Schober empört zurück. „Warum sollten wir so etwas tun? Ihr Vertrauen ist unsere Geschäftsgrundlage. Wenn wir Ihren Pferden schaden, schaden wir uns doch nur selbst."

„Das stimmt", murmelte Alina.

Dabei konnte sie Lottchens Besitzerin nur zu gut verstehen. Besonders nett und vertrauenswürdig hatte sie die Schobers schließlich auch nicht gefunden.

Und die Sache mit den Nägeln klang wirklich alarmierend. Was, wenn sich auch Krautzinsky daran verletzt hatte und die kleine verschorfte Wunde an seiner Brust nur der Anfang gewesen war?

Allein dieser Gedanke trieb Alina die Tränen in die Augen.

„Ich muss sofort auf die Koppel", stieß sie hervor. „Ich ertrage es nicht, wenn die Ponys leiden. Und solange ich nicht weiß, wie es Krautzinsky geht, kann ich hier sowieso nicht weg."

Sie war bereits drauf und dran, loszupreschen, doch Kim hielt sie am Arm zurück.

„Jetzt warte erst mal!", zischte sie. „Oder hast du schon vergessen, dass wir hier eingebrochen sind?"

„Das stimmt doch gar nicht!", widersprach Alina.

„Okay", lenkte Kim ein. „Wir sind über das Tor geklettert."

Aber wo, bitte schön, war da der Unterschied?

„Wir müssen auf jeden Fall vorsichtig sein", mahnte sie. „Vielleicht haben die Schobers Lottchens Besitzerin nicht die Wahrheit gesagt, und dieser Typ mit der Mistgabel treibt sich noch immer hier herum."

Dem wollte sie nämlich auf keinen Fall noch mal in die Arme laufen.

Alina wies zur Rückseite des Stallgebäudes.

„Wie wär's, wenn wir uns hintenrum schleichen?", schlug sie vor. „Wahrscheinlich verlassen die Schobers und Lottchens Besitzerin den Stall auf der Vorderseite in Richtung Tor. Dann können wir heimlich zur Koppel laufen, um nach Krautzinsky zu sehen."

Kim schüttelte unwillig den Kopf.

„Mich interessiert eigentlich viel mehr, was es mit diesen Nägeln in den Boxen auf sich hat!"

„Denkst du etwa, mich nicht?", erwiderte Alina aufgebracht. „Aber die haben die Schobers doch garantiert längst alle entfernt."

Sie könnten einen übersehen haben, dachte Kim bei sich, sprach es allerdings nicht aus. Ein einziger hervorstehender Nagel in einer Boxenwand bewies nämlich noch gar nichts. Außer dass er von jemandem – natürlich versehentlich! – nicht korrekt eingeschlagen worden war.

„Also gut", sagte Kim.

Sie ließ Alinas Arm los und folgte ihrer Freundin, die nun die Deckung der Büsche verließ und quer über den Kiesweg auf den Stall zurannte.

In der Rückwand des Gebäudes befanden sich zwei niedrige vergitterte Fenster, unter denen sie sich wegduckten. Hastig schlichen sie sich weiter vor und lugten vorsichtig und mit klopfendem Herzen um die Ecke.

Auf dieser Seite gab es weder Büsche oder Sträucher noch sonst etwas, das ihnen hätte Schutz bieten können, und bis zum nächsten Zaun waren es etwa zwanzig Meter.

Zwischen ihm und dem Gebäude erstreckte sich ein kleiner Sandplatz.

Alina beugte sich noch ein Stück weiter vor und spähte zur Koppel hinüber. Mehr als einen gescheckten Hinterleib und den wedelnden Schweif eines schwarzen Ponys konnte sie aber nicht ausmachen, weil der größte Teil der Weide vom Stallgebäude verdeckt wurde.

Es half nichts. Sie und Kim mussten sich bis zum anderen Ende vorarbeiten und über den offenen Sandplatz flitzen. Immerhin waren die Stimmen der Schobers und der aufgebrachten Lottchen-Besitzerin nicht mehr zu hören. – Was hoffentlich bedeutete, dass die drei sich tatsächlich auf die Vorderseite des Stalls begeben hatten.

„Ist doch egal, wenn wir einem von denen vor die Füße laufen“, raunte Kim. „Am besten, wir tun so, als wäre es die normalste Sache der Welt. Lottchens Besitzerin muss schließlich auch irgendwie auf das Gelände gekommen sein.“

Alina nickte.

Sie richtete sich zu ihrer vollen Länge auf und gab sich alle Mühe, möglichst lässig zu wirken. Doch das Herzklopfen blieb und verstärkte sich mit jedem Schritt, den sie über den Sandplatz machte.

Plötzlich zupfte Kim sie am T-Shirt.

„Sieh mal, das Tor da!“, zischte sie und reckte ihr Kinn zum Stall. „Das steht offen.“

Die beiden Mädchen stoppten auf der Stelle. Unschlüssig blickten sie auf den Hintereingang des Gebäudes. Seine Flügeltüren aus dunklem Holz waren bis zur Wand aufgeklappt und mithilfe eines Metalldorns im Boden verankert. Daneben stand eine Schubkarre voller Mist.

„Sollen wir mal nachgucken?“, wisperte Kim. „Vielleicht ist Krautzinsky ja in seiner Box.“

„Ich weiß nicht“, murmelte Alina.

Das enge Stallgebäude war ihr nicht geheuer. Außerdem befand sich Krautzinskys Stellplatz am hinteren Ende des schmalen Mittelgangs, wo es keine weitere Tür gab.

Doch Kim bemerkte das Zögern ihrer Freundin nicht. Sie hatte ihren Plan längst gefasst, und der hieß: Zunächst den Stall unter die Lupe nehmen und erst danach zur Koppel laufen. Und so war sie bereits über die Schwelle geschlüpft, bevor Alina überhaupt etwas einwenden konnte.

Es war nicht besonders hell im Stall. Licht fiel nur durch die Tür hinter Kim und die beiden vergitterten Fenster am Ende des Ganges herein. Es roch nach Heu und Stroh und Hafer und ein bisschen auch nach Pferd.

„Und wo genau ist jetzt Krautzinskys Box?“, fragte Kim.

Dass Alina ihr nicht gefolgt war, merkte sie erst, als sie keine Antwort bekam. – Verflucht!

Kim wirbelte herum. Dabei stieß sie mit dem Arm gegen eine Leiter, die direkt neben dem Eingang an einem Querbalken lehnte. Die Leiter geriet in Bewegung, ratschte geräuschvoll am Balken entlang und riss einen Plastikeimer

mit sich, der dort oben abgestellt worden war. Kim blieb vor Schreck fast das Herz stehen. Sie schaffte es gerade noch, die Leiter festzuhalten, den Sturz des Eimers konnte sie jedoch nicht mehr abfangen. Polternd knallte er vor ihr auf den Boden und kippte ihr ein paar lange Nägel vor die Füße.

„Bist du verrückt!“, zischte Alina, die in diesem Moment auf der Schwelle erschien. „Was machst du denn da?“

Erschrocken starrte sie auf die Nägel zu Kims Füßen.

„Das würde mich allerdings auch interessieren! … Interessieren!“, ertönte eine raue Stimme hinter ihnen, und im nächsten Moment fiel ein dunkler Schatten über die beiden Mädchen.

Kim und Alina schrien auf. Diese Stimme kam ihnen nur allzu bekannt vor.

Hastig schob Kim mit der Hacke den Eimer zur Seite.

„N-nichts passiert“, stammelte sie.

„Seid ihr nicht diese unverschämten Gören von gestern? … Gestern?“, knurrte der Mann.

Panisch fuhr Alina herum. Sie hatte sich nicht geirrt! Es war der Perückentyp mit der Mistgabel, nur dass er heute einen Hammer in seiner Hand hielt.

„Lassen Sie uns gefälligst in Ruhe!“, presste Kim zwischen zusammengepressten Zähnen hervor. Blitzschnell packte sie Alina am Handgelenk und zog sie zu sich heran. „Oder wir rufen Herrn Schober! Sie dürfen nämlich gar nicht hier sein!“

Der Mann lachte auf. „Wer hat euch denn den Floh ins Ohr gesetzt? … Gesetzt?“, polterte er.

Kim schluckte.

„Wenn Sie es genau wissen wollen …“, krächzte sie.

Der Mann kniff seine eisgrauen Augen zu schmalen Schlitzen zusammen. „Allerdings!“, blaffte er. „Das will ich! Und zwar dalli! … Dalli!“

„Ja, also …“, haspelte Kim. „Er hat es uns selber gesagt“, behauptete sie todesmutig.

Alina nickte eifrig. „Gerade eben“, schwindelte sie. „Als wir bei meinem Pony auf der Koppel waren.“

„Aha. Aha.“

Die Augen des Perückenmannes waren noch immer schmal wie Mauerschlitze, und sein Blick huschte wild zwischen den beiden Mädchen hin und her.

„Und wie erklärt ihr es euch dann, dass ich euch dort gar nicht gesehen habe? … Habe?“

„Vielleicht haben Sie nicht genau hingeschaut“, erwiderte Kim.

Keine gute Antwort!, durchzuckte es Alina.

„Was unterstellst du mir denn da?“, knurrte der Mann. „Denkst du etwa, ich habe keine Augen im Kopf? … Kopf?“

„N-nein, natürlich nicht“, stammelte Kim. „Wahrscheinlich lag es auch gar nicht an Ihnen“, setzte sie eilig hinzu. „Bestimmt waren wir einfach bloß von den anderen Ponys verdeckt.“

Alina atmete vorsichtig auf, denn es sah ganz danach aus, als würde der Mann sich mit dieser Erklärung zufriedengeben.

„Wie heißt denn euer Pferdchen? … Pferdchen?“, erkundigte er sich, nachdem er ein paar unverständliche Worte vor sich hin gegrummelt hatte.

„Ähm … Krautzinsky“, sagte Alina.

„Krautzinsky?“ Der Mann schüttelte den Kopf. „Warum habt ihr es nicht gleich Kohlkopf genannt? … Genannt?“, fragte er lachend. „Krautzinsky! Hahaha. Ideen haben die Leute. … Leute“, murmelte er, während sich seine Miene langsam wieder verfinsterte. „Und jetzt raus mit euch! … Euch!“, fuhr er Kim und Alina an. „Ihr habt hier nichts verloren! … Verloren!“

Noch immer mit dem Hammer in der Hand machte er

einen weiteren Schritt auf sie zu. Dabei berührte er mit der Stiefelspitze einen der heruntergefallenen Nägel vor Kims Füßen.

Pling!, machte es.

Misstrauisch musterte der Mann die beiden Mädchen. Schließlich bückte er sich, griff nach dem Nagel und betrachtete ihn eingehend.

„Ist der von euch? … Euch?"

Alina schüttelte zaghaft den Kopf. „Nein. Wir, ähm …"

Sie suchte nach einer Erklärung und geriet ins Stocken, als sie sah, wie der Ausdruck in den Augen des Mannes von mürrisch zu feindselig wechselte.

„Tja, das würde ich an eurer Stelle auch behaupten … Behaupten", ranzte er. „Allerdings ist das eine verdammt miese Ausrede, ihr Früchtchen! … Früchtchen!"

„Hallo!" Kim schielte auf den Hammer – und die schwielige Faust, die ihn nun so fest umklammerte, dass die Fingerknöchel weiß hervortraten. „Was wollen Sie denn damit sagen?"

„Dass ihr jetzt ganz brav und schön langsam rückwärtsgeht. … Rückwärtsgeht", zischte der Perückenmann und wies mit dem Hammer auf den Boxengang. „Und zwar dort entlang! … Entlang!"

Kim wich sofort zurück, aber Alina zögerte noch.

Wenn sie sich jetzt duckte und dies schnell genug tat, würde sie vielleicht an dem Typen vorbeizischen können. Sie würde ins Freie hinausrennen und Hilfe holen.

„Das schmink dir mal ganz schnell ab! … Ab!“, fuhr der Mann sie an.

Als hätte er ihre Gedanken gelesen. – Was ja nun wirklich nicht möglich war! Oder?

Entmutigt senkte Alina den Kopf und ließ sich zusammen mit Kim in den Boxengang drängen. Dorthin, wo es keine Tür, sondern nur die beiden Gitterfenster gab.

Kim und Alina saßen in der Falle!

Flucht in die Zukunft

„Weiter! … Weiter!", knurrte der Mann. „Stopp! … Stopp!"

Was denn jetzt? Alina war verwirrt. Trotzdem blieb sie, ebenso wie Kim, auf der Stelle stehen. Wie gebannt starrte sie auf den Hammer in seiner hocherhobenen Faust.

Dieser irre gewordene Typ würde damit doch hoffentlich nicht auf sie einschlagen! Zum Beispiel, wenn sie nicht sofort taten, was er ihnen befahl.

Alina dachte an Emma und Leonie und an den Sturm, den ihre Freundin gestern entfacht hatte. Und sie versuchte auch, sich die pickelige Glatze unter der Perücke des Mannes vorzustellen. Leider änderte all das nicht das Mindeste an ihrer Angst.

„So, und jetzt eine Vierteldrehung … Drehung … und dann weiter rückwärts! … Rückwärts!", polterte der Mann.

Kims Kopf fühlte sich wie leer gefegt an. Sie spürte nur die immer stärker werdende Hitze auf ihrer Brust. Dort, wo der Stein in Leonies Stoffsäckchen unter ihrem T-Shirt ruhte.

Alles, was Kim machte, passierte ganz automatisch.

Ihre Ohren hörten die Forderungen des Mannes, und ihre Beine taten, was er verlangte.

Ihr linker Arm schlang sich um Alinas Taille und drückte sie fest an sich. Gleichzeitig legte sich ihre rechte Hand auf ihre Brust und tastete nach dem Stein.

Kim dachte keine Sekunde darüber nach, ob er seine Kraft auch durch den Stoff des Säckchens und ihr T-Shirt hindurch entfalten konnte. Sie wusste einfach, dass es funktionieren würde.

Flammend heiß war der Stein, als sie und Alina rücklings in die Pferdebox stolperten. Der Mann hatte die Tür schon fast geschlossen. Das fiese Grinsen in seinem Gesicht – gerade eben noch da gewesen – war im nächsten Augenblick bereits verschwunden. Und mit ihm der ganze Typ.

Einfach so.

„Was war das? Was ist jetzt?“ Alinas Stimme war kaum lauter als ein Windhauch. „Wo ist der Kerl? Warum macht er die Tür nicht zu?“

„Weil er nicht mehr da ist“, flüsterte Kim. „Das hoffe ich zumindest.“

„Aber …?“, stammelte Alina.

„Von eben bis zu dieser Sekunde sind ganze fünf Minuten

vergangen“, raunte Kim ihr ins Ohr. „Verstehst du? Es hat funktioniert! Der Stein hat uns beide für fünf Minuten in die Zukunft geschickt.“

O wow! Alina musste sich verdammt beherrschen, um keinen Luftsprung zu machen. Für den Moment hatte der Stein sie zwar gerettet, doch das bedeutete noch lange nicht, dass sie auch wirklich in Sicherheit waren.

Für den Perückenmann waren Kim und sie ebenso schnell verschwunden wie er für sie. Bestimmt hatte er gedacht, dass sie sich in eine Ecke verdrückt hatten. Vielleicht war er sogar hereingekommen und hatte nachgeschaut – und festgestellt, dass die Box leer war.

„Er sucht uns“, sagte Kim zuversichtlich. „Mit ein bisschen Glück tut er das aber nicht mehr hier im Stall.“

„Okay.“ Alina nickte. „Und jetzt?“

„Wir gehen den gleichen Weg zurück, den wir gekommen sind.“

„Aber Krautzinsky …“, wandte Alina ein. „Ich kann ihn doch nicht im Stich lassen!“

„Du kannst ihn jetzt aber auch nicht einfach mitnehmen“, erwiderte Kim. „Jedenfalls nicht solange dieser Kerl mit seinem Hammer oder einer Mistgabel hinter uns her ist.“

Alina schluckte. In ihrem Hals saß ein dicker Kloß, und in ihrer Brust breitete sich ein wehes Gefühl aus.

„Es passiert ihm schon nichts … Schlimmes“, wisperte Kim.

Zum Trost drückte sie ihrer Freundin flüchtig die Hand.

„Jetzt müssen wir erst mal die Zeit, die uns der Stein verschafft hat, dazu nutzen, um von hier wegzukommen."

Alina seufzte leise. „Also gut."

Die Mädchen nickten sich noch einmal zu, bevor Kim die Tür vorsichtig wieder aufdrückte und rechts und links in den Boxengang spähte.

Alles klar! Die Luft war rein!

Kim bedeutete Alina, ihr zu folgen, und tappte hastig zum Hintereingang. Dort hielten die Mädchen kurz in der Bewegung inne, bis sie sicher waren, dass draußen auf dem Sandplatz keine böse Überraschung auf sie wartete. Dann spurteten sie los.

So schnell, als wäre der Teufel höchstpersönlich hinter ihnen her, umrundeten sie das Stallgebäude und rannten den Kiesweg hinunter bis zum Tor.

Alina drückte die Klinke runter und zog. Aber das Tor bewegte sich nicht einen Millimeter.

Mist!

„Da ist ein Riegel!", rief Kim und deutete über sich. „Den müssen wir umlegen!"

„Ja, toll!" Alina verdrehte die Augen. „Wie sollen wir denn da rankommen?"

Wenn sie sich auf Zehenspitzen stellte und ihren Arm ausstreckte, würde sie ihn vielleicht erreichen, aber garantiert nicht öffnen können.

„Wenn du mir allerdings eine …"

… Räuberleiter hältst, wollte Alina eigentlich sagen. Doch dann fiel ihr Blick auf Kims verwundete Hand, und sie schüttelte energisch den Kopf. Was für ein bescheuerter Einfall!

„Oder du mir“, murmelte Kim.

„Alles klar.“ Alina grinste schief. „Zwei Doofe, ein Gedanke.“

Mit dem nächsten Lidschlag wurde ihre Miene auch schon wieder ernst. Sie schaute zum Stallgebäude zurück und vergewisserte sich, dass niemand sie bemerkt hatte. Inzwischen war dort zum Glück alles ruhig. Lottchens Besitzerin hatte den Hof anscheinend verlassen, und die beiden Schobers und der Typ mit dem Hammer waren auch nicht mehr zu sehen.

„Nun mach schon!“, drängte Kim. „Worauf wartest du denn noch? Wir müssen uns beeilen!“

„Weiß ich doch!“

Alina beugte ihren Oberkörper herunter und verschränkte ihre Hände ineinander. Kim setzte einen Fuß hinein und stützte sich an Alinas Schultern ab. Dann zog sie sich mit ihrer gesunden Hand am Drahtgeflecht nach oben, bis sie den Riegel erreichte. Kim legte ihn um und sprang auf den Boden zurück.

„Geschafft!“, freute sie sich.

„Von wegen“, brummte Alina, nachdem sie die Klinke erneut hinuntergedrückt hatte und das Tor sich noch immer nicht bewegte.

„Mann ey! Wie blöd ist das denn!“, wetterte Kim und zeigte auf ihren Verband. „Meine Finger haben auch schon wieder angefangen zu bluten.“

Sie war so wütend, dass sie am liebsten gegen das verdammte Tor getreten hätte.

„Was machen wir jetzt bloß?“, stieß sie verzweifelt hervor.

„Sie sind noch nicht wieder zurück“, stellte Emma fest, als Leonie und sie sich der Ponykoppel näherten. „Oder siehst du die beiden irgendwo?“

„Nein“, sagte Leonie, während sie ihren Kopf in alle Richtungen drehte. „Aber schau! Da ist Krautzinsky!“, rief sie und stürzte auf den Zaun zu.

Sie stieg auf die untere Querstrebe und schnipste wie verrückt mit den Fingern.

„Hey! Krauti! Komm her zu mir!“

„Wieso schaltet dein Verstand bloß immer gleich aus, wenn du ein Tier siehst?“, fragte Emma kopfschüttelnd.

„Jetzt fang du auch noch damit an!“, beschwerte sich Leonie. „Mein Verstand ist nämlich voll auf der Höhe. Der Ansicht ist sogar Krautzinsky“, fügte sie mit einem zufriedenen Grunzen hinzu, als Alinas Pony sich nun langsam in Bewegung setzte und auf den Koppelzaun zugetrabt kam.

„Ich mache mir eben Sorgen“, sagte Emma. „Alina und Kim müssten doch längst hier sein.“

„Vielleicht reden sie noch mit den Schobers“, meinte

Leonie. „Zum Beispiel darüber, woher Krautzinsky seine Verletzung hat.“

Emma schnitt eine Grimasse.

„Das wäre garantiert in ein paar Minuten erledigt gewesen. Alina und Kim wissen doch gar nichts von den Nägeln.“

„Und wir wissen nicht, ob uns dieser krumme Horst nicht irgendeinen Mist erzählt hat“, hielt Leonie dagegen. „So oder so müssen wir Alinas Eltern davon überzeugen, dass Krautzinsky auf einen anderen Hof umziehen darf. Hier ist es doch viel zu eng für ihn.“

Wie zur Bestätigung schnaubte der gescheckte Ponyhengst kräftig aus und bewegte dabei seinen Kopf auf und ab.

Leonie gluckste leise. „Siehst du!“, freute sie sich. „Krautzinsky findet das auch.“

„Mensch, Leo“, sagte Emma kopfschüttelnd. „Jetzt denk doch mal nach! Entweder Tobias Krummhorst hat Mist erzählt, und die Geschichte mit den Nägeln ist Quark. Oder sie stimmt, und ...“, fuhr sie stockend fort.

„... Alina und Kim sind dahintergekommen?“, fragte Leonie entsetzt. „O Mann!“, stieß sie hervor. „Womöglich nehmen die Schobers sie gerade in die Mangel. Oder dieser schreckliche Typ mit seiner Mistgabel!“

„Ich hoffe nicht“, sagte Emma.

Mit zitternden Fingern holte sie ihr Handy hervor. Vielleicht hatten die Freundinnen inzwischen ja eine Nachricht geschickt, und Emma hatte das Pling bloß überhört. Aber nix! Die letzte Chatnachricht war gestern rausgegangen und stammte von ihr selbst. – Schöner Mist!

„Oh!", stieß Leonie plötzlich hervor. „Da sind sie doch!"

Vor Schreck ließ Emma fast ihr Handy fallen.

„Wo?", fragte sie und blickte hektisch um sich.

„Na, guck doch!", erwiderte Leonie. „Direkt am Tor. Ich glaube, die können da nicht raus", murmelte sie und rannte los.

Ein Ritt durch die Luft und eine alarmierende Erkenntnis

„Was ist passiert?", rief Emma, die nach einem kurzen Sprint zu Leonie aufgeschlossen hatte. „Wieso kommt ihr nicht raus?"

Inzwischen trennten die beiden Mädchen nur noch wenige Meter vom Tor des Schoberhofs.

„Es ist abgeschlossen!", rief Kim zurück. „Ihr müsst uns helfen!"

„Wie denn?", keuchte Emma. Sie konnte das Tor ja wohl schlecht im Boden versenken! „Wie seid ihr da überhaupt reingekommen?"

„Das ist doch jetzt egal", entgegnete Leonie.

Sie wusste nämlich ziemlich genau, was zu tun war. Und während Emma nun stehen blieb und sich schnaufend die Seite hielt, lief Leonie einfach schnurstracks weiter.

„Wer will zuerst?", fragte sie, nachdem sie sich zwei Schritte vom Tor entfernt aufgebaut hatte.

„Ähm … Was hast du denn vor?", fragte Alina.

„Euch übers Tor pusten“, antwortete Leonie. „Was sonst?“

Kim zeigte ihr einen Vogel.

„Du spinnst!“, platzte es aus ihr heraus. „Das klappt doch nie!“

„Also, ich finde …“, Alina schloss kurz die Augen und focht einen kleinen Kampf gegen ihren inneren Angsthasen aus, „… einen Versuch könnte es wert sein.“

„Gut“, sagte Leonie. „Dann du zuerst. Ich beginne vorsichtig, bis du weißt, wie es sich anfühlt. Aber dann muss es schnell gehen … Falls plötzlich jemand auftaucht und uns beobachtet.“

„Die Luft ist rein“, meldete Emma, die noch immer an derselben Stelle stand. „Von hier aus habe ich den Hof und die Straße optimal im Blick!“, rief sie ihren Freundinnen zu.

„Perfekt“, murmelte Leonie und setzte etwas lauter an Alina gewandt hinzu: „Bist du bereit?“

„Einen Moment noch, bitte!“

Alina stellte ihre Füße etwa schulterbreit auseinander und wippte ein wenig in den Knien, bis sie einen sicheren Stand verspürte. Dann breitete sie ihre Arme aus und nickte Leonie zu. – Alles klar!

Kim grinste schief.

„Es sieht aus, als würdest du auf einem Wellenreiterbrett stehen.“

Genauso fühlte es sich auch an, als Leonie Alina einen ersten Windstoß unter die Füße schickte und sie einige Zentimeter vom Boden abhob. Mit dem Unterschied jedoch, dass Luft alles andere als hart und fest war, sondern eher schwabbig-schwubbelig weich.

„Uaaah!“, stieß Alina aus. Sie paddelte hektisch mit den Armen und wankte bedrohlich hin und her. „K-kannst du b-bitte etwas s-sanfter b-blasen?“, stammelte sie.

„Ich versuch's“, versprach Leonie, strich sich eine blonde Strähne, die sich aus ihrem Zopf gelöst hatte, aus dem Gesicht und ermahnte sich selbst zu höchster Konzentration.

Sie fand es ganz schön kniffelig, eine gleichmäßig aufsteigende Windsäule zu bilden. Dagegen war das Kreieren einer einzigen kräftigen Sturmbö ein Kinderspiel. Wenn Alina – womöglich noch aus beträchtlicher Höhe – abstürzte, würde sie sich das nie verzeihen.

„Du darfst keine Angst haben", hörte sie Emma hinter sich sagen. „Überlass dich deinem Talent, und stell dir einfach vor, wie der Wind Alina über das Tor hebt."

Na logisch! So hatte es auch bei der kleinen Katze und bei dem Kerl mit der Mistgabel funktioniert!

Und schon fühlte Leonie sich innerlich absolut klar.

Sie sah, wie Alina ins Gleichgewicht zurückfand, wie sie dann langsam hinter dem Tor hinaufglitt, darüber hinweggetragen wurde und schließlich unmittelbar vor ihr sachte auf dem Boden landete.

„Yeah!", jubelte Kim, und ihre roten Ponyfransen schienen vor Begeisterung Funken zu sprühen. „Wie cool war das denn!"

Alina reckte beide Daumen.

„Superobercool", erwiderte sie. Sie griente von einem Ohr zum anderen, und ihre Brille wackelte lustig auf und ab. „Es war so ziemlich das Krasseste, was ich bisher erlebt habe!"

„Und jetzt bist du dran", sagte Leonie. Sie nickte Kim zu und fing an zu zählen: „Drei … zwei … eins … null!"

Etwas schwungvoller, aber nicht weniger sicher als Alina schwebte nun auch Kim über das Tor hinweg. Kaum war sie am Boden angekommen, flog sie Leonie um den Hals.

„Wow!“, rief sie „Dein Talent ist echt das tollste von allen!“

„Na ja“, meinte Emma grinsend. „Deine Kuschelattacke ist aber auch nicht ohne. Bist du wirklich sicher, dass du Leonie umarmen willst?“

„Nö, das ist garantiert ein Versehen“, giggelte Alina. „Eigentlich wollte sie den Torpfosten küssen.“

„Mann, ihr!“, schimpfte Kim, während sie sich hastig von Leonie löste und Emma und Alina die Zunge herausstreckte. „Blödis! Als ob es nicht mindestens hundert wichtigere Dinge gäbe! Alina und ich sind heute nämlich schon wieder diesem fiesen Perückenkerl vor die Füße geraten. Nur, dass er diesmal keine Mistgabel, sondern einen Hammer in der Hand hatte.“

„Hab ich's nicht geahnt?“, hauchte Leonie. „Er hat euch doch hoffentlich nicht damit bedroht!“

„Allerdings hat er das“, bestätigte Alina. „Und nicht nur das. Er hat uns unterstellt, dass wir die Pferdeboxen mit Nägeln bespicken, an denen sich die Ponys verletzen.“

Emma und Leonie sahen sich mit großen Augen an.

„Genau das hat dieser Tobias Krummhorst auch behauptet“, sprudelte es aus Emma hervor. „Also, natürlich nicht, dass *ihr* die Nägel eingeschlagen habt, sondern dass die Schobers oder einer ihrer Mitarbeiter das getan hätten.“

Sie kramte die Visitenkarte vom Ponyparadies hervor.

„Hier!“, sagte sie und wedelte Alina damit vor der Nase

herum. „Er empfiehlt dir, Krautzinsky lieber dort unterzubringen.“

„Hä?“ Irritiert griff Alina nach der Karte. „Ravioletta Klattscheck“, las sie. „Woher weiß die denn von den Nägeln?“

„Keine Ahnung“, antwortete Leonie an Emmas Stelle. „Herr Krummhorst wollte uns nichts Genaueres darüber sagen. Er ist ja angeblich Rechtsanwalt und muss über die Angelegenheiten seiner Kunden schweigen. Außerdem ist gar nicht klar, ob dieses Ponyparadies überhaupt existiert“, fuhr sie nach einem kurzen Blickwechsel mit Emma fort. „Wir glauben ja eher, dass beide Betrüger sind. Also die Klattscheck und der krumme Horst.“

„Jedenfalls scheint es Leute zu geben, deren Ponys hier verletzt wurden und die jetzt gegen die Schobers vorgehen“, setzte Emma hinzu.

„Also, für mich passt das alles ziemlich gut zusammen“, meldete sich Kim zu Wort und erzählte dann in allen Einzelheiten, was Alina und sie auf dem Schoberhof erlebt hatten. „Krautzinskys Wunde könnte tatsächlich von einem Nagel stammen“, beendete sie ihre Schilderung. „Jedenfalls geht es hier nicht mit rechten Dingen zu.“

„Und deshalb musst du deine Eltern dazu überreden, Krauti von hier wegzuholen“, drängte Leonie, die Kims Schilderung mit wachsendem Entsetzen gelauscht hatte. „Vielleicht haben die vom *Club der Elemente* uns auch deshalb zu Tobias Krummhorst geschickt, damit du Krautzinsky rechtzeitig in Sicherheit bringen kannst.

Noch ist alles okay mit ihm", betonte sie. „Zumindest sah es nicht so aus, als ob er eine neue Verletzung hätte. Aber wer weiß, wie das morgen ist!", schloss sie mit finsterem Blick und einer tiefen Sorgenfalte zwischen ihren Augenbrauen.

Als Emma eine Dreiviertelstunde später zu Hause in die Diele trat, fand sie sich in einem Meer von bunten Papierschnipseln, Haferflocken und Erdkrümeln wieder. Der gesamte Fußboden war damit übersät. Mittendrin stand ihre Mutter und spornte Scharky nach Leibeskräften an, nur ja alles in das richtige Fach einzusortieren.

Derweil zog der Staubsaugerautomat brummend seine Kreise.

„Ist das nicht wunderbar, mein Spatz!", tirilierte Nina Klirrbach. „Er hat schon drei Durchgänge fehlerfrei bestanden, außerdem jault er auch nicht mehr immer gleich los, wenn er gegen eine Wand gefahren ist, sondern setzt zurück und saugt dann problemlos weiter."

„Ja, Mama, das ist wirklich toll", sagte Emma wenig begeistert. Sie drückte die Haustür hinter sich zu und betrachtete irritiert das Chaos, welches ihre Mutter angerichtet hatte. „Wo soll ich denn jetzt eigentlich meine Schuhe hinstellen?"

„Lass sie einfach an", erwiderte Nina Klirrbach. „Wo er schon mal dabei ist, kann Scharky nachher auch noch die obere Etage saugen."

„Aber bitte nicht mein Zimmer!", stellte Emma klar. „Ich

muss nämlich noch jede Menge für die Schule machen. Ähm, lesen und Vokabeln lernen und all so was."

„Ich dachte, du hättest das alles nach dem Mittagessen erledigt", wunderte sich ihr Vater, der in diesem Moment mit dem Komposteimer aus der Küche kam.

„Nur das Schriftliche", erklärte Emma, während sie mit großen Schritten durch das Schnipselchaos auf die Treppe zutappte. „Und das habe ich ja auch geschafft."

Was nicht gelogen war! Dass sie darüber hinaus noch etwas aufhatte und zudem ein Vokabeltest anstand, allerdings schon. In Wahrheit wollte Emma einfach bloß ihre Ruhe haben. Um nachzudenken und um sich die *Elemente*-Briefe noch einmal ganz genau anzusehen.

„Kein Thema", flötete Nina Klirrbach Emma hinterher. „Dein Zimmer nimmt Scharky sich eben morgen vor. Schließlich wollen wir ihn nicht überlasten."

„Ich will dich ja nicht entmutigen, meine Glockenblume, aber ich glaube, dass er nicht einmal die Diele schafft", sagte Ingo Klirrbach.

Er stellte den Komposteimer neben der Küchentür ab und folgte Emma die Treppe hinauf nach oben. Kurz bevor sie ihr Zimmer erreichte, hielt er sie mit einer sanften Berührung an der Schulter zurück.

Emma zuckte zusammen.

„Alles in Ordnung mit dir?", fragte Ingo Klirrbach.

„Klar, wieso nicht?", gab Emma patziger, als sie eigentlich wollte, zurück.

„Weil du so blass bist." Ihr Vater musterte sie sorgenvoll. „Bedrückt dich vielleicht etwas?"

„Nein", antwortete Emma viel zu schnell. „Die Schule war ein bisschen anstrengend heute", setzte sie daher flugs hinzu. „Außerdem hast du mich erschreckt."

Ingo Klirrbach zog seine Hand zurück.

„Entschuldige", sagte er. „Das lag nicht in meiner Absicht."

„Schon gut", murmelte Emma. „Hauptsache, du baust nicht wieder meine Zimmertür aus."

„Wie bitte?" Ingo Klirrbach schüttelte erstaunt den Kopf. „Deine Tür war ausgebaut?"

„Allerdings, Papa!", erwiderte Emma ebenfalls kopfschüttelnd. „Und jetzt behaupte bloß nicht, du könntest dich nicht mehr daran erinnern."

„Aber genauso ist es", beteuerte ihr Vater. „Ich würde doch nie und nimmer jemals auch nur auf die Idee kommen, Noahs oder deine Zimmertür auszuhängen!"

„Hast du aber", brummte Emma. „Frag Mama! … Und wenn du das wirklich vergessen hast, dann denk mal drüber nach, ob mit *dir* noch alles in Ordnung ist."

Kaum hatte Emma einen Fuß in ihr Zimmer gesetzt, tat ihr schon wieder leid, was sie ihrem Vater gerade an den Kopf geschmissen hatte. Obwohl es natürlich stimmte.

Die Sache mit der ausgehängten Tür war so speziell gewesen – das konnte man doch nicht einfach komplett aus seinen Gehirnzellen verbannen!

„Papa, Papa, was ist nur los mit dir?", murmelte Emma.

Vielleicht hätte sie nicht so pampig reagieren, sondern ihn einfach ganz direkt auf den *Club der magischen Elemente* ansprechen sollen. Aber irgendwie hatte sie es nicht über sich gebracht. Womöglich hätte Paps wieder so getan, als ob er nicht wüsste, wovon sie sprach. Dabei war Emma sich mittlerweile beinahe hundertprozentig sicher, dass er zumindest ahnte, wer diese *Elemente* waren.

Seufzend drückte sie ihre Zimmertür mit dem Hintern zu und drehte den Schlüssel um – gerade eben noch rechtzeitig, bevor Noah hereinstürmen konnte.

„Mann, bist du doof oder was?", meckerte er los. „Ich hab mir voll den Kopf gestoßen!"

„Selbst schuld", knurrte Emma.

„Wie wäre es, wenn du zur Abwechslung einfach mal nett bist!", polterte Noah.

„Gerne! Sobald du mir einen Grund dafür gibst", konterte Emma. „Und bis dahin …", vermutlich in hundert Jahren oder auch nie, „… lass mich einfach in Ruhe. Okay?"

„Überhaupt nicht okay", erwiderte ihr Bruder. „Das Ganze funktioniert nämlich genau umgekehrt. Zuerst verhältst du dich wie eine liebende Schwester. Und dann lasse ich dich vielleicht sogar in Ru…" Der Rest des Wortes wurde von einem empörten „Heee!" abgelöst.

„Du verziehst dich jetzt sofort in dein Zimmer!", ertönte Ingo Klirrbachs Stimme.

„Was soll ich denn da?“, entrüstete sich Noah. „Ohne Lukas und ohne Läppi!“

„Musik hören? Ein Buch lesen?“, schlug sein Vater vor. „Irgendwas in der Art. Ich könnte dir auch ein Rätselheft geben. Oder du hilfst mir bei der Möhrenernte.“

„Pfff!“, zischte Noah.

Drei Sekunden später erschütterte ein ohrenbetäubendes Türenschlagen die Hauswände.

„Danke, Papa“, sagte Emma leise und mit einem Lächeln, das von einem Ohr zum anderen reichte.

Wäre nicht das jetzt ihre zweite Chance gewesen? So bemüht wie Paps gerade um sie war?

Emma schüttelte den Kopf. Zuerst brauchte sie so etwas wie einen eindeutigen Beweis, den sie ihrem Vater unter die Nase halten konnte. Damit er sich auch auf keinen Fall mehr in irgendwelche dummen Ausreden flüchten konnte. Abgesehen davon schwirrten noch jede Menge ungeklärter Fragen in ihrem Kopf herum, die dringend einer Antwort bedurften.

Also gab Emma sich einen Ruck, ließ sich an ihren Schreibtisch sinken und schnappte sich einen grünen Fineliner.

1. Warum haben die Elemente uns zu Tobias Krummhorst geschickt?

schrieb sie auf eine neue Seite ihres Kollegblocks.

2. Weiß Ravioletta Klattscheck etwas über die Nägel? Und wenn ja, woher?
3. Ist der fiese Kerl mit der Perücke und der Mistgabel bei den Schobers angestellt?
4. Welchen Grund könnten die Schobers haben, sich selbst zu schaden?
5. Verfügt Mamas Cousine Franziska über magische Fähigkeiten?
6. Warum benimmt Paps sich so seltsam? (Bei Mama ist das ja eher normal.)
7. Wieso haben Leonie, Kim und ich Talente und Alina (noch) nicht?
8. Warum hat Mama den Schnipsel mit dem kleinen grünen Punkt unter ihrer Stiftebox versteckt? Und wieso hat sie so getan, als ob sie nichts davon wüsste? War es möglicherweise Paps?
9. Wer oder was verbirgt sich hinter dem ehrbaren Club der magischen Elemente???

„Verfluchter Quarkmist noch mal!“

Emma pfefferte den Stift in die Ablageschachtel zurück.

Das waren eindeutig zu viele Fragen. Und sosehr sie sich auch das Gehirn zergrübelte: Keine einzige davon konnte sie auch nur ansatzweise beantworten.

Frustriert kramte Emma die Nachrichtenzettel der *Elemente* aus dem hintersten Winkel ihrer Schreibtischschublade hervor. Sie klebte die Puzzleteile, die Noah sich bereits zurechtgelegt hatte, zusammen und las sich alles noch einmal genau durch. Emma inspizierte außerdem die unbeschriebenen Stellen und hielt die Zettel schließlich sogar gegen das Licht. Vielleicht gab es ja so etwas wie eine Geheimbotschaft, die sich auf diese Weise entdecken ließ. Oder zumindest einen Hinweis darauf. – Aber nix. Alles Gucken, Darüberstreichen und Daran-Herumschnüffeln führte zu keinem neuen Ergebnis.

Was Emma da in der Hand hielt, waren ganz normale Zettel.

Ob es da überhaupt noch Sinn hatte, sie mit dem Schnipselrest zu vergleichen?

Emma tat es trotzdem. Sie nahm sowohl das Papier als auch die Grüntöne darauf etwas genauer unter die Lupe. Und mit einem Schlag wurde es so hell in ihrem Oberstübchen, dass sie fast einen Sehschaden bekam. Mit fiebrigen Fingern griff sie nach ihrem Handy und tippte ihre Erkenntnis in den Nachrichten-Chat mit Leonie, Alina und Kim ein.

Es dauerte nur wenige Sekunden, und die Fragen prasselten auf sie ein.

Spuren

„Zeig her!“, verlangte Kim am nächsten Morgen von Emma. „Ich will es mit meinen eigenen Augen sehen.“

„Ich auch!“, kam es von Alina und Leonie wie aus einem Mund.

Die Mädchen hatten sich eine Viertelstunde vor Unterrichtsbeginn im Gang nahe den Schülertoiletten verabredet, und alle vier waren pünktlich gewesen.

Emma holte die *Elemente*-Botschaften und den Schnipselrest aus ihrem Rucksack und vergewisserte sich, dass niemand in der Nähe war. Dann reichte sie beides Kim.

Die faltete die Zettel auseinander, befühlte das Papier von vorne und von hinten und sah sich alles genau an, bevor sie es an Alina und diese schließlich es an Leonie weitergab.

„Ich glaube, du hast recht“, sagte Alina. „Die sind verschieden. Das Grün vom Krummhorst-Auftrag ist etwas heller.“

„Und das Papier ist auch anders“, bestätigte Leonie. „Irgendwie glatter.“

„Bingo!“ Emma reckte den Daumen.

Genau das hatte sie gestern nämlich ebenfalls festgestellt. Geschrieben hatte sie ihren Freundinnen allerdings nur, dass die Nachrichten sich voneinander unterschieden. Auf die Fragen, inwiefern, hatte sie Alina, Leonie und Kim auf heute früh vertröstet. Um wirklich sicher zu sein, dass sie sich nicht irrte, war es nötig, dass sie unabhängig voneinander zum selben Ergebnis kamen.

Kim zupfte nachdenklich an ihrem knallroten Kappenschirm herum.

„Okay, und was bedeutet das jetzt?", murmelte sie.

„Ist doch klar!", erwiderte Leonie. „Den *Elementen* sind nach der zweiten Botschaft Stift und Papier ausgegangen."

„Nicht dein Ernst!", platzte es Alina heraus.

„Doch", entgegnete Leonie ein wenig eingeschnappt. „Wieso denn nicht?"

„Na ja", meinte Emma. „Total abwegig wäre das natürlich nicht, aber auch nicht wirklich sensationell, oder?"

„Na gut", gab Leonie achselzuckend zurück. „Dann stammt die letzte Nachricht eben nicht von den *Elementen*, sondern von jemand anderem."

Sie hörte prompt auf zu atmen, als sie merkte, was sie da gerade gesagt hatte.

„Fragt sich jetzt nur, von wem", murmelte Kim, während sie ihre verletzte Hand betrachtete, um die sie heute ein Tuch mit türkisfarbenen Schmetterlingen gebunden hatte.

„Mhm." Emma nickte. „Seltsamerweise ist das ja auch die einzige Nachricht, die wir vernichten sollten."

„Zum Beispiel, damit sie vor den echten *Elementen* verborgen bleibt“, warf Kim ein.

Leonie runzelte die Stirn.

„Es gibt also echte und unechte *Elemente*?“, fragte sie verwirrt.

„Oder gute und böse“, führte Emma den Gedanken ihrer Freundin weiter. „Ich fürchte, du hast recht. Und beide haben was mit unserer Schule zu tun“, setzte sie nach kurzem Zögern hinzu. „Schließlich sind uns alle drei Nachrichten hier zugespielt worden.“

„Mir qualmt so langsam der Schädel“, murmelte Kim. „Ähm, ich muss sowieso noch mal aufs Klo … und das Tuch neu binden“, fügte sie etwas lauter hinzu.

Sie tauschte einen Blick mit Alina, die ihr kurz zunickte, und steuerte dann auf die Mädchentoilette zu.

Kim drückte die Tür auf und lief durch den leeren Vorraum an den Waschbecken vorbei. Es gab acht Kabinen. Sieben davon waren besetzt.

Merkwürdig, dachte Kim noch, während sie in die einzig freie trat, als ihr plötzlich brennend heiß und sofort danach klirrend kalt wurde. Es fühlte sich an, als würde sie zu Eis gefrieren. Von einer Sekunde auf die andere konnte sie sich nicht mehr von der Stelle bewegen.

Kim schnappte nach Luft und gab sich alle Mühe, nicht in Panik zu geraten. Der Stein!, zuckte es wie ein Blitz durch ihren Kopf.

Was auch immer hier gerade vorging – wenn der Stein sie in die Zukunft katapultierte, würde sie sich aus dieser furchtbaren Situation befreien können.

Mit klammen Fingern tastete Kim nach dem Säckchen in ihrer Hosentasche. Sie spürte die Hitze des Steins und wollte gerade ihre Hand darum schließen, als er ihr entglitt.

Von jetzt auf gleich war der Stein nicht mehr da. So als hätte jemand Unsichtbares ihn weggenommen.

Die Kabinenwände, die Fliesen und das Klo verschwammen vor Kims Augen. Ihr blieb gerade noch Zeit, sich das Tuch von der verletzten Hand zu zerren und auf den Boden fallen zu lassen. Dann war sie bereits woanders – nämlich auf dem Rücken liegend in einem Strohhaufen.

Direkt vor ihr, riesengroß und bedrohlich, stand der Kerl mit der Perücke. Hämisch grinsend warf er den orangeroten Stein in die Luft, fing ihn wieder auf und versenkte ihn in seiner Hemdtasche.

„Du hast wohl gedacht … gedacht, du kannst mich verarschen … verarschen, du Früchtchen! … Früchtchen!

Währenddessen standen Emma, Leonie und Alina noch immer auf dem Gang nahe den Schülertoiletten und verglichen die drei *Elemente*-Nachrichten mit dem Schnipsel, den Emma unter Nina Klirrbachs Stiftebox gefunden hatte.

„Es ist das gleiche Papier wie das, auf dem die ersten *Elemente*-Botschaften gedruckt sind“, sagte Alina, nachdem sie alles genau inspiziert hatte. „Und der Grünton von diesem kleinen Punkt am Rand passt ebenfalls dazu."

Emma und Leonie nickten.

„Wenn also wirklich dein Vater ihn unter der Stiftebox versteckt hat, wollte er vielleicht, dass du ihn dort findest", überlegte Alina.

„Puh", sagte Emma. „Da hat er dann aber mächtig Glück gehabt, dass das auch tatsächlich geklappt hat."

Leonie zog die Augenbrauen zusammen. „Und ich verstehe noch immer nicht, warum er das *überhaupt* gemacht haben sollte", brummte sie.

„Um Emma einen versteckten Hinweis zu geben, dass er zum *Club der Elemente* gehört, natürlich!", erwiderte Alina. „Vielleicht hat er die Nachrichten sogar selber verfasst."

„Ts!" Leonie tippte sich an die Stirn. „Da hätte er ihr die Zettel ja auch gleich in die Hand drücken können. Ohne diese ganze Geheimniskrämerei."

„Du hast doch selber gesagt, dass die *Elemente*-Mitglieder sich erst mal nicht zu erkennen geben wollen", hielt Alina dagegen.

Emma kniff die Mundwinkel ein. Alinas Erklärung überzeugte sie nur halb. Genauso gut nämlich konnte der Schnipsel auch mithilfe von Magie – böser Magie womöglich! – unter Mams Stiftebox gelangt sein.

„Wo bleibt Kim eigentlich so lange?", fragte sie und deutete auf die Tür zum Mädchenklo. „Sie ist doch mindestens schon seit fünf Minuten da drin."

„Hat sie nicht gesagt, sie müsste ihr Tuch noch mal neu binden?“, erwiderte Leonie.

„Ja verdammt!“, fluchte Emma. „Was sind wir bloß für tolle Freundinnen!“

Mit drei Schritten war sie bei der Toilettentür, zwei Sekunden später dahinter verschwunden.

„Aber es klingelt doch gleich …“, stammelte Leonie.

Sie zögerte noch einen Moment, bis Alina ebenfalls im Mädchenklo abgetaucht war, dann flitzte sie ihr hinterher.

Emma kam ihnen bereits aus dem Kabinengang entgegengestürzt.

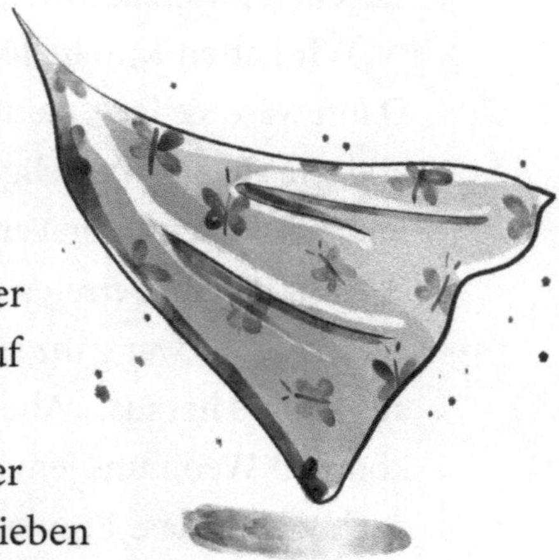

„Kim ist nicht mehr hier!“, stieß sie aufgebracht hervor und zeigte auf das Tuch mit den türkisfarbenen Schmetterlingen in ihrer Hand. „Dafür habe ich das hier gefunden. Es lag in einer Toilette auf dem Boden.“

Alina schüttelte den Kopf. „Kapier ich nicht. Wo soll Kim denn abgeblieben sein?“

„Sonst ist auch keiner hier“, stellte Leonie fest, nachdem sie sämtliche Kabinen abgeklappert hatte. Ihr Blick wanderte von Emma zu Alina und wieder zurück. „Das ist doch komisch. Oder?“

Alina nickte. „Aber echt!“

Irgendwelche Mädchen aus den höheren Jahrgängen hingen eigentlich immer hier rum, um auf den letzten Drücker Hausaufgaben abzuschreiben. Oder um sich zu schminken und dabei über ihre Mitschülerinnen herzuziehen.

„Als ob jemand dafür gesorgt hätte …", krächzte Emma. „Damit er Kim ganz in Ruhe …"

„Was?", hauchte Alina. „Meinst du etwa *verschleppen* konnte?"

Emma sog geräuschvoll Luft in ihre Nase. Ihre Augen brannten. Wenn sie sich jetzt nicht zusammenriss, würde sie jeden Moment losheulen.

„Wir hätten Kim helfen müssen, das Tuch neu zu binden. Dann wäre sie jetzt nämlich wahrscheinlich noch hier", erklärte sie mit wackeliger Stimme. „Aber wir haben uns ja nicht mal nach ihrer Verletzung erkundigt!"

Alina senkte betreten den Kopf.

„Okay, das war ganz schön gefühllos von uns", brach es aus Leonie heraus. „Aber was, wenn wir gar nichts dafür können! Wenn uns jemand beeinflusst hat? So wie jemand auch wollte, dass Emma den Schnipsel unter der Stiftebox findet."

„Wer denn?", brummte Alina. „Wenn nicht Emmas Vater? Etwa die bösen *Elemente*? Wenn es die überhaupt gibt! Und abgesehen davon: Wie sollen die das denn überhaupt gemacht haben?"

„So wie ich Wind aufkommen lasse!", antwortete Leonie. „Oder Emma Treppenstufen bewegt!"

„Also, mir ist gerade völlig egal, wer hinter alldem steckt und wie er das angestellt hat", sagte Emma. „Ich möchte einfach nur wissen, wo Kim ist." Die aufsteigenden Tränen hatte sie erfolgreich zurückgedrängt. Jetzt ballte sie entschlossen die Fäuste. „Und wie wir ihr helfen können!"

„Vielleicht hat sie das ja bereits selbst erledigt", meinte Alina, die mit einem Mal sehr zuversichtlich wirkte. „Immerhin hat sie den Stein."

„Dann wäre sie jetzt in der Zukunft", schlussfolgerte Leonie.

„Und nicht mehr hier, weil sie vor jemandem flüchten musste", setzte Alina hinzu. „So wie wir gestern auf dem Schoberhof."

„Aber dann würde sie uns doch bestimmt eine Nachricht schicken", erwiderte Emma.

„Klar." Alina nickte. „Und sobald ihre Zukunft für uns zur Gegenwart geworden ist, könnten wir die auch empfangen."

Wie auf Kommando zückten sie, Emma und Leonie ihre Handys. Wie gebannt starrten die drei Mädchen auf die Bildschirme. Aber es trudelte keine Nachricht ein.

Nicht nach dreißig Sekunden, nicht nach einer Minute und auch danach nicht.

„Ich glaube, es hat längst geklingelt", sagte Leonie. „Wir haben's nur nicht gehört."

Ratlos sahen die Freundinnen einander an.

„Und ich glaube, das Tuch ist so etwas wie ein Zeichen",

sagte Emma. „Ein Hinweis, den Kim für uns hinterlassen hat. Weil sie in Gefahr ist! Und weil sie unsere Hilfe braucht!"

„Ja! Verflixter Gammelquark!", jaulte Alina los. „Aber wie können wir ihr helfen, wenn wir nicht wissen, wo wir sie suchen sollen?"

„Auf dem Schoberhof ...", murmelte Emma. „Na klar, Mensch! Überlegt doch mal!", forderte sie Alina und Leonie auf, die sie anstarrten, als hätten sie anstelle eines Gehirns einen Bratklops im Kopf. „Dort läuft doch alles zusammen. Die falschen *Elemente* locken uns zu diesem Tobias Krummhorst. Der erzählt uns, dass bei den Schobers die Ponys schlecht behandelt werden und wir Krautzinsky unbedingt von dort wegholen sollen."

„Das stimmt", pflichtete Leonie ihr bei. „Aber dann könnte Kim auch im Ponyparadies bei dieser Ravioletta Klattscheck sein. Denn da sollte Alina Krauti ja hinbringen."

Emma schüttelte den Kopf.

„Es sieht doch ganz danach aus, als würde man alle vom Schoberhof vertreiben oder zumindest fernhalten wollen. Die Ponys werden verletzt. Das Tor ist geschlossen", zählte sie auf. „Und ein brutaler Typ geht mit einer Mistgabel und einem Hammer auf Kinder los."

„Genau", pflichtete Alina ihr bei. „Und niemand ist denen so sehr auf die Pelle gerückt wie wir."

„O nein! Und ihr glaubt, dass sie uns alle einfangen

wollen?", stieß Leonie mit schreckgeweiteten Augen aus. „Um dann *was* mit uns anzustellen?"

„Keine Ahnung", murmelte Emma. „Ich ruf jetzt meinen Vater an. Er muss uns helfen. … Und zwar schnell!"

„Gute Idee", fand Alina.

Emmas Hände zitterten wie verrückt. Fast wäre ihr das Handy aus den Fingern gerutscht. Schließlich schaffte sie es, ihre Festnetznummer zu aktivieren. Emma hob das Smartphone zum Ohr und horchte angespannt auf das Freizeichen.

Es tutete … und tutete … und tutete.

Papa, bitte melde dich, dachte Emma verzweifelt, während Leonie und Alina sie ängstlich musterten und dabei von einem Fuß auf den anderen wippten.

Dann endlich wurde das Freizeichen unterbrochen, und eine Stimme meldete sich.

Auf sich allein gestellt

Langsam ließ Emma das Smartphone sinken.

„Das kann nicht sein", krächzte sie. „Das DARF einfach nicht sein!"

„Was denn?", fragte Alina ungeduldig. „Ist dein Vater nicht zu Hause?"

„Doch. Eigentlich schon", erwiderte Emma. „Aber angeblich gibt es keinen Anschluss mehr unter unserer Nummer."

„Hä?" Leonie schüttelte den Kopf. „Sagt wer?"

„Irgend so eine komische Automatenstimme", erklärte Emma.

„Dann ruf ihn eben auf dem Handy an", schlug Alina vor.

„Das geht nicht", gab Emma frustriert zurück. „Mein Vater hat keins. Er will nicht dauernd gestört werden. Erst recht nicht, wenn er im Garten werkelt."

„Eins, eins, null", sagte Leonie. „Die Notfallnummer der Polizei", erklärte sie, als sie Emmas verständnislosen Blick bemerkte.

„Sehr gut, Leo!", lobte Alina. „Na los, ruf an!", forderte sie Emma auf. „Wenn das hier kein Notfall ist, dann weiß ich es auch nicht!"

„Okay."

Emma nickte. Sie tippte die Nummer ein, lauschte und wartete. Mittlerweile klopfte ihr das Herz bis zum Hals. Dass sie eigentlich längst im Unterricht hätte sitzen müssen, hatte sie komplett verdrängt.

„Notrufstelle der Polizei", drang eine Frauenstimme in ihr Ohr. „Bitte nennen Sie Ihren Namen und Ihren Standort."

„Meine Freundin", stammelte Emma. „Kim. … Sie ist entführt worden!"

„Ganz ruhig und schön eins nach dem anderen", erwiderte die Stimme. „Wie ist dein Name?"

„Emma Klirrbach."

„Gut. Und wo genau bist du gerade?"

„In der Schule. Friedrich-Bonhoeffer", antwortete Emma. „Meine Freundin Kim war vor einer Viertelstunde noch auf der Toilette. Und jetzt ist sie verschwunden!", schrie sie geradezu in ihr Handy.

„Und wie kommst du dann darauf, dass sie entführt worden sein könnte?", wollte die Frauenstimme wissen.

„Ja, also … äh …", stammelte Emma.

Was sollte sie darauf antworten? Dass sie Nachrichten von einer mysteriösen Gruppe bekamen, die sich *DIE ELEMENTE* nannten? Dass Kim, Leonie und sie seither über magische Kräfte verfügten? Dass sie von einem Mann mit einer Mistgabel und einem Hammer bedroht worden waren? Und dass es deshalb höchst alarmierend war, dass Kim ausgerechnet jetzt verschwand?

Allerdings musste sie nun gar nichts mehr sagen. Denn offenbar wusste die Frau am anderen Ende der Leitung Emmas Schweigen auch so zu deuten.

„Dies ist eine Notfallnummer“, erklärte sie harsch. „Während du hier anrufst, um dir einen dummen Spaß zu erlauben, ist ein anderer Mensch womöglich wirklich in Gefahr. Und jetzt gib mir bitte deine Adresse, damit ich deine Eltern über diesen Unfug unterrichten kann.“

„Ganz bestimmt nicht“, murmelte Emma, aber da hatte sie die Frau bereits weggedrückt. „Die bei der Polizei nehmen das nicht ernst“, presste sie hervor. „Die wollten sich sogar bei meinen Eltern beschweren.“

Erneut stahl sich eine Träne in ihren Augenwinkel, die sie hastig mit dem Handrücken wegwischte.

Das Ganze war so himmelschreiend ungerecht!

„Stell dein Handy aus!“, sagte Alina. „Sonst können die dich orten.“

„Na und!“, knurrte Emma. „Das ist doch jetzt auch egal.“

„Ist es nicht!“, widersprach Alina. „Wenn die uns abfangen, bringen sie uns auf die nächste Polizeistation. … Während Kim die ganze Zeit über womöglich sonst was passiert!“

„Du hast recht!“ Leonie ballte die Fäuste. „Wir dürfen Kim nicht allein lassen. Und wenn uns die Polizei nicht helfen will …“

„… dann machen wir das eben ohne sie“, sagte Emma entschlossen. „Sollte hier nämlich wirklich Magie im Spiel sein, kann die sowieso nichts ausrichten.“ Sie nickte Leonie zu. „Dann müssen *wir* eben zur Tat schreiten.“

Wie auch immer sie das mit ihren nach wie vor recht ungeübten Talenten schaffen sollten!

Aber hatten sie denn eine Wahl?

Nachdem Emma ihr Handy ausgeschaltet hatte, schlichen Alina, Leonie und sie sich durch einen der beiden Nebeneingänge aus dem Schulgebäude. Die Einzigen, die ihnen dabei begegneten, waren ein Oberstufenschüler, der keine Notiz von ihnen nahm, und Hausmeister Strunzke.

Die Mädchen waren bereits auf dem Weg in Richtung Sportplatz, als er sie abfing.

„Nanu“, sagte er. „Habt ihr gar keinen Unterricht?“

Nein, hätte Emma fast behauptet, doch Alina kam ihr zuvor.

„Klar doch!“, erwiderte sie gespielt munter. „Wir besorgen uns gerade was für Biologie. Blätter und Blüten und so.“

„Aha.“ Hausmeister Strunzke musterte sie skeptisch.

„Eigentlich sollten wir das von zu Hause mitbringen“, erklärte Emma deshalb schnell. „Dummerweise haben wir es vergessen“, setzte sie mit zerknirschter Miene hinzu.

„Ach herrje!“, sagte Hausmeister Strunzke verständnisvoll. „So etwas ist mir in meiner Schulzeit auch ständig passiert. Aber bitte erzählt das bloß nicht herum“, raunte er hinter vorgehaltener Hand. „Und wenn ihr dann gleich wieder zurückgeht, könnt ihr auch die alte Treppe wieder benutzen. Euer Mitschüler letzte Woche muss sich wirklich sehr ungeschickt angestellt haben. Ich habe die Treppe eingehend geprüft. Sie ist absolut in Ordnung. Mit Erlaubnis der Schulleitung habe ich das Absperrband gestern Abend entfernt."

„Oh", sagte Emma. „Super. Danke für den Hinweis."

„Dafür doch nicht!" Hausmeister Strunzke winkte ab. „Euch dann noch viel Spaß beim Blumenpflücken!", wünschte er und zwinkerte den Mädchen fröhlich zu, bevor er auf seinen Geräteschuppen zusteuerte.

„Glaubt ihr, Strunzi hat uns das abgenommen?", fragte Leonie, während Emma, Alina und sie im Schatten der Büsche neben dem Sportplatz auf die Straße zueilten.

„Hauptsache, er verrät uns nicht", erwiderte Alina. „Oder zumindest nicht sofort."

„Ach, dann hätte er uns doch gleich ins Gebäude zurückgeschickt", meinte Emma. „Wahrscheinlich wollte er nicht der Böse sein."

„Außerdem kann er sich ja denken, dass wir noch Ärger fürs Schwänzen kriegen", warf Alina ein. „Nämlich spätestens morgen."

„Das ist mir übrigens gerade so was von egal", brummte Emma. „Ich sitze supergerne eine ganze Woche nach, wenn dafür nur Kim kein Haar gekrümmt wird!"

Die Mädchen hatten Glück. Als sie die Haltestelle erreichten, kam der Bus gerade angebraust. Während der Fahrt gingen sie Emmas Frageliste noch einmal miteinander durch.

1. Warum haben die Elemente uns zu Tobias Krummhorst geschickt?

„Beantwortet!“, sagte Alina.

2. Weiß Ravioletta Klattscheck etwas über die Nägel? Und wenn ja, woher?

„Unwichtig!“, murmelte Emma.

3. Ist der fiese Kerl mit der Perücke und der Mistgabel bei den Schobers angestelllt?

„Das kann ich mir nicht vorstellen“, meinte Alina. „Kim und ich haben doch selber gehört, wie die Schobers Lottchens Besitzerin erklärt haben, dass sie alle ihre Mitarbeiter nach Hause geschickt haben.“

„Ich bundere mich sobieso, boschu er den Hammer brauchte“, nuschelte Leonie, die ihre Brotdose ausgepackt und in ihr Käsebrot gebissen hatte. „Auscher schum Nägeleinschlagen.“

Alina schüttelte sich.

„Wie kannst du jetzt bloß etwas essen!", presste sie hervor. „Mir dreht sich schon beim Anblick von deinem Brot der Magen um."

Leonie nickte und schluckte den halb zerkauten Bissen hastig hinunter.

„Mir eigentlich auch", erwiderte sie. „Ich mag diese Käsesorte überhaupt nicht. Aber wenn ich gar nichts esse, wird mir noch schlechter."

„Dann war er das!", platzte es plötzlich aus Emma heraus. „Der Perückentyp! Er hat die Nägel eingeschlagen, an denen sich die Ponys verletzen!"

„Ja klar!" Leonie klatschte sich fast die angebissene Schnitte an die Stirn. Auf halber Strecke merkte sie zum Glück, was sie da tat, und ließ ihre Hand schnell wieder sinken. „Wieso haben wir das nicht gleich geschnallt!"

„Dann haben die Schobers also gelogen", sagte Alina.

„Oder sie wussten nicht, dass dieser Kerl sich die ganze Zeit auf dem Hof herumtreibt", entgegnete Emma. „Und damit wären wir bei der nächsten Frage."

4. **Welchen Grund könnten die Schobers haben, sich selbst zu schaden?**

„Keinen", sagte Alina sofort. „Es sei denn, sie sind ganz wild darauf, dass niemand sie leiden kann."

„Und dasch sie demnächscht kein Geld mehr haben, um ihr Eschen schu beschahlen", setzte Leonie kauend hinzu.

„Also ist der Perückentyp nicht bei ihnen angestellt“, schlussfolgerte Emma. „Und die Schobers haben auch keine Ahnung, dass er …“

Weiter kam sie nicht, denn in diesem Moment sprang Alina von ihrem Sitz hoch und hechtete zur Mitteltür.

„Wir sind gleich da!“, rief sie und versenkte ihren Daumen im Halteknopf.

Emma stopfte den Kollegblock in ihren Rucksack zurück. Leonie verfuhr ebenso mit ihrer Brotdose und folgte Alina und Emma auf den Bürgersteig hinaus.

Zwei Minuten später erreichten sie den Schoberhof.

„Übers Tor oder über den Zaun?“, fragte Emma, während sie ihren Blick angespannt zwischen der Koppel und dem Stallgebäude hin und her wandern ließ.

„Egal“, sagte Leonie und schob sich den Rest ihrer Schnitte zwischen die Zähne. „Wenn es schein musch, puschte isch unsch auch über den Eiffelturm.“

„Aber bitte nicht mit vollem Mund“, bemerkte Alina und entlockte damit sogar Emma ein winziges Lächeln.

Krautzinsky und die anderen Ponys standen diesmal dicht gedrängt im vorderen Teil der Weide.

Fast konnte man den Eindruck gewinnen, sie wollten möglichst viel Abstand zwischen sich und den Stall bringen.

„Mannomann, die sind ja völlig durch den Wind", presste Alina beklommen hervor.

Am liebsten wäre sie sofort zu Krautzinsky gelaufen, um ihn zu streicheln und sich zu vergewissern, dass er keine weitere Verletzung davongetragen hatte. Und es tat ihr im Herzen weh, dass sie es nicht tun konnte. Aber Kim ging vor. Zuerst mussten sie herausfinden, was mit ihr passiert war und wie sie ihr helfen konnten.

„Wir fliegen übers Tor", bestimmte Emma. „So wie gestern. Und als Erstes nehmen wir uns den Stall vor."

Es war ein schreckliches Gefühl, nicht zu wissen, was sie dort erwartete. Trotzdem strebte Emma mit langen Schritten auf das Tor des Ponyhofs zu. Leonie und Alina fassten sich an den Händen und liefen zügig hinterher.

„Ich gehe in die Mitte", sagte Leonie, kaum dass sie das Tor erreicht hatten. „Und dann legen wir uns gegenseitig die Arme um die Schultern."

„Gut." Emma nickte.

Sie drückte noch rasch auf die Klinke. Aber wie erwartet, war das Tor auch heute verschlossen.

„Na, dann los", krächzte sie, während sie ihren Arm um Leonies Hals schlang und mit ihrer Hand Alinas Schulter berührte.

Es fühlte sich gut an, so nah beieinander zu sein und sich gegenseitig Schutz und Stärke zu geben.

„Achtung“, raunte Leonie.

Nur eine Sekunde später hoben sie ab. Ohne das kleinste Geruckel trug Leonie sie auf einer Wolke aus verwirbelter Luft über das Tor und setzte sie sanft auf der anderen Seite wieder ab.

Wenn man die Zeichen zu deuten weiß

„Das ist echt genial“, sagte Emma, während sie ihre schulterlangen Locken entwirrte. „Wie kann man nur so viel Wind machen?“

„Ich frage mich ja eher, ob Leo wohl auch einen ganz zarten Lufthauch zustande bringt“, gab Alina zurück.

„Wieso nicht?“, meinte Leonie achselzuckend. „Wenn es sein müsste…“

Emma nickte. Dabei hatte sie den Kommentar ihrer Freundin gar nicht richtig wahrgenommen. Ihre ganze Aufmerksamkeit galt dem Stallgebäude.

Es war geradezu unheimlich still auf dem Hof.

„Wieder durch den Hintereingang?“, wisperte Alina.

Emma nickte erneut.

„Gehst du vor?“, fragte sie. „Ich meine, weil du dich ja schon auskennst…“

Alina schluckte. Man sah ihr an, dass ihr das Herz bereits bis in die Socken gerutscht war. Aber den Schwanz einziehen kam jetzt natürlich nicht infrage.

Auf Alinas Kommando flitzten die Mädchen los.

Emma und Leonie folgten ihrer Freundin über den Kiesweg und im Schutz der Büsche bis zur hinteren Außenwand des Stalls. Sie drückten sich bis zum Ende an der Mauer entlang und spähten vorsichtig um die Ecke.

Der Sandplatz war wie leer gefegt. Aber das Tor zum Stall stand einen Spaltbreit offen. Das war schon mal gut. – Zumindest solange dahinter keine Falle lauerte.

Alina krallte ihre Finger um Emmas Handgelenk und zog sie langsam hinter sich her auf die Stalltür zu. Eine halbe Schrittlänge davor stoppte sie, reckte den Kopf nach vorne und versuchte, ins Stallinnere zu lauschen.

War da nicht ein unterdrücktes Stöhnen zu hören?

„Los! Weiter!“, zischte Leonie, die sich ständig umguckte, weil sie Angst hatte, jeden Moment von einer Mistgabel aufgespießt zu werden.

Es war echt nicht prickelnd, das Ende einer Schlange zu bilden!

Alina hob beschwichtigend die Hand und bedeutete ihren Freundinnen, ab sofort keinen Mucks mehr von sich zu geben. Schließlich wagte sie sich noch ein Stück weiter vor, schob ihre Finger in den Spalt und drückte den Türflügel so weit auf, dass sie ihren Kopf hindurchstecken konnte.

Ihr Blick fiel direkt auf den kleinen Stoffsack mitten auf dem Gang. Alina

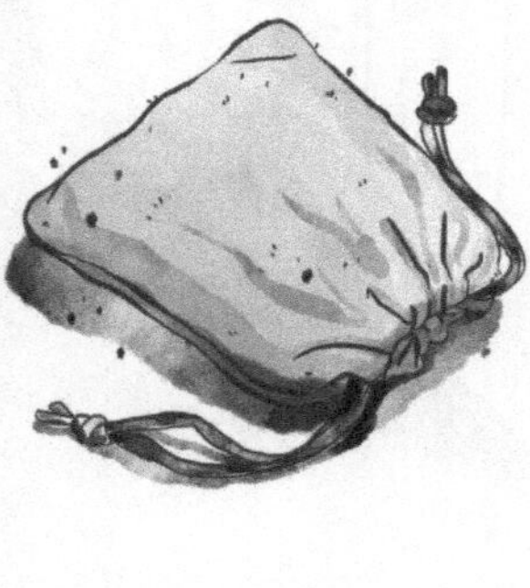

musste sich verdammt zusammenreißen, um nicht auf der Stelle darauf zuzustürmen.

Das Säckchen konnte ein Hinweis – ebenso gut aber auch eine Falle sein!

Außerdem war das Stöhnen eindeutig lauter geworden. Und Alina konnte es nun auch orten: Es kam ebenfalls aus dem Boxengang.

Noch einmal ermahnte sie Emma und Leonie zu schweigen, indem sie sich einen Finger an die Lippen presste. Dann tappte sie langsam weiter.

Die Frage „Kim, bist du das?" brannte Alina auf den Lippen. Doch sie verkniff sie sich. Sie rückte ihre Brille zurecht und linste angespannt und mit wild klopfendem Herzen in den Gang.

Er war nicht beleuchtet, weshalb Alina zunächst auch nichts Ungewöhnliches erkennen konnte. Aber dann, als ihre Augen sich an die schlechten Lichtverhältnisse gewöhnt hatten, entdeckte sie die mit einem Strick umwickelten Füße. Sie lugten aus einer der hinteren Pferdeboxen hervor.

Kim gehörten sie allerdings nicht. Dafür waren sie viel zu groß.

Alina zögerte nur kurz, huschte dann den Gang hinunter und warf aus sicherer Entfernung einen Blick in die Box.

Zwei Leute lagen dort im Stroh. Ein Mann, dessen Füße bis in den Gang hinausragten, und eine junge Frau. Beiden waren Arme und Beine zusammengebunden. Trotz der bunten Stoffknebel, die ihr halbes Gesicht bedeckten, erkannte Alina sie sofort. Es waren Herr Schober und seine Tochter.

Mit weit aufgerissenen Augen starrten sie ihr entgegen.

„Sind Sie verletzt?“, raunte Alina.

Die junge Frau Schober schüttelte den Kopf.

Gut. Alina nickte erleichtert. Es stahl sich sogar ein winziges Lächeln in ihr Gesicht. Wenn den Schobers nichts Schlimmes zugestoßen war, galt das Gleiche ja vielleicht auch für Kim.

„Haben Sie meine Freundin gesehen?“, fragte Alina. „Ein Mädchen in meinem Alter mit kurzen roten Haaren und einer knallroten Basecap?“

Diesmal nickten beide Schobers.

Alina schluckte. Ihre Sorge um Kim wurde dadurch zwar nicht kleiner, aber immerhin waren sie auf der richtigen Spur.

„Ich werde Ihnen helfen“, versprach sie. „Sobald ich meine Freundin gefunden habe!“

Mit zwei Erwachsenen an ihrer Seite würden sie sich zwar besser verteidigen können. Zudem kannten Herr und Frau Schober sich auf diesem Gelände aus. Sollten Emma und Leonie aber ihre magischen Talente einsetzen müssen, wäre es natürlich gar nicht gut, wenn die Schobers das mitbekamen.

Und deshalb ignorierte Alina das empörte Gezappel und Gestöhne der Ponyhofbesitzer und hastete zu ihren Freundinnen zurück. Emma und Leonie hatten das dunkelrote Säckchen inzwischen ebenfalls entdeckt. Leonie bückte sich gerade danach, als Alina bei ihnen ankam.

„Leer", sagte Leonie. „Der Stein ist weg."

„Vielleicht ist er rausgefallen", überlegte Alina und begann sogleich, den Boden rundherum abzusuchen.

„Glaub ich nicht", erwiderte Emma. „Kim hatte den Sack heute um eine Gürtelschlaufe gebunden und in ihre Hosentasche gesteckt. Da kann der Stein nicht einfach rausgefallen sein."

„Also war sie es selbst", kombinierte Leonie.

„… und hält sich gerade irgendwo in der Zukunft auf?" Emma kratzte sich am Kopf. „Das wäre natürlich möglich."

„Glaubst du aber auch nicht, oder?", bohrte Alina nach.

„Nein." Emma schüttelte den Kopf. Erklären konnte sie das allerdings nicht. Es war nur so ein Gefühl.

„Fest steht, dass sie hier war", sagte Alina. „Das haben die Schobers bestätigt." Sie deutete den Gang hinunter. „Die beiden liegen in einer der Pferdeboxen. Jemand hat sie gefesselt und geknebelt."

„Was?", stieß Emma hervor, und Leonie wurde schlagartig schneeweiß um die Nase. „Aber dann ...", stammelte sie.

„Keine Sorge, sie sind nicht verletzt", fiel Alina ihr ins Wort. „Ich glaube, es geht ihnen sogar ganz okay."

„Hoffentlich gilt das auch für Kim", krächzte Emma.

„Vielleicht geht es ja gar nicht um sie, sondern um den Stein", grübelte Leonie unterdessen weiter. „Vielleicht hat man ihn ihr weggenommen, und sie hat das Säckchen hier fallen lassen. Als Zeichen für uns. ... Und womöglich gibt es sogar noch mehr davon", murmelte sie, während sie sich in Bewegung setzte. „Zum Beispiel da hinten bei der großen Stalltür ..."

„Verdammt, Leo hat recht!", stieß Alina aus. „Da liegt tatsächlich was!"

Sie flog geradezu an Leonie vorbei und war als Erste bei der Tür.

„Es ist das Tuch, das Kim sich heute ums Knie gebunden hatte!", triumphierte sie und wedelte mit einem violett gepunkteten Stoffstück herum, das sie kurz zuvor vom Boden aufgehoben hatte.

„Gut", sagte Emma. „Das bedeutet immerhin, dass sie nicht gefesselt wurde. Wahrscheinlich denken die, dass eine Elfjährige sich nicht wehren kann."

Dass sie es mit mehreren Leuten zu tun hatten, war jedenfalls klar. Einer allein konnte die beiden Schobers unmöglich überwältigt haben. Zumindest nicht, wenn er Kim ebenfalls noch in Schach halten musste.

„Und es bedeutet auch, dass sie hier mit ihr rausgegangen sind", schlussfolgerte Leonie.

„Na, dann mal nichts wie hinterher", brummte Emma.

Sie lehnte sich mit der Schulter gegen einen der beiden Türflügel und drückte ihn vorsichtig auf.

Der Boden vor dem Stallgebäude war holprig. Wahrscheinlich hatte auch hier einmal eine Wiese gelegen, inzwischen waren davon nur noch ein paar wenige Grasbüschel übrig. Nach ungefähr zwanzig Metern ging die Fläche in ein Waldstück über. Einfach so, ohne dass es einen Zaun oder eine andere Art der Begrenzung gab.

„Gehört der Wald auch zum Ponyhof?", fragte Emma.

Alina zuckte mit den Schultern. „Keine Ahnung."

Mit sorgenvoller Miene sah sie zur Pferdeweide hinüber, wo die Ponys noch immer dicht gedrängt beim Koppelzaun an der Straße standen. Nur Krautzinsky hatte sich ein Stück weit aus der Gruppe gelöst und sah unablässig zu ihnen herüber. Seine Ohren waren steil aufgerichtet und drehten sich aufmerksam in alle Richtungen.

„Als würde er auf etwas warten", sagte Emma.

„Ich glaube eher, er hat vor irgendwas Angst", erwiderte Alina beklommen. „So wie die übrigen Ponys auch."

„Aber hier ist doch gar nichts“, hauchte Emma.

Außer den Schobers natürlich, die gefesselt und geknebelt im Stall lagen. Aber von Kim fehlte jede Spur. Ebenso von dem Perückenkerl oder irgendwelchen anderen Leuten.

„Doch!“, krächzte Leonie und zeigte auf ein kleines Grasbüschel nah am Waldrand. „Da! Etwas Dunkles.“

Das letzte Talent

Leonie war bereits drauf und dran loszustiefeln, doch auch diesmal war Alina schneller und preschte mit langen Schritten auf die Fundstelle zu.

„Es ist das Halstuch, mit dem wir gestern Kims Hand verbunden haben", raunte sie, nachdem sie es aufgehoben hatte. „Das Blut ist eingetrocknet und das Tuch total verknittert. Anstatt es in die Wäsche zu tun, hat Kim es wahrscheinlich einfach in ihre Hosentasche gestopft."

„Zum Glück", erwiderte Leonie. „Sonst hätten wir es ja nicht finden können."

„Bitte seid etwas leiser, okay?", mahnte Emma im Flüsterton. „Die Entführer müssen ja nicht unbedingt wissen, dass wir ihnen auf den Fersen sind."

„Bestimmt wissen sie es längst", sagte Alina finster.

„Hör bloß auf!", entfuhr es Emma.

Panisch blickte sie sich nach allen Seiten um. Aber nach wie vor war nirgends etwas zu hören oder zu sehen.

„Ich wette, sie sind im Wald", wisperte Leonie. „Wieso sonst hätte Kim das Tuch ausgerechnet hier fallen lassen sollen?"

„Ich wundere mich nur, dass sie so einfach eine Spur legen konnte", murmelte Alina. „Eigentlich hätten die Entführer es doch merken müssen."

„Vielleicht haben sie es ja", überlegte Leonie. „Und sie lassen es zu, weil …" Sie brach ab und sah mit großen erschrockenen Augen zwischen ihren Freundinnen hin und her.

„… sie uns ebenfalls kidnappen wollen", führte Emma den Satz zu Ende.

„Und ich ahne allmählich auch, wieso", presste Alina zwischen zusammengebissenen Zähnen hervor „Die wollen uns … ich meine *euch* eure magischen Fähigkeiten stehlen. Kims Stein haben sie ja schon."

„Aber dann …" Anstatt weiterzureden, zog Emma ihr Handy hervor, schaltete es ein und holte noch einmal ihre Festnetznummer aus dem Speicher. Es durfte einfach nicht sein, dass Paps ihnen jetzt, wo ihnen ernsthaft Gefahr drohte, nicht zur Seite stehen konnte! Doch die Verbindung brach bereits ab, bevor sie überhaupt richtig zustande gekommen war. „Kein Netz!"

Frustriert schob Emma das Handy in ihre Hosentasche zurück.

„Da stecken garantiert diese falschen *Elemente* mit irgendeiner bösen Magie dahinter", spekulierte Leonie. „Die versuchen zu verhindern, dass wir jemanden um Hilfe rufen."

„Falsch", sagte Alina. „Die wollen nicht, dass wir Kontakt

mit Emmas Vater aufnehmen. Der Anruf bei der Polizei hat schließlich funktioniert."

„Du hast recht", hauchte Emma. „Dann ist Paps tatsächlich ein Mitglied im *Club der magischen Elemente.*"

Also jemand, der ebenfalls über magische Kräfte verfügte, mit denen er Kims Entführern vermutlich übel in die Quere kommen konnte. – O Mann! Emma wusste gerade wirklich nicht, ob sie sich über diese Erkenntnis freuen sollte!

„Was machen wir denn jetzt?", fragte Leonie mit dünner Stimme.

Emma sah ihre Freundinnen an. Dann ließ sie ihren Blick über die dicht beieinanderstehenden Bäume des Waldes streifen.

Es half nichts: So unheimlich es auch war, sie mussten da jetzt rein. Und hoffen, dass ihre und Leonies Talente reichten, um Kim zu befreien.

Alles andere war ihr gerade vollkommen egal.

„Wenn die nur unsere Talente wollen, müssen wir keine Angst haben", sagte Emma. „Das Schlimmste, was uns passieren kann, ist, sie zu verlieren. Aber Kim ist ja wohl tausendmal wichtiger."

Darin waren sich die drei Freundinnen einig.

„Aber wo gehen wir in den Wald hinein?", wisperte Leonie.

„Am besten an einer besonders dicht bewachsenen Stelle", schlug Alina vor. „Damit man uns nicht sofort sieht."

„Das spielt doch überhaupt keine Rolle", erwiderte Emma. „Wenn hier wirklich Magie im Spiel ist, brauchen die keine Augen, um uns zu sehen."

Leonie schluckte schwer.

„Du meinst, dann wissen die sowieso, dass wir hier sind?"

Emma nickte. „Und deshalb nehmen wir einfach den Weg dort", sagte sie und deutete auf eine hochgewachsene Birke, neben der ein Trampelpfad in den Wald führte.

Er war so schmal, dass die Mädchen nicht zu dritt nebeneinandergehen konnten, also lief Emma vorneweg. Alina und Leonie hatten sich untergehakt und klebten ihrer Freundin nahezu an den Fersen. Alle paar Sekunden sah eine der beiden über ihre Schulter zurück, um sich zu vergewissern, dass ihnen niemand folgte.

Die ersten Meter verlief der Pfad schnurgerade zwischen dicht zusammenstehenden Bäumen entlang und beschrieb schließlich eine sanfte Kurve. Der Wald lichtete sich, und plötzlich standen die Mädchen vor einem Tümpel.

Niedrige Schilfgräser umsäumten ihn. Das Wasser darin war erstaunlich klar und schillerte geradezu magisch im Sonnenlicht. Einzelne herabgefallene Blätter zogen langsame Kreise um einen großen Findling herum, der sich inmitten des Tümpels befand. Er hatte die ovale Form eines abgeflachten Eis und war über und über mit Moos bewachsen.

„Da ist er ja!", raunte Leonie. Sie streckte zögernd ihren

Arm aus und zeigte auf die Oberseite des steingrauen Findlings. „Kims Zukunftsstein!"

„Ja", wisperte Emma. „Aber wo ist Kim?"

„Hier!", erschallte die panische Stimme ihrer Freundin. „Hier bin ich!"

Im nächsten Moment trat links von ihnen der Perückenmann hinter einer großen Eiche hervor. Auf seinem Gesicht lag ein hämisches Grinsen, und mit seinen riesigen Prankenhänden hielt er die Oberarme der wild zappelnden Kim fest umklammert.

„Lassen Sie sofort unsere Freundin los!“, brüllte Emma.

„Keine Sorge, *Spätzchen*“, ertönte da eine weitere Stimme.

Sie kam von der anderen Seite des Tümpels, und sie klang seltsam hohl. – Fast so, als gehörte sie einem Geist und keinem Menschen! „Ihr bekommt eure Freundin zurück. Aber zuerst müsst ihr eine Kleinigkeit für uns erledigen.“

Emma kniff die Augen zusammen und blinzelte gegen das Sonnenlicht, das seine Strahlen zwischen den Bäumen hindurchschickte. Und mit einem Mal erkannte sie dort drüben Schemen, die vollkommen unbeweglich im Unterholz standen.

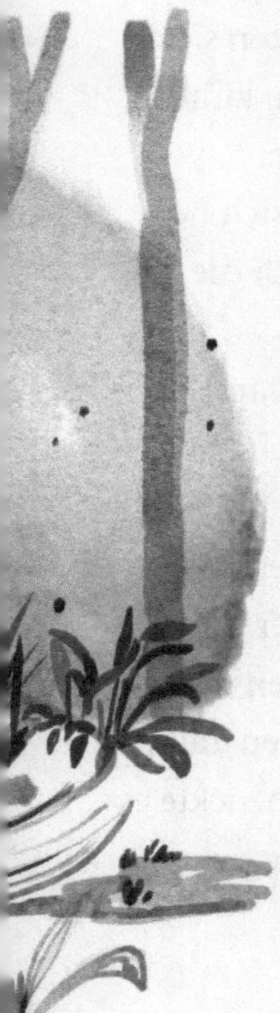

Emma konnte unmöglich unterscheiden, ob es sich dabei um Frauen oder Männer handelte. Ein Schemen jedoch kam ihr auf beängstigende Weise vertraut vor. – Wenn sie bloß wüsste, an wen er sie erinnerte! Aber sosehr Emma sich auch das Gehirn zermarterte, es wollte ihr einfach nicht einfallen.

„Was wollen Sie von uns?“, brüllte sie.

„Nur, dass ihr euch in den Tümpel stellt“, antwortete die Stimme.

„Aber …“, wollte Alina einwenden, die Stimme von gegenüber kam ihr allerdings zuvor.

„Ihr müsst keine Angst haben, das Wasser ist

nicht tief", sagte sie. „Meinetwegen zieht eure Schuhe aus und krempelt auch eure Hosenbeine auf."

Emma, Alina und Leonie tauschten einen Blick. Schließlich nickte Emma. Sie streifte sich ihre Sneaker von den Füßen und zog ihre Jeans bis zu den Knien hoch. Leonie und Alina taten es ihr gleich.

„Und jetzt begebt euch ins Wasser!", befahl die hohle Stimme. „Bleibt direkt am Ufer stehen und bewegt euch nicht auf den Findling zu!", mahnte sie. „Wenn ihr nicht gehorcht, werden wir euch leider bestrafen müssen."

„Okay", krächzte Emma.

Nacheinander traten Alina, Leonie und sie in den Tümpel. Der Boden war schlammig, und Gräser kitzelten sie an den Waden, aber das Wasser fühlte sich angenehm kühl an. Spontan fassten die Mädchen sich bei den Händen.

Unterdessen trieb der Perückenmann Kim vor sich her und schubste sie ebenfalls in den Tümpel. Zeit, sich die Schuhe auszuziehen, blieb ihr nicht.

Nicht einmal einen Lidschlag später fing der gesamte Findling an zu glimmen, und unter seiner Moosschicht wurden geheimnisvolle Zeichen sichtbar.

Wie gebannt starrte Emma auf Kims orangeroten Zukunftsstein, der nun zu vibrieren begann. Außer ihm lagen noch drei weitere bunte Steine auf der flachen Oberseite des Findlings, und sie alle zitterten im gleichen Takt.

Was hier gerade geschieht, ist nicht richtig, durchzuckte es Emma. Es musste unter allen Umständen beendet werden!

Sie konzentrierte sich mit aller Macht auf den Findling und versuchte, ihn im Boden zu versenken. Doch ihre Kraft reichte dafür nicht aus. Die Einzige, die jetzt vielleicht noch etwas tun konnte, war Leonie.

Blitzschnell drückte Emma ihre Hand. Und die Freundin erwiderte den Druck. Ohnehin wusste Leonie längst, was zu tun war. Sie hatte es bereits glasklar vor sich gesehen.

Ein kurzer kräftiger Windstoß genügte, und die bunten Steine wurden vom Findling heruntergefegt und landeten im Tümpel.

„Verdammte Hacke, was machst du denn da?", hörte Emma Kim brüllen.

Gleichzeitig spürte sie, wie ihr Alinas Hand entglitt. Nur einen Sekundenbruchteil später war die Freundin verschwunden, und eine gewaltige Welle wühlte den Tümpel auf.

Das ist die Strafe, dachte Emma.

Panik schoss in ihr hoch und stellte die feinen Härchen in ihrem Nacken auf. Garantiert würde sie jeden Augenblick tot umfallen.

Doch plötzlich tauchte Alina wieder auf. Direkt vor Emmas Füßen erhob sie sich aus dem Tümpelwasser. Ihre Klamotten und ihre glatten schwarzen Haare waren vollkommen trocken, und auch die Brille saß ihr noch immer perfekt auf der Nase.

Alina zeigte der verdatterten Emma kurz die vier bunten Steine, die sie in der Hand hielt, und rief: „Nix wie weg hier!"

Von der anderen Seite des Tümpels war ein wütender Schrei zu hören. Die Luft klirrte, als wäre sie zersplitterndes Glas. Der Waldboden wankte wie bei einem Erdbeben, und über dem aufgewühlten Tümpel stieg dichter Nebel auf.

Ohne sich um all das zu kümmern, rannte Alina einfach los und den Trampelpfad zurück bis zum Waldrand. Erst dort drehte sie sich um und starrte mit klopfendem Herzen auf die Birke – hinter der nun auch Emma, Leonie und Kim hervorpreschten.

„Was zur Hölle geht hier ab?", brach es aus Emma hervor.

Doch Alina schüttelte nur den Kopf. „Hier! Fang!", rief sie und warf Kim den orangeroten Stein zu, den diese mühelos aus der Luft fischte und fest mit ihrer Faust umschloss.

„Und jetzt kommt alle her und haltet euch aneinander fest!", rief Alina. „Damit Kim uns mit ihrem Stein von hier wegbringen kann."

Na klar! Na logisch!, dachte Emma noch, dann spürte sie bereits Leonies, Kims und Alinas Arme um sich herum. Sie sah, wie Kims Faust, in der der Stein lag, rot aufleuchtete – und von jetzt auf gleich war der Spuk vorbei. Kein wankender Boden mehr, kein Klirren in der Luft, kein Nebel über dem Wald.

Die Sonne schien, und die Vögel zwitscherten. Und von der Koppel hörte man das muntere Getrappel von dreizehn Ponys.

„Das habt ihr wirklich toll gemacht", sagte eine Stimme hinter ihnen.

Emma wirbelte herum.

„Paaaps!", kreischte sie, und einen Atemzug später baumelte sie bereits an Ingo Klirrbachs Hals. „Wo kommst du denn auf einmal her?"

„Dasselbe müsste eigentlich ich euch fragen", erwiderte ihr Vater, während er Emma zärtlich an sich drückte. „Wenn ich es nicht besser wüsste", fügte er mit einem Augenzwinkern an Kim gerichtet hinzu. „Wir warten übrigens schon seit mindestens zwei Minuten hier auf euch", fuhr er fort, nachdem Emma sich wieder von ihm gelöst hatte.

Erst jetzt merkte sie, dass dort noch jemand stand. – Hausmeister Strunzke!

Verdattert blickte Emma zwischen den beiden Männern hin und her. Und auch Kim und Leonie konnte man die Überraschung aus dem Gesicht ablesen.

Nur Alina war sofort zum Koppelzaun geflitzt, um Krautzinsky zu kraulen.

„Wieso?", stammelte Leonie. „Woher …? Ähm, ich kapier das alles nicht!"

„Das werde ich euch alles erklären", gab Ingo Klirrbach mit einem Lächeln zurück. „Bei einem späten Frühstück in unserem gemütlichen kleinen Stammlokal."

„Okay, Paps", sagte Emma, der inzwischen an die hunderttausend Fragen im Herzen brannten. „Aber zuerst müssen wir die beiden Schobers befreien. Sie liegen gefesselt und geknebelt im Stall und …"

Ihr Vater winkte ab.

„Alles bereits erledigt", entgegnete er. „Herr Schober und seine Tochter arbeiten schon daran, ihren Hof auf Vordermann zu bringen. Selbstverständlich können sie sich an die Ereignisse der letzten Tage nicht mehr erinnern."

„Krass!", entfuhr es Leonie, während Kim nur staunend mit dem Kopf schüttelte.

Plötzlich ertönte im Wald ein Knacken, und schon gerieten die Mädchen noch einmal in Alarmbereitschaft.

„So ein Durcheinander … Durcheinander", murmelte der Perückenmann, der in diesem Moment zwischen den Bäumen hervorgestapft kam. „Die armen Pferdchen … Pferdchen."

Als er Ingo Klirrbach, Hausmeister Strunzke, Emma, Leonie und Kim bemerkte, blieb er abrupt stehen, nahm seine Perücke vom Kopf und kratzte sich verwirrt die pickelige Glatze.

„Oh! Das sind sie ja! … Ja!", rief er, deutete auf die Koppel, und ein Strahlen breitete sich auf seinem Gesicht aus. „Sie glauben gar nicht, wie froh ich bin, dass es den Ponys gut geht. … Gut geht", verkündete er. „Ein Verrückter hat den Schobers das Leben ziemlich schwer gemacht … gemacht und heimlich Nägel in die Pferdeboxen geschlagen, an denen sich die armen Tiere verletzt haben … haben. Aber das ist ja nun Gott sei Dank vorbei! … Vorbei!"

Er grüßte noch einmal mit seiner Perücke, bevor er sie sich wieder auf den Kopf setzte, und zum Stallgebäude eilte.

„So ein herzensguter Kerl", sagte Ingo Klirrbach. „Wenn er auch nur ahnte, dass er dieser Verrückte war, würde er wohl seines Lebens nicht mehr froh."

„Wie bitte?", knurrte Kim. „Herzensgut? Der da?"

„Der hat nicht nur Nägel in Boxenwände geschlagen, sondern auch uns mit Mistgabel und Hammer bedroht", setzte Leonie empört hinzu.

„Glaubt mir, er konnte nichts dafür", erwiderte Ingo Klirrbach. „Paul Holzscheitle stand unter einem dunklen Bann. Er wusste nicht, was er tat."

„Dann gibt es sie also tatsächlich!", platzte es aus Emma heraus. „Gute und böse *Elemente*!"

„Ganz richtig, mein Spatz", bestätigte ihr Vater. „Und Leo, Alina, Kim und du, ihr gehört eindeutig zu den guten."

Magic Elements

Eine halbe Stunde später saßen die vier Freundinnen zusammen mit Emmas Vater unter einer mächtigen alten Linde im Innenhof eines urigen Vesperlokals.

Auf dem Holztisch vor ihnen stapelten sich duftende Brötchen, Pfannekuchen, Pflaumenkompott, garnierte Eihälften, Käsewürfel, Wurstscheiben, verschiedene Gemüseaufstriche und ein riesiges Glas Himbeermarmelade.

Emma war die Einzige, deren Teller noch immer leer war, weil sie sich einfach nicht entscheiden konnte, was sie zuerst essen sollte.

An ihren Füßen trug sie – ebenso wie Leonie, Alina und Kim – die im Wald zurückgelassenen Schuhe. Ingo Klirrbach hatte sie kurzerhand aus dem holperigen Boden vor dem schoberschen Stallgebäude wachsen lassen. Weil es schneller ging, als noch einmal zum Tümpel zu laufen und sie zu holen. Und weil er es nun mal konnte.

„Meine Fähigkeiten hängen mit dem Element Erde zusammen. Genau wie Emmas", erklärte er den vier Mädchen, die ihm gegenüber, aufgereiht wie die Hühner, auf einer Bank saßen.

„Dann habe ich das also wirklich von dir geerbt“, sagte Emma mit einem zufriedenen Grunzen.

„Gebacht haben wir unsch dasch nämlisch schon“, nuschelte Leonie, die den Mund voller Zimtpfannekuchen hatte.

„Nun ja, in diesem Fall kann man das wirklich so nennen“, erwiderte Ingo Klirrbach. „Wer ein solches Talent besitzt, dehnt es normalerweise im Laufe seines Lebens auf eine weitere Person aus. In der Regel handelt es sich dabei um eins der eigenen Kinder oder den Ehepartner. Man weiß allerdings nie, wann es geschieht und wen es treffen wird.“

Emma fiel das Mohnbrötchen, das sie sich gerade aus dem Korb geangelt hatte, aus der Hand und landete knapp neben ihrem Teller.

„Du hättest es also auch an Mam … oder NOAH! … weitergeben können?“

Ihr Vater nickte.

„Aber ich selbst durfte mir das nicht aussuchen. Das hat eine andere Person aus meinem *Elemente*-Team getan.“

„Eine andere Person?“, wiederholte Alina. „Also, zum Beispiel Strunzi! Der gehört doch auch dazu? Oder nicht?“

Ingo Klirrbach nickte abermals.

„Was aber noch lange nicht heißt, dass er es auch wirklich war“, stellte er klar.

„Okay“, sagte Kim, die sich vornehmlich Eierhälften und Käsewürfel schmecken ließ. „Und wer gehört noch dazu?“, wollte sie wissen.

„Das …“, entgegnete Ingo Klirrbach gedehnt, „bleibt zunächst einmal unser Geheimnis. Aus Sicherheitsgründen. Es ist immer besser, wenn nicht jeder die Mitglieder eines *Elemente*-Teams kennt.“

„Dann gibt esch alscho noch mehr von … unsch?“, fragte Leonie schmatzend.

„O ja!“, sagte Emmas Vater. „Wir *Elemente*-Teams sind auf der ganzen Welt verstreut. Es gibt solche, die ihre Fähigkeiten für die guten Dinge einsetzen, so wie wir.

Und andere, die das Gegenteil davon tun und außerdem danach streben, immer mächtiger zu werden. Das haben sie heute wieder versucht. Und ihr …", in Ingo Klirrbachs Augen funkelte es vor Stolz, als er seinen Blick über die vier Mädchen gleiten ließ, „habt es verhindert."

„Echt jetzt?", platzte es aus Kim heraus. „Und wie?"

„Tja, das ist einerseits ein wenig kompliziert", antwortete Ingo Klirrbach. „Andererseits aber auch wieder ganz einfach. Lasst es mich einmal so erklären: Jedes *Elemente*-Team besteht aus vier Personen …"

„Hab ich es nicht gesagt!", triumphierte Leonie und stopfte sich gleich den nächsten Pfannekuchen in den Mund.

Emmas Vater schenkte ihr ein kurzes Lächeln und fuhr dann fort.

„Vier Personen bedeuten vier verschiedene Talente, die jeweils an eines der vier Hauptelemente geknüpft sind: Erde, Wasser, Feuer und Luft."

„Hab isch esch eusch nischt geschagt!“, triumphierte Leonie erneut. „Mäschig Elementsch!“

Ingo Klirrbach schickte ein Zwinkern in die Runde.

„*Magic Elements* … Soso“, sagte er. „Ist das jetzt etwa euer neuer Club-Name?“

Emma zuckte mit den Schultern. „Klar! Wieso nicht?“

„Also, ich habe nichts dagegen“, erwiderte ihr Vater. „Ihr könnt euch gerne so nennen, wie es euch gefällt. Was ihr allerdings unbedingt noch wissen müsst, ist Folgendes: Drei Personen eines *Elemente*-Teams verfügen aus sich heraus über diese Fähigkeiten“, fuhr Ingo Klirrbach fort. „Eine benötigt dafür einen Edelstein. In eurem Fall ist das Kim. Mithilfe des Feuerelements kann sie einige Minuten in die Zukunft springen und dabei beliebig viele Leute mitnehmen.“

„Dann ist Leo also Luft …“, kombinierte Emma.

„Überhaupt nischt!“, widersprach Leonie empört. „Isch bin schowasch von da!“

Emma stupste sie mit dem Ellenbogen in die Seite.

„Du weißt genau, wie ich das meine“, kicherte sie. „Kim gehört zu Feuer, du zu Luft, ich zu Erde und Alina … zu Wasser!“

„Ja, Mann!“, rief Kim. „Ich hab’s mit eigenen Augen gesehen, wie sie sich von jetzt auf sofort mit dem Tümpel verbunden hat. Sie ist einfach blitzschnell hineingerutscht.“

Auf Alinas Gesicht breitete sich ein glückliches Grinsen aus.

„Ich hatte mich ja schon fast damit abgefunden, dass ich als Einzige kein magisches Talent besitze", erklärte sie. „Und vorhin dann im Wald, das war total irre. Ich wusste einfach, was passiert. Ich habe es quasi vor mir gesehen. Alles, was ich tun musste, war, es geschehen zu lassen. Mit dem Wasser verbunden zu sein, ist so dermaßen wow! Ich kann euch das gar nicht beschreiben."

Sie schob die Hand in ihre Hosentasche und holte drei Steine daraus hervor: einen azurblauen, einen bernsteinfarbenen und einen hellblauen.

„Luft, Erde und Wasser", sagte Ingo Klirrbach. „Du ahnst vermutlich nicht, was das bedeutet."

„Nee." Alina schüttelte den Kopf. Woher sollte sie auch! „Eigentlich wollte ich nur Kims Stein zurückholen. Diese drei hier sind ganz von alleine mitgekommen."

„Und das ist auch gut so", sagte Ingo Klirrbach. Er griff nach den Steinen und versenkte sie nun in seiner eigenen Hosentasche. „Bei uns erwachsenen *Elementen* sind sie besser aufgehoben", fuhr er fort. „Das dunkle Team, das sie zuletzt besaß, wird nämlich alles daransetzen, sie zurückzubekommen."

„Zuletzt?" Emma runzelte die Stirn. „Was meinst du damit? Etwa, dass sie ihnen gar nicht gehören?"

„Ganz genau", erwiderte ihr Vater mit ernster Miene. „Kein Team besitzt mehr als nur einen magischen Edelstein. Und zwar unabhängig davon, ob es mit schwarzer oder weißer Magie arbeitet. Diese drei Steine hier haben sie wahrscheinlich anderen Teams gestohlen. Und zwar mit dem Ziel, ihre Macht auszudehnen."

„Ich glaube, ich verstehe", sagte Emma. „Sie wollten alle vier Elemente besitzen. In Form von Steinen und von Menschen. Stimmt's?"

„Sehr gut kombiniert, mein Spatz!", lobte ihr Vater. „Dieser alte Findling im Waldtümpel ist ein uralter magischer Ort, der schon im Mittelalter für dunkle Zauberei genutzt wurde. Die Mitglieder des dunklen *Elemente*-Teams hätten euch eure Fähigkeiten genommen, um ihre eigenen damit zu verstärken. Und die *Elemente*-Kraft der Edelsteine hätte ihre Macht für lange Zeit an diesen Ort gebunden. Für euch wäre das nicht weiter schlimm gewesen, aber über unsere Stadt hätte es wahrscheinlich sehr viel Unglück gebracht."

Kim stieß einen Pfiff aus.

„Deshalb also wollten die dunklen *Elemente* alle Ponybesitzer vom Schoberhof vertreiben! Damit sie dort in aller Ruhe ihren bösen Plänen nachgehen konnten!"

Ingo Klirrbach nickte.

„Sie haben den armen Paul Holzscheitle mit einem Bann belegt und ihn gezwungen, den Schobers zu schaden. Und wir konnten nichts dagegen tun. Am Ende hätten Vater und Tochter den Hof vermutlich aufgeben müssen."

„Kapier ich nicht", meinte Kim. „Wieso konnten Sie das böse *Elemente*-Team nicht aufhalten?"

„Ganz einfach", gab Ingo Klirrbach seufzend zurück.

„Weil wir nicht wissen, wer sie sind. Einer von ihnen, vermutlich jener, der mit dem Element Luft verbunden ist, hat das gesamte Team in dichten Nebel getaucht. Hin und wieder sind von ihnen Schemen auszumachen. Aber das reicht nicht, um sie wirklich zu erkennen."

Beklommen kaute Emma auf einem Käsewürfel herum. Sollte sie Paps sagen, dass ihr einer dieser Schemen vertraut vorgekommen war? Oder machte sie damit nur die Pferde scheu? Vielleicht fiel ihr ja irgendwann noch ein, an wen er sie erinnerte. Und dann konnte sie es ihrem Vater immer noch erzählen. Außerdem interessierte sie gerade etwas anderes viel mehr.

„Wieso hast du mir und uns gegenüber eigentlich die ganze Zeit so getan, als wüsstest du nicht, was mit uns passiert?", fragte sie vorwurfsvoll.

Ein wehmütiger Ausdruck breitete sich über Ingo Klirrbachs Gesicht aus.

„Du glaubst gar nicht, wie schwer mir das gefallen ist, mein Spatz", versicherte er Emma. „Deine Erschöpfung und dein Bedürfnis, dich zurückzuziehen, waren schließlich die ersten Anzeichen dafür, dass du ein *Element*-Talent entwickelt hattest. Eine erhöhte Temperatur wäre übrigens ebenfalls ein Indiz gewesen. Ich glaube allerdings, dass unser Fieberthermometer nicht richtig funktioniert."

Emma senkte rasch den Kopf und grinste unauffällig in sich hinein. „Ich durfte mich dir und euch aber ohnehin nicht zu erkennen geben", fuhr ihr Vater derweil fort.

„Denn eine der wichtigsten Regeln der *Elemente*-Teams ist, dass sich seine vier Mitglieder von selbst zusammenfinden. Erst wenn alle Elemente aktiviert sind, ist die Teambildung abgeschlossen. Wird dieser Prozess mittendrin gestört, gehen die Fähigkeiten für immer verloren."

„Und wir wären dann wohl nie die *Magic Elements* geworden", fasste Alina zusammen.

„So ist es", bestätigte Ingo Klirrbach. „Und wenn ich ehrlich bin, wäre mir das sogar fast lieber gewesen." Wieder glitt sein Blick von einem der vier Mädchen zum nächsten. „Versteht mich bitte nicht falsch: Es ist ehrenhaft, ein *Elemente*-Team zu sein, aber es birgt eben auch Gefahren. Als Vater versucht man natürlich, seine Kinder davor zu bewahren. Das war auch meinem Team klar. Und damit ich nicht ungebührlich dazwischenfunke, hat ein Mitglied meines Teams mich und deine Mutter zeitweise in Verwirrung gehüllt. Mich, damit ich euch nichts verrate, und deine Mutter, damit sie nicht misstrauisch wird und hinter das *Elemente*-Geheimnis kommt. Es würde mir sehr leidtun, wenn wir uns deswegen ein wenig kindisch verhalten hätten."

Wieder musste Emma grinsen. Doch diesmal verbarg sie es nicht.

„Allerdings, Paps, das habt ihr!", erwiderte sie. „Trotzdem hast du es ja irgendwie geschafft, diesen Papierschnipsel unter Mams Stiftebox zu legen."

„Wie bitte?", entgegnete Ingo Klirrbach mit hochgezogener Augenbraue. „Also … daran erinnere ich mich nun wirklich nicht."

Soso, dachte Emma. Dann war dafür wohl ein anderes *Element* aus seinem Team verantwortlich. Oder Paps hatte auch das in verwirrtem Zustand getan.

„Jedenfalls wart ihr nie allein", versicherte er ihr jetzt. „Einer von uns hatte immer ein Auge auf euch … ebenso wie auf die Geschehnisse rund um den Ponyhof. Wir wussten, dass das dunkle Team versucht hat, euch auf eine falsche Fährte zu locken. Alina sollte ihre Eltern dazu bewegen, Krautzinsky woanders unterzubringen. Kinder wie ihr, die gerade dabei sind, ihre magischen Talente zu entdecken, wollen sie eigentlich aus dem Weg haben. Aber dann entdeckten sie, dass Kim genau jenen Edelstein besaß, der ihnen für ihr Findlings-Ritual noch fehlte, und sie haben eines ihrer mächtigsten Talente eingesetzt, um sie zu entführen."

„O Mann!" Leonie verdrehte die Augen. „Das hätte auch verdammt schiefgehen können!"

„Ist es zum Glück aber nicht", sagte Emma. Sie sah Kim an und zeigte auf den Verband an ihrer linken Hand. „Tut es eigentlich noch sehr weh?"

„Och, geht schon", meinte Kim schulterzuckend. „Im Internat haben sie eine ziemlich gute Salbe draufgeschmiert. Nachher wickele ich aber wieder ein Tuch drum herum. Ich möchte nämlich nicht ständig von allen möglichen Leuten gefragt werden, was mit meiner Hand passiert ist."

„Da hätte ich auch keine Lust drauf", erwiderte Emma. Dann wandte sie sich wieder an ihren Vater. „Was passiert denn jetzt eigentlich mit dem Schoberhof? Kann Krautzinsky dort bleiben? Oder sollte Alina sich besser nach einem anderen Stellplatz umsehen?"

„Leider verstehe ich nicht viel von Pferdehaltung", gab Ingo Klirrbach zurück. „Aber an deiner Stelle würde ich jetzt erst mal abwarten", fuhr er an Alina gerichtet fort, „und den Schobers noch eine Chance geben. Bei uns in der Siedlung entsteht ja demnächst das Ponyparadies. Wenn es hält, was der Name verspricht, könnt ihr Krautzinsky immer noch umsiedeln."

Alina nickte. „Wie geht es denn nun überhaupt weiter?", wollte sie wissen. „Bekommen wir demnächst wieder einen Auftrag?"

„O ja! Das wird ganz sicher geschehen", sagte Emmas Vater. „Unabhängig davon stehen euch eure Talente jetzt uneingeschränkt zur Verfügung. Ihr entscheidet, wann ihr sie einsetzt."

„Wow!" Leonies Augen leuchteten auf. „Wie cool ist das denn!"

„Daraus ergibt sich aber auch eine besondere Verantwortung", mahnte Ingo Klirrbach. „Das ist euch hoffentlich bewusst. Außerdem darf niemand, der nicht zu einem *Elemente*-Team gehört, davon erfahren." Er fixierte Emma mit eindringlichem Blick. „Auch deine Mutter nicht."

„Geht klar, Paps!" Emma reckte den Daumen.

Mama hatte mit ihren Erfindungen ja ohnehin genug zu tun. Und Noah gegenüber würde sie schweigen wie ein Grab.

Das war ja wohl klar wie Kaulquappe!

Oder wie ganz großes *Magic-Elements*-Geheimnis!